KB105137

絶對天王 **절대천왕**

장담 新무협 판타지 소설
FANTASTIC ORIENTAL HEROES

절대천왕 4

장담 新무협 판타지 소설

초판 1쇄 찍은 날 § 2008년 6월 25일
초판 1쇄 펴낸 날 § 2008년 7월 5일

지은이 § 장담
펴낸이 § 서경석

편집장 § 문혜영
편집책임 § 서지현

펴낸곳 § 도서출판 청어람
등록번호 § 제1081-1-89호
등록일자 § 1999. 5. 31
어람번호 § 제2-1520호

주소 § 경기도 부천시 원미구 심곡1동 350-1 남성B/D 3F (우) 420-011
전화 § 032-656-4452 팩스 § 032-656-4453
http://www.chungeoram.com
E-mail § eoram99@chollian.net

© 장담, 2008

ISBN 978-89-251-1371-5 04810
ISBN 978-89-251-1301-2 (세트)

絕霸天王

4

절대천왕

절대지로〈絕對之路〉

장담 新武俠 판타지 소설
FANTASTIC ORIENTAL HEROES

도서출판 청람

目次

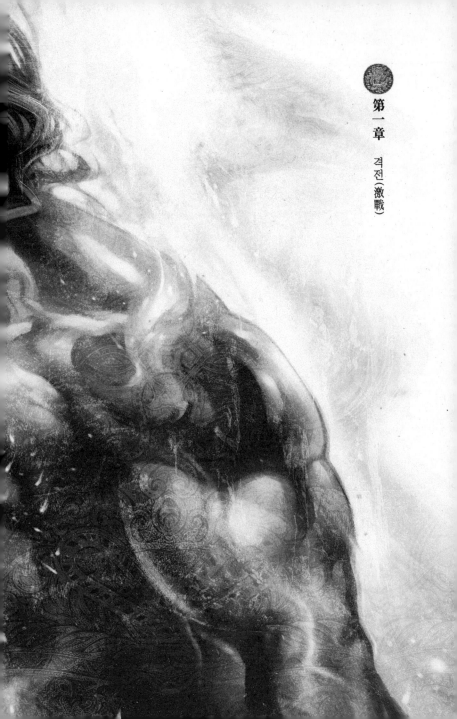

第一章　격전(激戰)

絶對天王

멀리서 보는 것만으로도 강함이 느껴지는 신비한 여인이다.

'저 여인이 정한궁의 신녀라는 여인인가?'

그런 듯했다. 저 여인보다 강한 여인이 또 있을 거라고는 생각할 수가 없었다.

한데 생각보다 주위에 있는 인기척이 적다. 기껏해야 십여 명뿐. 그러나 모두가 완숙한 절정의 고수들이다.

특히 어렴풋이 느껴지는 기운 하나는 바위 봉우리 위에 올라선 여인과 큰 차이가 나지 않게 느껴진다.

잠시 멈칫거린 사이, 카랑카랑한 노파의 목소리가 절벽에 부딪쳐 메아리쳤다.

"네놈이 본 궁의 정한녀들을 죽였더냐? 두고 보아라! 오늘은 그냥 간다만, 본 궁의 한이 반드시 네놈을 찾아갈 것이니라!"

순간이었다. 바위 봉우리 위에 서 있던 여인이 바람에 날리듯 뒤로 날아가더니 순식간에 사라졌다.

동시에 좌소천도 절벽 아래로 신형을 날렸다.

혼자서 모두를 상대해야 하는 일이 일어날지도 몰랐다.

신녀라는 여인만 해도 자신과 그리 차이나지 않는 절대의 고수. 다른 여인들까지 합세한다면 감당하기 힘들 것이 분명해 보였다. 그렇다고 해서 그냥 보낼 수는 없는 일이었다.

단숨에 절벽을 날아 내린 좌소천은 곧장 신녀가 올라섰던 봉우리 쪽으로 향했다.

중간에 솟은 칼날 같은 바위들을 차고, 소나무 가지를 밟으며 신형을 날린 그는, 반 각이 되기도 전에 신녀가 서 있던 암봉을 넘어갔다.

순간, 저 멀리 까마득한 곳에 구름이 밀려가듯 달리는 수백의 인영이 보였다.

신녀는 그들의 뒤에 처져서 따라가고 있었다.

일반적으로 수장이 앞장서 가는 형태와는 조금 달랐다.

무당의 추적을 염려해서인가, 아니면 자신을 의식해서인가.

신녀의 마음을 정확히 알 수는 없지만, 수하들을 추적대로부터 보호하려는 것인 듯 보여 의외였다.

'생각보다 냉혹한 마녀는 아니라 이건가?'

좌소천은 그녀들의 진행로를 대충 예상하고 다시 몸을 날렸다.

 좌소천이 정한궁의 꼬리를 잡은 것은 일각가량이 지나서였
다.
 <u>스르르.</u>
 무진도를 빼 든 좌소천이 짓쳐들자, 앞에서 달리던 세 명의
여인 중 하나가 홱 고개를 돌렸다.
 "네놈이?!"
 그녀의 목소리에 나머지 두 여인도 고개를 돌리고는 무기를
빼 들었다.
 "죽여라!"
 찰나! 무진도가 횡으로 그어지자 묵광이 맨 앞쪽의 여인을
그녀의 검과 함께 튕겨냈다.
 쾅!
 "허억!"
 곧이어 두 여인마저 제대로 대항조차 해보지 못한 채 피를
뿌렸다.
 "아악!"
 "못 간다, 이놈! 컥!"
 그제야 앞서 달리던 한령파파가 뒤쪽의 상황을 알고 대노해
소리쳤다.
 "놈이 쫓아왔다! 막아라!"
 동시에 신녀를 보호하며 달리던 십이정한녀 중 넷이 몸을

멈추었다.

좌소천은 달리던 그대로 그녀들을 향해 몸을 날렸다.

하지만 그녀들은 처음의 여인들과 비교가 안 되는 고수들이었다.

능히 일파의 장로 급인 그녀들 넷의 협공은 좌소천조차 무시할 수 없는 것이었다.

쩌정!

비록 무진칠도가 아닌 단순한 공격이라지만, 자신의 칠성공력이 실린 공격을 서너 걸음 물러서는 정도로 막아낸다.

이어서 다른 여인들이 쇄도한다.

좌소천은 빙글 신형을 돌리며 무진도를 흩뿌렸다.

묵광이 회오리처럼 휘돌며 달려드는 여인들을 팅겨냈다.

떠더더덩!

단 한 번의 공격으로 세 여인을 팅겨낸 좌소천은 무진도에 내력을 더 주입시키고 앞에 있는 여인을 향해 몸을 날렸다.

순간 무진도에서 시커먼 묵광이 확 피어났다.

"조심해라!"

한령파파가 좌소천의 도에서 이는 가공할 기운을 감지하고 대경해 외쳤다.

찰나였다!

후우웅!

무진도에서 한 마리 흑룡이 튀어나오더니 십이정한녀 중 한 여인의 머리 위로 떨어져 내렸다.

쾅!

여인은 다급히 검을 들어 좌소천의 공세를 막았다.

하지만 일성의 공력 차이는 천지 차이였다. 여인의 검을 부러뜨린 무진도가 여인이 쓴 차양과 어깨를 차례대로 베어냈다.

"흡!"

다급히 숨을 들이켜며 튕기듯이 물러서는 여인이다.

좌소천은 그녀를 보지도 않고 또 다른 여인을 향해 무진도의 도첨을 틀었다.

그때였다.

"이놈!"

한령파파는 십이정한녀로 좌소천을 막을 수 없다는 걸 알고서 직접 지팡이를 휘두르며 달려들었다.

좌소천도 그녀의 공격을 무시하지 못하고 무진도를 신중하게 내려쳤다.

찰나간 숲 속에 묵선 한줄기가 죽 그어졌다.

"헛!"

눈을 부릅뜬 한령파파가 지팡이를 마주 내밀었다.

콰앙!

두 사람의 기운이 정면으로 부딪친 순간, 한령파파가 달려오던 그대로 허공으로 튕겨졌다.

좌소천도 움찔 뒤로 한 걸음 물러서고는 다시 무진도를 위로 올려쳤다.

쉬이익!

시커먼 도세가 이번에는 아래에서 위쪽으로 대기를 쩍 갈랐다.

한령파파의 몸을 두 쪽 낼 듯한 도세!

허공으로 튕겨진 한령파파도 이를 악문 채 지팡이를 있는 힘껏 내려쳤다.

쩌어엉!

진저리치며 터져 나가는 대기!

두 기운의 파편이 아름드리나무들을 할퀴며 사방으로 퍼졌다.

"물러서라! 휩쓸리면 죽는다!"

기회를 엿보던 십이정한녀들이 대경해서 급급히 물러섰다.

"정말 대단한 놈이로구나! 노신을 물러서게 하다니!"

한령파파가 진정으로 경악해서 소리쳤다.

놀란 것은 좌소천 역시 마찬가지였다.

강하리라 짐작은 했다. 그렇다 해도 설마하니 자신의 도를 무리없이 막아낼 줄이야.

"그대들의 원한을 알지는 못한다! 하나 무당을 건드린 것이 그대들의 실수다!"

좌소천의 차가운 목소리가 숲 속에 울렸다.

한령파파도 지팡이를 들어 올리며 냉랭하게 코웃음 쳤다.

"흥! 영허, 그 악적을 내 손으로 죽이지 못한 것이 억울하거늘. 뭐라? 무당을 친 것이 실수라고?! 죽어라, 이놈!"

그러고는 석 자 길이의 강기가 어린 지팡이를 들고 좌소천을 공격했다.

일순간, 좌소천은 그녀의 말에 흠칫했다.

왜 여기에서 영허 진인의 이름이 나온단 말인가?

게다가 그분을 악적이라니?

멈칫거림은 찰나였다. 하지만 그 바람에 한령파파의 전력을 다한 공격과 정면으로 부딪쳐야만 했다.

무진도가 살짝 옆으로 눕는가 싶더니, 뭉클거리는 도강이 한령파파의 지팡이를 휘감았다.

순간 한령파파의 눈에 뜻 모를 경악이 어렸다.

"네놈이……?!"

그러나 말을 이을 새도 없이 두 사람의 공격이 뒤엉켰다.

콰과과광!

일수유의 순간에 다섯 번의 굉음이 일며 두 사람의 몸이 뒤로 밀려났다.

한령파파는 다섯 걸음, 좌소천은 두 걸음을 물러선 채 서로를 마주보았다.

바로 그때였다.

"파파! 물러서요!"

듣는 것만으로도 귓가에 서리가 낄 것 같은 음성이 들리더니, 온몸을 얼려 버릴 것 같은 한기가 밀려왔다.

신녀! 마침내 그녀가 직접 공격을 가해온 것이다!

좌소천은 딱딱하게 굳은 표정으로 무진도를 휘둘렀다.

고오오오! 쿠구궁!

주위의 나무에 서리가 낀다.

겹겹이 밀려오는 가공할 한기에 대기가 얼어붙어 쩍쩍 갈라진다.

무진도에 의해 그물처럼 갈라진 기운이 사방으로 뻗치자, 나무와 바위들이 터지고, 부서지며 무너져 내린다.

좌소천은 그 충격에 뒤로 다섯 걸음을 물러섰다.

풀어헤쳐진 머리카락이 얼굴을 가리고, 무진도를 든 손에 짜르르한 충격이 전해진다.

단 한 번의 격돌이었다.

하지만 그것만으로도 삼 장 반경이 초토화되다시피 했다.

허공에서 흩날리며 떨어지는 나무의 파편들 사이로, 백설처럼 하얀 옷을 나풀거리며 천천히 하강하는 신녀가 보인다.

재질을 알 수 없는 백색 면사에 가려 얼굴을 볼 수는 없었다. 그러나 그 모습만으로도 사람의 혼을 잡아끄는 신비로운 여인이 신녀였다.

좌소천은 세간의 소문이 잘못되지 않았음을 느끼고 얼굴이 딱딱하게 굳어졌다.

'진정 사람이라 하기에는 너무 신비한 기운을 지닌 여인이구나.'

게다가 무위 역시 자신에 비해 그리 떨어지지 않는다.

승부를 가리려면 전력을 다해야만 할 만큼 가공할 기운을 지닌 여인. 그게 신녀인 것이다.

좌소천은 이를 악물었다.

자신은 혼자지만, 상대는 신녀만이 아니라 지팡이를 든 노파와 십여 명의 여인이 더 있다.

위기라고 할 것까지는 아니어도 좋은 결과를 기대할 수도 없는 상황.

좌소천은 이를 악문 상황에서 금라천황공을 구성까지 끌어올렸다.

쏴아아아!

그의 전신에서 보일 듯 말 듯 기이한 광채가 흘러나왔다.

동시에 우수에 들린 무진도에서 도명이 울리며 시커먼 도강이 쭉 뻗쳤다.

웅웅웅웅!

'오늘 죽이지 못하면 영원히 기회가 없을지도 모를 일. 무리를 해서라도 이 자리에서 끝장을 내자!'

결심을 굳힌 좌소천이 앞으로 미끄러지며 무진도를 들었다 내려쳤다.

쩌어억!

건곤이 길게 갈라지며 하늘에서 땅까지 일직선으로 묵선이 그어졌다.

거의 동시에 신녀의 두 손이 원을 그리며 앞으로 뻗었다.

거미줄처럼 뻗친 백색 영롱한 기운이 묵선을 감싸며 그 이상의 진전을 막는다.

두 사람의 공방을 지켜보던 한령파파의 주름진 눈꺼풀이 파르르 떨렸다.

"어, 어떻게 저놈이……?!"

하지만 의문을 풀기에는 상황이 좋지 못했다.

좌소천과 신녀 사이의 사 장 공간이 진공상태가 되다시피 한 상태다.

일순간!

좌소천의 무진도와 신녀의 두 손에서 묵광과 백광이 번쩍였다.

콰르르르릉!

두 사람 사이의 대기가 터져 나가며 주위의 모든 것을 파괴했다.

바위도 나무도, 그 무엇도 견뎌내지 못했다.

심지어 절대지경에 근접했다는 한령파파도 눈을 홉뜨고 더욱 멀리 물러서야만 했다.

가히 공전절후의 대결!

주르륵 일 장을 물러선 좌소천은 다시 무진도를 들어 올렸다.

어둠도 삼켜 버릴 묵기에 어렴풋이 금광마저 섞여 나온다. 천하의 무엇도 갈라 버릴 것처럼 보이는 신비한 묵빛 금광이다.

순간 면사 안 신녀의 얼굴이 찡그려졌다.

'저 도……?'

가물거리는 기억 저편 어디선가 본 듯한 도 같다. 문제는 그걸 기억하기 위해 고민할 시간이 없다는 것이다.

상대는 천의무봉의 경지에 올랐다는 자신과 대등한 자. 아니, 믿을 수 없게도 자신보다 강할지 모르는 자다.

결국 신녀도 얼굴을 찡그린 채 두 손을 다시 앞으로 내밀었다.

그녀의 두 손에서 영롱한 백광이 아지랑이처럼 피어오른다. 세상이 온통 백설 천지가 된 것처럼 느껴지는 가공할 한기다.

공포의 한천빙백소수공(恨天氷魄素手功)이 삼백 년 만에 모습을 드러낸 것이다.

급급히 오 장 밖으로 물러선 한령파파의 얼굴이 일그러졌다. 찰나간 망설임을 떠올린 그녀는 주름진 입술을 질끈 깨물고 좌소천을 노려보았다.

두 사람이 부딪치면 누가 이길지 아직 알 수 없는 상황이다.

다만 둘 다 치명적인 부상을 입을지 모른다는 것만큼은 분명해 보인다.

도를 쓰는 어린놈이 부상을 입는 거야 환영할 일이다. 그러나 신녀는 아직 부상을 입어서는 안 된다. 이곳은 천년도량 무당, 자신들은 아직 무당의 권역에 있는 것이다.

묵빛 금광과 영롱한 백광이 서서히 서로를 향해 밀려가는 순간! 또다시 두 사람 사이가 진공상태로 변해간다.

우르르릉!

우렛소리가 일며 가공할 강기의 회오리가 주위를 잠식한다.

누구도 끼어들 수 없는 두 사람만의 공간!

찰나였다.

고오오오오오!

갑자기 두 사람의 기운이 얽혀들더니 둔중한 굉음이 하늘과 땅을 울렸다.

쿠구구궁!

두 사람 다 그 자리에 서서 꼼짝도 않고 서로만 노려본다.

이를 악다문 좌소천이 창백하게 굳은 안색인 반면, 신녀는 면사로 인해 아무런 표정 변화도 보이지 않는다.

하지만 시간이 지나자 손끝이 파르르 떨리며 옅은 신음이 흘러나온다.

"으음……."

미미하나마 신녀가 약간의 손해를 본 듯 느껴지는 상황.

'더는 안 돼!'

한령파파는 한광이 번들거리는 눈을 좌소천에게 고정시키고 보일 듯 말 듯 입을 열었다. 그러고는 좌소천이 멈칫하자 신녀에게 소리쳤다.

"신녀! 무당의 말코들이 쫓아올지도 모르오. 더 상대하지 말고 떠나도록 하오!"

신녀의 입에서 불길조차 얼려 버릴 차가운 목소리가 흘러나왔다.

"파파, 너무 위험한 자예요. 합공을 해서라도 죽이고 가는 게 낫겠어요."

"저자 하나 죽이는 것보다 신녀의 몸이 더 중하다오. 어서

가시구려."

"저자가 그냥 보내주지 않을 거예요."

"저자도 나와 정한녀들이 함께 손을 쓰면 어찌 될지 알고 있을 테니, 우리를 더는 핍박하지 못할 것이오."

한령파파는 좌소천을 노려보고는 괴이한 안광을 빛냈다.

"쫓아오려면 쫓아와라! 그러나 죽음을 각오하고 쫓아와야 할 것이다!"

그러더니 신녀를 재촉했다.

"갑시다, 신녀!"

면사에 가려진 신녀의 눈이 흐트러진 머리카락으로 얼굴이 가려진 좌소천을 향했다.

좌소천의 무진도에서 쏟아지던 묵빛 금광이 옅어진다.

서서히 내력을 회수하는 신녀의 얼굴에 곤혹스런 빛이 떠올랐다.

'분명히 어디선가 본 도 같은데……'

뿌연 안개가 머리를 가득 메운 것 같은 기분. 그러나 그뿐, 그 이상 아무것도 떠오르지 않는다.

신녀는 좌소천이 내력을 거두자, 아쉬움을 뒤로한 채 바람에 날리는 깃털처럼 뒤로 훌훌 날아갔다.

그제야 한령파파도 그녀의 뒤를 따라 몸을 날렸다.

좌소천은 떠나가는 그녀들을 바라보고도 그 이상 뒤쫓지 않았다.

죽음이 두려워서가 아니었다.

공격하기 직전에 들려온, 생판 처음 본 노파의 전음이 그의 발걸음을 막은 것이다.

"네놈이 어떻게 멸악천도를 얻었는지는 모르겠으나, 다음에 만나면 반드시 죽이고 말 것이다!"

초토화된 숲 한가운데 서 있던 좌소천은 한참 만에야 기운을 거두어들였다.

"멸악천도를 알아보다니. 어떻게……?"

멸악천도에 대해 아는 사람은 영허 진인뿐이다. 그나마도 무진칠도로 바뀐 상태가 아닌가. 한데 노파는 그 본질을 알아본 듯하다.

'설마 저 노파가 어르신 이전의 도법 주인이란 말인가?'

전혀 불가능한 가정만은 아니었다.

나이로 봐도 그렇고, 이미 변형된 멸악천도를 알아본 것만으로도 충분히 가능한 일이다.

게다가 영허 진인은 도법의 주인에게 죄를 지었다고 했고, 노파는 영허 진인을 악적이라 했다.

아무리 생각해 봐도 자신의 생각이 틀린 것 같지가 않다.

좌소천은 무진도를 도집에 집어넣으며 깊은 한숨을 내쉬었다.

원죄를 영허 진인이 지었다면, 그녀들이 무당을 친 걸 원망만 할 수도 없는 일이 아닌가.

'어르신…….'

좌소천은 신녀와 노파가 사라진 곳을 바라보고는 천천히 몸을 돌렸다.

만일 노파와 십여 명의 여인이 죽기를 각오하고 함께 덤볐
다면 어떻게 되었을까?

신녀를 죽일 수 있었을까?

천주봉을 바라보던 좌소천의 입가에 쓴웃음이 맺혔다.

'잘해야 양패구상. 거기다 노파가 멸악천도의 도식까지 안
다면, 오히려 내가 죽었을지도 모르지. 훗. 아직 멀었다, 좌소
천.'

그때 문득 조금은 아쉽고, 조금은 엉뚱한 생각이 들었다.

"대체 어떤 얼굴이기에 사람들이 넋을 잃는다는 걸까? 잘하
면 볼 수 있었는데……."

2

그날 무당이 당한 피해는 여느 곳 못지않았다.

사망자가 백수십 명에 부상자는 이백이 넘었다. 그나마도
작은 부상을 입은 제자는 숫자에 넣지 않은 게 그랬다.

오죽하면 정한궁의 마녀들을 쫓을 생각도 못하고 있을까.

단 반 시진. 무당산이 암울함에 짓눌렸다.

여기저기서 흘러나오는 고통에 찬 신음. 뒷수습을 하기 위
해 바쁘게 돌아다니며 소리치는 중견 제자들. 죽은 이를 위해
독송을 하는 도인들.

좌소천이 독송이 흘러나오는 도재전으로 다가가자 정은이

뛰어나왔다.

"무사히 돌아왔군!"

걱정이 태산이었나 보다. 하긴 자신이 생각해도 그럴 만했다.

좌소천은 쓴웃음을 지으며 정은에게 물었다.

"현오 도장님께선 괜찮으신가?"

"다행히 약간의 내상만 입으셨을 뿐이네."

"자소궁 상황은 어떤가?"

정은이 침울하게 굳은 얼굴로 고개를 저었다.

"많은 분들이 돌아가셨다고 하네. 자소궁에서만도 백 명이 넘게 죽은 것 같아."

"장문인께선?"

정은의 굳은 얼굴에 그늘이 졌다.

"내상이 깊으신 듯하네. 그나마 사조 어르신과 은거하고 있던 기인들께서 제때에 와주셔서 피해가 줄었다고 하네."

"사조? 그분들이 나오셨단 말인가?"

"영우 사조는 워낙 몸이 좋지 않아 오시지 못하시고, 영오 사조와 영등 사조께서 세 분의 기인을 모시고 오셨네. 나도 말만 들었는데, 그분들이 마녀와 나찰 같은 노파를 막지 못했다면……."

정은의 몸이 부르르 떨렸다.

"아마 자소궁의 인원 중 반 이상이 죽었을 거라 하더군. 장로 여덟 분이 있었는데도 말이야."

좌소천도 익히 짐작할 수 있는 일이었다. 이미 신녀와 손을 나눠보지 않았던가.

"다른 곳의 피해는?"

"옥허궁에서도 칠십여 명의 제자가 죽거나 다쳤다고 하네. 후우……. 아직 다른 곳의 상황이 전해지지 않아 정확하지는 않지만, 사상자가 삼백이 넘을 거라고 하는 말이 있다네."

무당의 제자는 직계와 방계를 합쳐 수천에 이른다. 혹 어떤 자는 속가의 방계까지 합해서 일만이 넘을 거라는 말을 하기도 한다.

그중 무당산에 머무는 제자는 모두 일천오백. 그들은 팔궁 십이암에 나뉘어 도를 닦고 무공을 수련했다. 그중 반 가까이가 자소궁과 옥허궁을 중심으로 기거했다.

정한궁이 공격한 곳은 팔궁 중 사궁인 자소궁, 옥허궁, 태화궁, 남암궁. 그곳에서만 삼백의 피해가 난 것이다.

백 년 사이 최대의 참사였다.

"들어가세. 사부님께서 기다리시겠네."

좌소천이 정은을 따라 도재전으로 들어가자 몇몇 무당의 제자들이 두 손을 마주 잡고 고마움을 표했다. 좌소천 덕분에 위기를 넘긴 사람들이었다.

비록 짧은 순간이었지만, 좌소천이 아니었다면 적어도 대여섯 명은 더 죽거나 다쳤을 것이었다.

좌소천도 가볍게 고개를 숙이고는 현오자를 바라보았다.

"그녀들을 보았느냐?"

"예, 북쪽 너머에서 마주쳤습니다."

"음……."

현오자는 침음성만 흘리고 굳은 얼굴로 입을 다물었다.

좌소천도 입을 다물고 현오자의 맞은편에 앉았다.

현오자가 나직이 입을 열었다.

"자소궁의 사정을 들었느냐?"

"정은에게 들었습니다."

"참으로 어이가 없구나. 너무 많은 사람이 죽었어……."

좌소천이 현오자를 직시한 채 물었다.

"그녀들이 왜 무당을 쳤는지 들으셨습니까?"

현오자의 이마에 세 줄기 주름이 졌다.

"그게 이상한 일이야. 듣기로는 영허 사백과 어떤 원한을 진 것 같다는데 도통 알 수가 없으니……. 허어……."

좌소천은 잠시 생각을 하고는, 전음으로 현오자에게 간략한 이야기를 해주었다. 조금이라도 알고 상대하는 것이, 전혀 모르고 있는 것보다는 나을 것이라는 생각에서였다.

현오자가 장문인인 현고자에게 전하든 전하지 않든 그것은 현오자가 적절히 판단할 몫이었다.

"진인께오서 말씀하시길, 오래전 어떤 실수로 한 사람을 죽였다 하셨습니다. 아마 그 일로 원한을 가진 것 같습니다."

순간 현오자의 눈매가 가늘게 떨렸다.

"그게 정말인가?"

"진인께 받은 도법이 하나 있는데, 그때 얻은 것이라 했습니다. 한데 정한궁의 수뇌로 보이는 노파가 그 도법을 알아보며 진인의 이름을 입에 올렸습니다."

현오자의 표정이 바위처럼 굳어졌다.

영허 진인이 먼저 잘못한 것이 사실이라면, 문제가 달라진다.

하나가 죽으나 백이 죽으나, 한이 심어지는 것은 마찬가지다. 한을 가진 상대에게 그 숫자를 따지는 것은 의미가 없는 일이다.

무당이 제자들의 복수를 하겠다는 것이나, 정한궁의 노파가 복수를 하겠다는 것이나 뭐가 다르단 말인가.

그러나 분명, 위에 그 사실을 전해도 복수를 단념할 일은 없을 터였다. 무당의 제자가 수백이나 당하지 않았는가 말이다.

현오자의 굳은 표정이 참담하게 일그러졌다.

"허어, 이거 참……."

좌소천은 현오자의 갈등을 알기에 아무런 말도 하지 않았다.

한참이 지나서야 현오자의 입이 다시 열렸다.

"나와 함께 자소궁에 가보지 않겠느냐?"

좌소천은 고개를 저었다.

"가지 않는 것이 나을 것 같습니다. 제가 무당과 인연이 있다고는 하나, 오늘 일에 대해선 어차피 한마디도 나설 수 없는 일이 아니겠습니까?"

"너는 외인이 아니다. 사백과 관계된 일도 그렇고……."

"제가 끼면 일이 더 복잡해집니다. 무당의 일은 무당의 제자들만이 판단하고 결정하는 것이 낫다고 봅니다."

"으음……."

현오자라 해서 모르는 것이 아니다.

좌소천이 끼어들면 소란이 생길지 모른다. 어쩌면 좌소천을 좋지 않게 보는 사람이 있을지도 모르는 일. 그리되면 가지 않는 것만 못하다.

"그럼 그냥 갈 것이냐?"

"아닙니다. 부상당한 사람들 좀 도와주고, 하루 정도 상황을 더 살핀 다음에 가겠습니다."

"그래? 그럼 장문인이라도 만나 뵙고 가거라."

"예, 그러잖아도 그럴 생각입니다."

자소궁에 무당의 장로들이 모두 모였다.

추적대를 조직해서 정한궁을 쫓아야 한다. 아니다, 사상자가 너무 많은 만큼 시간을 두고 차분히 행동하자.

격론이 오가며 두 가지 주장이 팽팽히 맞섰다.

그들 중 누구도 복수를 반대하는 사람은 없었다.

그러나 결국 밤이 늦도록 결정이 나지 않자, 결정은 다음날로 미루어졌다.

밤이 깊어진 해시 무렵, 좌소천은 정은과 함께 현고자의 거처를 찾아갔다.

자소궁을 지키던 제자가 제지했지만, 함께 간 정은으로 인해 무사통과됐다.

안으로 들어가자 현고자가 조용히 웃으며 반겼다.

창백한 그의 안색에는 짙은 그늘이 져 있었다.

"조금 늦었습니다."

좌소천이 고개를 숙이자 현고자가 나직이 입을 열었다.

"그거야 어쩌겠느냐, 본 파의 운명이 이러한 것을. 그나마 늦게라도 와서 도와준 것만 해도 고맙지. 그건 그렇고… 현오에게서 영허 사백에 대한 이야기를 들었다만, 좀 더 자세히 알고 싶구나."

"저도 자세한 것은 알지 못합니다. 현오 도장님께 말씀드린 것이 전부지요."

"흐음……."

좌소천이 현고자의 맑은 눈을 바라보았다.

"어찌할 생각이신지요?"

"지금으로선 앉아 있을 수만은 없을 것 같구나."

"그럼 한 가지만 유의하시고 움직여 주십시오."

현고자의 눈에 의혹이 어렸다.

"무엇을 말이더냐?"

"만일 섬서 쪽으로 멀리 가실 때에는 최대한 조심해서 움직여야 합니다."

"그리할 이유가 있더냐?"

"천외천가 때문입니다."

좌소천이 제천신궁과 천외천가 사이의 일에 대해 이야기하자 현고자의 눈에서 왠지 모를 기광이 흘러나왔다.

"천외천가가 움직일 거라 생각한단 말이지?"

"그럴 것이 아니라면, 오랜 세월 태백산에 웅크리고 있던 그들이 제천신궁과 비밀스럽게 협상을 진행할 이유가 없지 않겠습니까?"

"으음, 그건 그렇구나."

한 가닥 침음성을 흘린 현고자는 심유한 눈으로 좌소천을 응시했다.

잠시 그렇게 바라보던 현고자가 조심스럽게 이름 하나를 꺼냈다.

"혹시 천해라는 곳에 대해 들어보았느냐?"

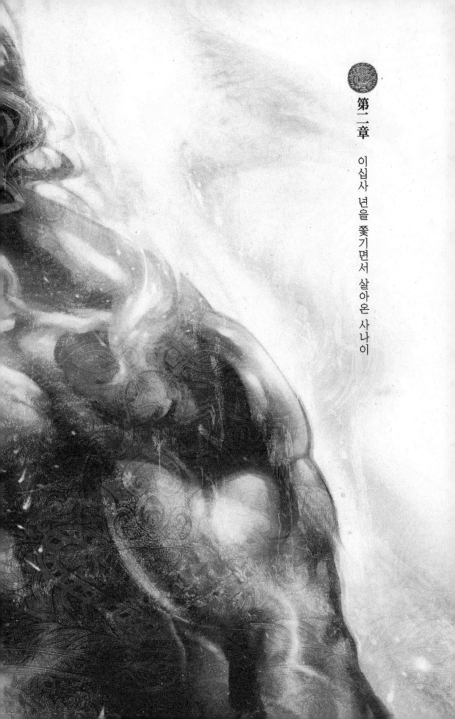

第二章

이십사 년을 쫓기면서 살아온 사나이

絶對天王

이틀 후.

무당을 떠난 좌소천은 석양이 질 무렵 의성에서 한수를 건너 방양으로 들어갔다. 의성 한가장의 혈겁이 일어난 지 얼마 되지 않아서인지 무인들이 많이 눈에 띄었다.

대부분이 낭인으로 보이는 자들이었다.

겁을 먹은 근처의 장원이 무사들을 고용하기 때문에 인근의 낭인들이 몰려온 듯했다.

좌소천은 강호의 흐름에 대해서도 들을 겸 무사들이 많이 몰리는 큰 객잔을 찾기 위해 성안으로 들어갔다.

그가 길게 뚫린 대로를 건너 객잔으로 가는데 갑자기 길 저쪽에서 몇 마리의 말이 달려왔다.

사람들이 급급히 물러서며 욕지거리를 내뱉었다.

"뭐 하는 새끼들이야?!"

"대로에서 말을 달리다니, 미친놈들!"

"힘깨나 있는 집안 놈들이겠지 뭐."

좌소천도 객잔으로 들어가려다 말고 달려오는 그들을 바라보았다.

사람들이 쫙 갈라지더니 네 마리의 말이 곧장 그의 앞으로 달려온다.

좌소천이 눈살을 찌푸리며 그들을 바라볼 때다.

히히히힝!

말들이 좌소천의 이 장 앞에서 급히 멈추며 앞발을 치켜들었다.

먼지가 훅 하니 좌소천을 덮쳤다.

동시에 마상에서 낭랑한 웃음이 터져 나왔다.

"워워! 어때? 제 시간에 도착했지?"

"하하하하! 별수없이 오늘 식사는 내가 책임져야겠군."

"그야 당연히 위 형이 책임져야지. 상 형이 동생을 데려오기 위해 얼마나 노력했는지 아나?"

"그게 그렇게 되나? 하하하!"

세 필의 말에서 내린 사람은 모두 이십대 중반의 청년들이었다.

깨끗한 옷차림. 고급스런 장식이 주렁주렁 매달린 검.

행세깨나 한다는 무가의 자제들인 듯했다. 검에 사람의 피를 묻혀보기나 했을까 하는 생각이 들 정도로 화분에서 곱게 자란 태가 역력했다.

좌소천이 그들을 보며 눈살을 찌푸릴 즈음, 조금 늦게 도착한 말에서 여인이 내렸다.

동백이 핀 것처럼 붉은 경장을 한 그녀는 말에서 내리자마자 청의를 입은 청년을 흘겨보았다.

"오빠! 이게 뭐예요? 옷에 먼지만 잔뜩 묻었잖아요!"

사람들이야 다치든 말든 자신의 옷에 묻은 먼지가 더 걱정된다는 투다.

한데도 청의를 입은 청년은 어깨를 으쓱하며 피식 웃었다.

"털면 되지 무슨 걱정이냐? 들어가자."

그때 점소이가 재빨리 뛰어나와 말고삐를 건네받았다.

"이리 줍쇼, 나으리들. 제가 마구간으로 잘 모시겠습니다."

손을 탁탁 턴 청의청년은 객잔으로 몸을 돌리려다 말고 멈 칫했다.

그는 자신들을 빤히 바라보는 좌소천의 위아래를 훑어보더니 비릿한 조소를 지었다.

"놀랐나 보군. 너무 겁먹지 않아도 되었는데 말이야. 내가 말은 좀 다룰 줄 알거든."

안으로 들어가려던 홍의여인이 그를 불렀다.

"뭐 해, 오빠? 나 배고프단 말이야."

"아, 이 사람이 좀 놀란 것 같아서."

"상관하지 말고 빨리 와. 그런 자들 상대해 봐야 더럽게 손만 내민단 말이야."

"알았다."

청의청년은 홍의여인의 성화에 못 이긴 척 몸을 돌리며 중얼거렸다.

"요즘은 개나 소나 칼을 차고 다니는가 보군. 아무리 낭인이라도 그렇지, 옷 사 입을 돈도 없나?"

좌소천은 어이가 없는 표정으로 자신의 몸을 살펴보았다.

그들이 그렇게 볼만도 했다.

신녀와의 격전으로 인해 여기저기 찢겨진 옷을 그대로 입고 있는데다가, 머리도 옷자락을 찢어 대충 묶은 터였다.

자신이 봐도 삼류낭인, 그 이상도 이하도 아니었다.

'훗, 이거 말이 아니군.'

좌소천은 쓴웃음을 지으며 객잔으로 들어갔다.

객잔 안은 거의 모든 탁자가 손님으로 차 있었다.

좌소천이 둘러보며 빈자리를 찾자 점소이가 재빨리 다가왔다.

"합석이라도 하시겠습니까, 손님?"

구석진 곳에 빈 탁자가 두 곳 있었는데, 행여나 돈도 없어 보이는 좌소천이 혼자서 그 자리를 차지할까 봐 미리 선수를 친 것이었다.

좌소천도 점소이의 뜻을 알고 순순히 고개를 끄덕였다. 점소이의 짜증난 얼굴을 보느니 그게 나을 것 같았다.

한데 점소이를 따라간 곳이 하필 객잔 앞에서 만난 밥맛없는 자들의 옆자리였다.

하지만 좌소천은 마다하지 않고 점소이가 안내해 준 자리에 앉았다. 밥맛없는 자들을 무시해도 좋을 만큼, 합석할 곳에 먼저 앉아 있는 흑의장한이 마음에 들었던 것이다.

서른 중반 정도. 그는 자신만큼이나 행색이 허름했다. 그러나 좌소천의 눈길을 끈 것은 그의 행색이 아니었다.

그의 앞에는 싸구려 화주와 야채볶음이 놓여 있었는데, 술을 마시는 거나 안주를 먹는 모습이 이 세상에서 가장 귀한 음식을 먹는 것처럼 경건해 보일 정도였다.

마치 오늘이 아니면 절대 못 먹을 것처럼.

그것만으로도 좌소천의 마음을 사로잡기에 족했다.

좌소천이 자리에 앉자 기다렸다는 듯 점소이가 물었다.

"뭘 시키시겠습니까, 손님?"

"야채와 돼지고기를 볶은 게 있으면 그걸 주게. 술은 백주로 주고."

좌소천이 음식을 주문하고 고개를 돌리자 마주 앉아 있던 흑의장한의 고개가 살짝 들렸다.

고요히 가라앉은 그의 눈빛에선 아무런 감정도 느껴지지 않았다.

오랜만에 보는 깊은 눈빛이었다.

'좋군. 뜻밖인데?'

한데 장한도 좌소천에게서 뭔가를 느꼈는지, 술잔을 내려놓고 좌소천을 지그시 바라보았다.

그때 옆에서 밥맛없는 자들의 목소리가 들렸다.

"싸구려 낭인들 주제에 무게 잡기는."

"위 형, 너무 그러지 말게. 강호를 돌아다니다 보면 신경이 곤두설 수도 있는 것 아닌가?"

한 사람이 나직이 말린다. 그나마 모두가 밥맛없는 성격은 아닌 듯했다.

하지만 좌소천과 흑의장한은 그들의 말을 들은 척도 않고 서로만 바라보았다. 어디서 똥개가 짖나 하는 태연한 표정으로.

무시당했다 생각했는지 조금 전의 목소리가 또 들려왔다.

"칼만 차면 자신들이 다 무인인 줄 아나?"

"거참, 위 형 성격도……."

그때 흑의장한이 좌소천에게 잔을 내밀었다.

"한잔하겠나?"

좌소천이 잔을 받자 흑의장한이 술을 따랐다.

좌소천은 술을 단숨에 마시고 잔을 내밀었다.

술잔에 술이 가득 차자 이번에는 장한이 단숨에 술을 마셨다. 지금까지와는 완전히 다른 모습이었다.

"이상한가?"

좌소천은 대답 대신 내민 잔을 받았다.

그가 다시 입을 열었다.

"기분이 조금 좋아졌네. 조금 전까지만 해도 답답했는데."

밑도 끝도 없는 말이었다. 그런데도 좌소천은 상대의 마음을 조금은 이해할 것 같았다.

고독감에 젖어 있던 자다. 그 고독감이 어디서 나온 것이든.

한데 어느새 그의 어깨를 무겁게 짓누르고 있던 고독감이 덜어져 있다.

분명한 것은 그것이 자신으로 인해서라는 것이다.

"저도 오랜만에 기분이 좋습니다. 조금 전까지만 해도 오물이 묻은 것 같았는데 말입니다."

자신의 말뜻을 알아들었는지 흑의장한이 희미하게 웃었다.

"다행이군. 한 잔 더 받게."

그렇게 다시 한 잔의 술이 오가는 동안 점소이가 좌소천의 음식을 가져왔다.

좌소천의 음식이 먼저 나온 것이 기분 나쁜지 또 퉁명스런 목소리가 들렸다.

"이봐! 우리가 먼저 시켰는데 왜 저자 것이 먼저 나오는 거냐? 장사하기 싫은 거야?"

"아닙니다, 공자! 공자님들의 음식은 고급 음식이라 시간이 조금 걸릴 뿐입니다요."

"흠, 그래? 하긴 맛을 제대로 내야 할 텐데 싸구려 음식처럼 바로 나올 리가 없지."

말끝마다 비아냥거리는 말투다. 좌소천은 그래도 그들을 무시하고서 담담히 흑의장한의 잔에 술을 따랐다.

계속적인 무시에 흥을 잃었는지, 그도 더는 시비를 걸지 않왔다.

바로 그때였다.

갑자기 객잔 한쪽이 떠들썩해지는가 싶더니 병장기 부딪치는 소리에 이어 비명이 터졌다.

째쟁! 창!

"으악!"

"이놈! 크억!"

사람들이 음식을 먹다 말고 주섬주섬 일어서더니 급히 계산을 하고는 슬금슬금 밖으로 나갔다.

꽉 찼던 객잔의 손님이 순식간에 반수 가까이나 빠져나가자, 그제야 어렴풋이 객잔 안의 광경이 눈에 들어왔다.

구석진 곳에 사람이 죽어 있었다.

죽은 사람은 모두 두 명.

그들을 죽인 자도 둘이었다.

하나는 눈이 하나 없는 애꾸였고, 다른 하나는 얼굴에 기다란 칼자국이 난 자였다.

애꾸가 자신들에게 죽은 자의 피가 묻은 칼을 혀로 핥더니 냉랭히 코웃음 쳤다.

"흥! 건방진 놈. 계집에게 말 좀 걸었다고 검을 빼? 계집에게 술 좀 따르라는 게 뭐 어때서?"

"클클. 그 계집, 벗겨놓으면 더 예쁘겠는데?"

"어때, 내가 먼저 방으로 데려갈까?"

"좋을 대로 하게나."

두 사람 앞에는 여인 하나가 바들바들 떨며 주저앉아 있었다.

얼굴에 길게 칼자국이 나 있는 자가 자신의 칼로 여인의 턱을 들어 올리더니 씨익 웃었다.

"말만 잘 들으면 살려줄 테니 너무 겁먹지 마라, 이쁜아."

한데 그때였다.

"이봐! 그게 무슨 짓인가!"

옆자리에 앉아 있던 밥맛없던 자들 중 황의청년이 벌떡 일어나 소리쳤다.

느긋이 술잔을 기울이던 애꾸가 황의청년을 바라보았다.

그러다 뭘 봤는지 애꾸가 눈을 동그랗게 뜨고 자리에서 천천히 일어섰다.

"호오! 저기에도 물건이 하나 있는데?"

칼자국의 장한도 홍의여인을 보고는 아깝다는 표정을 지었다.

"이런 제길! 내가 양보했으면 저년은 내 것인데!"

마치 홍의여인이 자신들의 것이라도 되는 듯한 태도였다.

그제야 두 사람의 말뜻을 알아들은 홍의여인이 벌게진 얼굴로 소리쳤다.

"저 미친놈들이!"

청의청년도 검을 움켜쥐고 자리에서 일어섰다.

"감히 내 동생을 모욕하다니! 네놈들이 죽으려 작정했구나!"

그들이 갈 필요도 없었다. 애꾸가 천천히 그들을 향해 다가 왔다.

황의청년과 청의청년이 분노한 표정으로 검을 잡아 뽑고는 애꾸를 향해 마주쳐 갔다.

남아 있던 남삼의 청년만이 홍의여인의 앞을 가로막고 만약 의 사태에 대비했다.

성큼성큼 걸어간 청의청년이 먼저 애꾸를 노려보며 소리쳤 다.

"겁대가리없는 놈들! 감히 상선보의 금지옥엽을 농락하다 니!"

"엉? 상선보?"

애꾸의 눈이 한껏 커졌다.

청의청년이 득의만만해서 소리쳤다.

"내가 바로 상선보의 상유진이다, 이놈들!"

황의청년도 검을 들어 올려 애꾸를 가리켰다.

"비화검 위청기라는 이름을 아느냐? 죽어도 알고나 죽어 라!"

눈을 크게 뜬 애꾸가 놀란 표정을 지으며 소리를 질렀다.

"그럼 저 계집이 상소금이라는 계집인가 보군!"

그런 와중에도 여전히 계집이라 말하는 그다.

그때라도 뭔가 이상하다는 것을 느꼈어야 했다. 하지만 애 꾸의 말에 분노한 두 사람은 조금도 망설이지 않고 검을 뺐 다.

"어디서 더러운 입을 함부로 놀리는 것이냐?!"

"별 거지 같은 놈들이!"

순간 애꾸가 칼을 갈지자로 휘둘렀다.

따당!

단 한 번의 칼질에 두 사람의 검이 힘없이 튕겨졌다.

"헛!"

"이, 이놈이!"

"<u>흐흐흐.</u> 상선보의 계집을 품을 수 있을 거라고는 생각도 못했는데, 재수가 아주 좋군."

그때 남아 있던 남삼청년이 뒤늦게 애꾸를 알아보고 대경해 소리쳤다.

"상 형, 위 형! 조심하게! 그자는 독안귀도 조안이라는 자네!"

그 말에 대경한 상유진과 위청기가 주춤거리며 뒤로 물러났다.

독안귀도 조안. 탐화귀 요호랑과 함께 화안쌍귀(花眼雙鬼)라 불리는 자.

하는 행동이 어찌나 지저분한지, 뛰어난 무공에도 불구하고 전마성에서조차 받아주지 않는 자들.

그들은 결코 상유진이나 위청기가 상대할 수 있는 자들이 아니었다.

그럼에도 사람들이 보고 있다는 이유로, 뒤에 여인이 있다는 이유로 그들은 물러서지 않고 검을 쥔 손에 힘을 주었다.

남삼청년, 고한도 더는 안 되겠는지 앞으로 나섰다.

"조심해야 하네! 저자들은 우리 모두가 달려들어도 쉽게 상대할 수 있는 자들이 아니네."

그나마 세 사람 중 그가 가장 침착하게 대응하는데, 셋 중에 무공이 가장 강한 사람도 그였다.

힘을 얻은 상유진과 위청기가 고개를 끄덕이고는 서로 눈짓을 하는가 싶더니 동시에 조안을 공격했다.

"죽어라, 이놈!"

그들도 명색이 한수 건너 의성과 남장 일대를 주름잡는 중소문파의 소주인들. 그리 만만치 않은 실력을 지닌 자들이었다. 셋이라면 아무리 조안이라도 쉽게 꺾을 수 없을 듯했다.

하지만 생사의 대결을 수백 번이나 치른 조안을 상대하기에는 그들의 경험이 너무도 일천했다.

더구나 요호랑이 몸을 날려 싸움에 가세하자, 상황이 한순간에 한쪽으로 기울었다.

따다당!

"헛! 저놈을 막아!"

"킬킬킬, 강아지도 잡을 수 없는 그따위 검으로 어딜!"

십 초도 지나기 전에 여기저기 옷이 찢기고, 찢겨진 곳에서 핏물이 배어 나온다.

정신없이 검을 찔러보지만, 화안쌍귀의 살기 어린 칼을 막기에는 역부족이다.

칠팔 초가 더 흐르자 허겁지겁 물러서기에 바빠지는 세 사람이다. 당장 팔다리가 떨어진다고 해도 하나 이상할 것 없는 상황.

"킬킬킬, 어떠냐? 지금이라도 저 계집을 순순히 바친다면 너희 세 놈의 목숨은 살려주마."

주춤거리며 물러선 세 사람이 결국 탁자 앞까지 밀리자, 상소금이 하얗게 질린 얼굴로 온갖 수실이 달린 검을 뽑아 들었다.

"오빠! 그놈을 죽여! 절대 나를 데려가게 하면 안 돼! 알았지?!"

요호랑이 음탕한 눈으로 그녀를 바라보며 옆으로 돌았다.

막으면 누구든 죽이겠다는 듯 칼을 앞세운 채.

셋이서 조운 하나도 벅찬 판국. 이를 악문 채 그를 바라보면서도 쉽게 걸음을 옮기지 못하는 위청기다.

상소금이 금방이라도 울음을 터뜨릴 것처럼 악을 썼다.

"위 오빠! 놈을 막아! 죽이란 말이야! 어서!"

하지만 위청기는 몸을 반쯤 돌렸을 뿐 막상 그의 앞을 막지는 못했다.

"위 형! 위 형이 이자를 막아! 내가 그를 상대할 테니까!"

고한이 급히 옆 걸음으로 다가가며 소리쳤다.

한데 위청기가 귀머거리마냥 꼼짝도 않는다. 자신이 벗어나면 상유진이 위험해질 터. 고한은 이러지도 못하고 저러지도 못한 채 이만 악물었다.

그때 요호랑이 하얗게 웃으며 위청기와 여덟 자의 거리를 두고서 빙 돌아갔다.

"흐흐흐, 잘 생각했다. 계집 하나 때문에 아까운 목숨을 잃어서야 쓰겠나?"

한데 그때, 탁자를 돌아가려던 그가 한쪽을 바라보고 눈살을 찌푸렸다.

"이것들은 또 뭐야? 죽으려고 환장한 놈들이군. 이런 판국에 술을 마시다니."

그가 비릿한 조소를 흘리더니, 칼을 눕혀 탁자의 모서리를 내려쳤다.

탕!

귀머거리도 깜짝 놀랄 정도로 큰 소리가 객잔을 울렸다.

그러나 당연히 쏟아질 거라 생각했던 음식이나 술은 탁자에서 한 치의 미동도 보이지 않았다.

의아한 와중에도 기분이 상했는지 요호랑이 힐끔 옆을 바라보며 소리쳤다.

"꺼져라! 오늘은 기분이 좋으니 살려주마!"

좌소천은 물끄러미 손에 들린 술잔을 입으로 가져갔다.

반면에 흑의장한은 천천히 고개를 들었다.

"내가 가진 전 재산을 털어서 산 음식이 하마터면 쏟아질 뻔했군."

다시 상소금을 향해 가려던 요호랑이 와락 얼굴을 일그러뜨리고 흑의장한을 노려보았다.

"그래서? 기분이 나쁘다 이건가?"

"꺼져. 오늘은 기분이 좋으니 그냥 가면 목숨은 살려주지."

흑의장한이 자신의 말을 그대로 되풀이한다.

요호랑의 얼굴이 와락 일그러졌다.

"미친놈. 그렇게 죽고 싶으면 죽어!"

요호랑이 홱 몸을 돌리며 흑의장한의 목을 향해 칼을 휘둘렀다.

찰나 흑의장한의 손에서 뭔가가 번쩍였다.

동시에 아주 작은 소리가 났다.

뿍!

잘 들리지도 않을 정도였다. 하지만 주위에 있던 사람들에게는 천둥소리보다 크게 들렸다.

"어, 어……."

요호랑이 주춤거리며 물러선다.

그의 이마에 박힌 젓가락을 타고 핏물이 흘러나온다.

똑!

젓가락 끝에 방울진 피가 바닥에 떨어지는 순간, 뒤에 있던 위청기가 그걸 보고는 검을 휘둘렀다.

"죽어!"

퍽!

허수아비나 다름없는 요호랑의 목이 반쯤 베어지며 피분수가 솟구쳤다.

"크크크, 내가, 내가 놈을 죽였어! 모두 봤지?!"

그때 조안이 번개처럼 몸을 날렸다.

"이놈!"

"위 형! 피해!"

고한이 고함을 내지르며 그를 막으려 했을 때는 이미 그의 칼이 물러서는 위청기를 스치고 있었다.

스걱!

"허억!"

단칼에 위청기의 팔 하나가 어깨에서 떨어져 나갔다.

또다시 허공으로 길게 솟구치는 피분수!

"으아아아!"

미친 듯이 검을 휘두르며 비틀비틀 물러서는 위청기다.

조안은 그를 본 척도 하지 않고, 위청기의 팔이 잘려진 곳에서 솟구친 피분수를 가슴으로 안은 채 흑의장한을 향해 달려들었다.

순간이었다!

후웅!

갑자기 응축된 대기가 밀려가는 소리가 나는가 싶더니,

쾅!

묵직한 굉음과 함께 조안의 신형이 뒤로 훌훌 날아갔다.

쿵!

바닥을 울리며 떨어진 조안이 꿈틀거린다.

움푹 함몰된 가슴.

튀어나올 듯이 커진 두 눈.

부들거리는 것도 잠시, 꺽꺽대던 그가 서서히 움직임을 멈쳤다.

객잔이 쥐 죽은 듯이 조용해졌다.

누구도 무슨 일이 어떻게 된 것인지 아는 사람이 거의 없었
다.

오직 흑의장한만이 좌소천을 바라보며 의미있는 웃음을 지
을 뿐이다. 그래 봐야 입꼬리를 미미하게 말아 올린 것에 불과
했지만.

"다른 곳으로 옮겨 술 한잔 더 했으면 싶은데, 어떻습니까?"

좌소천의 제안에 흑의장한이 일어섰다.

"나는 가진 게 없네. 그러니 그대가 사야 하네."

"행색은 이래도 술 한잔 살 돈은 있습니다. 갑시다."

두 사람이 피비린내 풍기는 객잔을 나서는데, 고한이 황급
히 뛰어나왔다.

"잠깐만 기다리시오!"

좌소천이 바라보자 고한이 포권을 취했다.

"고가장의 고한이라 하오. 먼저, 좀 전에 동료가 한 말을 사
과하겠소."

"그건 그대가 할 일이 아니오."

"어쨌든 함께 있었으면서도 말리지 못했으니 내 잘못도 있
소. 그리고 오늘 일, 정말 고맙소."

일파의 소주인이 사과하는 것은 말처럼 쉬운 일이 아니다.
자존심을 접고 진심으로 고마움을 표하는 것 역시.

아마 위청기라는 자였다면, 자신들의 힘으로 충분히 물리칠

수 있다고 했을지도 몰랐다. 아니면 입을 꾹 다물고 있든지.

"당신이 왜 저들과 함께 있는지 모르겠군."

"어릴 때부터 친구였소. 강호의 경험이 없어 실수를 해서 그렇지, 그렇게 나쁜 친구들은 아니오. 용서해 주시오."

"마음에 둘 것도 없으니 신경 쓰지 마시오. 그럼."

좌소천이 가볍게 고개를 숙이고는 몸을 돌렸다.

고한은 이를 지그시 깨물고는 재빨리 안으로 들어갔다. 그리고 얼마 되지 않아 밖으로 다시 뛰어나왔다.

좌소천과 흑의장한은 백여 장 아래쪽의 객잔에 자리를 잡았다.

"능야산이라 하네. 자네보다 나이가 조금 많은 것 같아 말을 놓았으니 이해하게."

"좌소천입니다. 저는 나이 많은 사람에게 존대받는 걸 별로 좋아하지 않습니다."

"그것도 마음에 드는군."

흑의장한 능야산의 입가에 가느다란 웃음이 걸렸다.

"그렇게 웃으니 보기가 훨씬 좋습니다."

"그런가?"

입가에 걸린 웃음이 쓴웃음으로 변한다.

왠지 사연이 많은 사람처럼 보였다.

"들을 수 있겠습니까?"

좌소천이 뜬금없이 물었다.

혹의장한의 얼굴에 그늘이 졌다. 암울함마저 묻어 있는 짙은 그늘이다.

그걸 보니 더욱 궁금해졌다.

좌소천은 능야산의 비어 있는 술잔에 술을 따르고 가만히 기다렸다.

능야산이 술잔을 입 안에 털어 넣고 나직이 입을 열었다.

"내 나이 서른다섯이네. 그중 이십사 년을 형제, 동료들과 함께 쫓기면서 여기저기 숨어살았지. 매일 놈들이 찾아올까 걱정하면서. 나야 한곳에 처박혀 있기 싫어 나왔지만……."

말을 하는 도중에도 눈빛이 흔들린다. 아마 다른 형제와 동료들이 걱정되는 듯하다.

좌소천의 표정이 무심하게 굳어졌다.

쫓기면서 숨어살아 온 이십사 년. 자신이 숨 쉬며 살아온 세월보다도 더 많다.

대체 어떤 사연이기에 이십사 년을 그렇게 살아왔단 말인가.

"능 형의 무공으로도 그들을 상대할 수 없었단 말입니까?"

능야산의 얼굴에 비감이 어렸다.

"남들에 비하면 그럭저럭 강한 무공이지만, 나를 쫓는 자들에게는 그리 강한 무공이라 할 수 없네."

좌소천이 본 능야산은 절정의 경지가 완숙함에 이른 고수다. 도유관이나 공손양과 겨루어도 그리 밀리지는 않을 듯하다. 한데 그런 고수가 그리 강하지 않다고 한다.

"대체 어떤 자들이 그리 독하게 능 형을 쫓는단 말입니까?"

능야산이 천천히 고개를 저었다.

"미안하네. 아직 거기까지는 말할 때가 아닌 것 같군."

좌소천은 더 묻지 않고 빈 술잔에 술만 채웠다.

그때 주렴이 걷히며 한 사람이 들어왔다. 고한이었다.

"후우, 여기 계셨군요. 두 분을 찾으려고 객잔 다섯 곳을 뒤졌습니다."

"무슨 일이오?"

"제가 한잔 사드리고 싶어서 왔습니다."

"나도 가진 게 있소. 말은 고맙지만 신경 쓰지 않아도 되오."

좌소천이 거절하는데도 고한은 될 대로 되라는 표정을 지으며 자리에 앉았다.

"일단 제가 한잔 따르겠소이다."

겉보기보다 두꺼운 얼굴을 자랑하며 고한이 술병을 들자, 좌소천도 더는 마다하지 못했다.

그렇게 자리가 무르익었을 때다. 능야산이 좌소천에게 물었다.

"아우는 낭인이 아닌 것 같은데, 내가 잘못 본 건가?"

겉모습만으로는 영락없이 삼류낭인이다. 그러나 좌소천이 지닌 무공과 기도는 낭인이라 하기에 지나치게 강하고 무거웠다.

"맞습니다. 저는 속해 있는 곳이 있습니다."

"어딘가?"

"그 이전에 능 형에게 묻고 싶은 게 있습니다."

"물어보게."

"계속 그렇게 사실 겁니까?"

계속 쫓기면서 살 거냐는 물음이다.

능야산의 표정이 무거워졌다.

"어디에 얽매일 수 없는 형편이네. 게다가 나로 인해 다른 자들이 피해를 보는 것도 원치 않네."

"크게 얽매이는 관계가 아니라면 어떻겠습니까? 또한 그들이 누구든, 쉽게 건드릴 수 없는 곳이라면 말입니다."

능야산이 좌소천의 눈을 똑바로 쳐다보았다.

"그런 곳일수록 모든 것이 철저한 만큼 얽매이지 않는 관계를 유지하기가 힘들다네. 그럴 만한 곳도 천하에 몇 곳 되지 않고."

옆에서 조용히 듣고만 있던 고한이 넌지시 입을 열었다.

"저희 고가장에 와 계시면 어떻겠습니까?"

능야산이 고개를 저었다.

"고가장은 그들을 막을 수 없네."

고한의 표정이 굳어졌다. 고가장이라면 남장제일의 세력, 자존심이 상한 듯했다.

하지만 능야산은 조금도 개의치 않고 좌소천을 향해 말을 이었다.

"자네가 말한 조건을 충족시킬 곳이 있나?"

"있다면 가시겠습니까?"

능야산의 얼굴에 갈등이 스쳤다.

그러나 어쩔 수 없다 생각했는지, 능야산은 천천히 고개를 끄덕이며 쓴웃음을 지었다.

"한 달 정도 일하고 여비만 벌어서 떠나려 했는데, 그런 곳이 있다면 가야겠지. 지금으로서는 어떤 형편도 안 되니……."

좌소천이 조용히 웃었다.

"그럼 저와 함께 가시죠."

"어디인가?"

"제천신궁 패천단입니다."

능야산은 물론이고 고한의 눈도 커졌다.

최근의 제천신궁은 명실상부한 천하제일의 세력이다. 천하 사패라는 말조차 무색할 지경이다.

그렇기에 능야산은 의문이 들었다.

"제천신궁이라면 얽매이지 않을 수 없을 텐데, 자네가 한 약속이 지켜질 수 있다고 보나?"

좌소천이 앞에 놓인 술잔을 잡으며 못을 박듯 말했다.

"약속은 지켜질 겁니다. 제가 패천단을 맡고 있는 한은."

순간 눈이 튀어나올 것처럼 커진 고한이 좌소천을 보며 더듬거렸다.

"그, 그럼… 좌 형께서, 전마성의 웅성과 천문 지부를 단 이틀 만에 함락시켰다는 제천신궁의 풍운아……?"

좌소천은 아무런 말도 없이 술잔만 목구멍에 털어 넣었다.

다음날.

좌소천이 능야산과 함께 떠나려 하자 고한도 따라오겠다고 했다. 하지만 좌소천은 여운을 남기고 그의 뜻을 잠재웠다.

"그리 오래지 않아 남장을 지날 일이 있을 겁니다. 그때 가서 봅시다."

"정말입니까? 그럼 꼭 오셔야 합니다. 약속해 주십시오, 좌형."

고한은 남장의 제일 세력 고가장의 후계자다. 한수 서북쪽으로 진출하는 데 적지 않은 도움이 될 터. 마다할 이유가 없었다.

"약속하지요."

2

황촉불이 두 사람의 얼굴에 그늘을 드리운다.

하지만 두 사람의 표정이 무거워진 것은 촛불의 그림자 때문만은 아니었다.

"패천단이 너무 커졌사옵니다."

"패천단이 문제가 아니야. 호북의 일이 자세히 알려진 이후 장로와 간부들까지 놈을 보는 눈이 달라져 있어."

"그냥 놔두기에는 너무 위험하옵니다, 주군."

"나도 알아!"

혁련무천의 이마가 찌푸려졌다.

손에 들린 인형처럼 생각했던 좌소천이다. 한데 어느 순간 손아귀를 빠져나가더니, 십 년도 안 된 사이에 한 손으로 쥘 수 없을 만큼 커져서 돌아왔다.

그때라도 확실히 다루었다면 지금처럼 되지는 않았을 터였다.

한데 한순간의 방심이 놈을 너무 키워줘 버렸다.

'괘씸한 놈! 은혜를 모르고 기어오르려 하다니.'

전이었다면 그리 생각할 혁련무천이 아니었다.

그러나 나이가 들고, 아들이 당하자 모든 것이 부정적으로만 보였다.

더구나 장로들과 간부들마저 놈을 마치 후계자라도 되는 듯 생각하질 않는가 말이다.

'이대로는 안 돼. 일단 놈의 힘부터 약화시켜야 해. 그리고 그다음에…….'

혁련무천의 눈에서 찰나간 살광이 맴돌았다.

그걸 본 사공은환이 재빨리 나섰다.

"주군, 이번 전마성과의 싸움에 패천단만 보내면 어떻겠사옵니까?"

"패천단만? 그건 너무 속이 보이지 않는가?"

패천단만으로는 절대 전마성의 주력을 상대할 수 없다. 그걸 모르는 사람 또한 없다.

사람들은 자신이 좌소천을 견제하기 위해 그렇게 했다고 생각할지 모른다.

자존심이 상하는 일이었다. 천하의 제천무제가 이제 이십대의 좌소천을 견제하기 위해 그런 말을 들을 수는 없는 일이 아닌가.

"제천단 백에 무천단 이십을 함께 보내라. 북쪽의 일은 나머지만으로도 충분하니까."

사공은환은 반대하려 고개를 들었다가 입을 닫았다.

혁련무천의 흔들리는 눈을 본 것이다.

'이제 당신도 늙었군요.'

전이었다면 어떤 말에도 흔들리지 않고 소신을 밀어붙였을 혁련무천이다. 그런 혁련무천이 이제 남의 눈치를 본다.

사공은환은 씁쓸한 마음을 속으로 감추고 고개를 숙였다.

"알겠사옵니다, 주군."

"대신 황파의 아우에게 전령을 보내서 놈의 움직임을 방해하라고 해."

"존명!"

제천전을 나온 사공은환은 가만히 뒤를 돌아다보았다.

오늘따라 웅장한 제천전의 모습이 작아 보인다.

'아무래도 안 되겠어. 내가 따로 어떤 수를 내든지 해야지.'

3

좌소천이 능야산을 대동하고 패천단으로 돌아간 것은 이틀이 지난 아침 무렵이었다.

찢어진 옷을 갈아입고 집무실에 들어가자 공손양이 곧바로 찾아왔다.

"마침 맞게 오셨습니다, 단주."

좌소천이 자리에 앉자 공손양이 말을 이었다.

"어제저녁에 호북 총지부에서 긴급 전령이 왔는데, 점심이 끝나고 긴급회의가 있다고 합니다. 아마 호북의 일이 거론될 것 같습니다."

좌소천의 눈빛이 깊어졌다.

"우리가 가는 것은 기정사실이 될 거요."

"패천단의 세력이 커지는 것을 우려하고 있던 만큼, 저들 역시 우리가 가는 것을 반길 것입니다."

"그러겠지요."

좌소천의 깊게 가라앉은 눈이 공손양을 향했다.

"우기가 닥치기 전에 모든 것을 정리해야 합니다. 잊지 마십시오."

공손양의 고개가 깊숙이 숙여졌다.

"예, 단주."

호북으로 파견됨과 동시에 바람이 불 것이다.

그 바람이 얼마나 세게 불지는 아무도 모른다. 심지어 그걸 계획한 좌소천과 공손양조차 정확히 알지 못한다.

다만 분명한 것은, 그로 인해 천하의 판도가 변할 거라는 것이었다. 세상이 의식하지 못하는 사이.

"그리고 오늘 데려온 사람, 직속무사로 둘 겁니다. 얽매이지 않는다는 조건으로 데려왔으니 공손 형이 잘 보살펴 주십시오."

"알겠습니다, 단주."

가볍게 고개를 숙인 공손양이 작은 책자 하나를 내밀었다.

"그동안 수집된 정보들입니다. 꽤 재미있는 것도 많으니 한번 살펴보십시오."

회의는 공손양의 말대로 점심이 지난 미시 무렵에 시작되었다.

생각했던 대로 패천단의 호북 출정이 결정되었다.

거기에 제천단 일백과 무천단 이십 명이 더해졌으나, 그것만으로는 사람들의 의문을 불식시키지 못했다.

"패천단만으로 전마성을 상대할 수 있겠소?"

"허어, 대체 궁주께서 무슨 생각으로 그들만 보내겠다는 건지……."

하지만 회의가 끝난 후 귓속말로만 떠들어델 뿐 누구도 혁련무천의 결정에 대놓고 토를 달지는 못했다.

*　　　*　　　*

패천단의 출정이 결정된 그날 밤.

초대받지 못한 손님들이 삼천 리 길을 달려와 제천신궁을 방문했다.

그들은 모두 다섯. 하나같이 절정의 본신 무공을 지닌 자들이었는데, 그들이 지닌 둔형술을 이용한 살인 수법은 그들의 본신 무공보다 몇 배나 두려운 것이었다.

그들이 제천신궁에 들어온 지 네 시진이 지난 축시 초.

아름드리나무 위에서 다섯 쌍의 눈이 길게 뻗은 건물 한가운데를 향했다.

자신들이 받은 건물 배치도는 작은 건물 하나도 틀리지 않았다.

그렇다면 자신들이 보고 있는 건물이 목표가 기거하는 곳이라는 말이었다.

"이호와 삼호가 뒤를 치고, 사호와 오호가 내 뒤를 따른다. 시간은 일각 후, 달이 산 너머로 넘어가면 내가 먼저 시작하겠다."

전음이 네 사람의 귀에 동시에 전해졌다.

네 사람이 고개를 끄덕인 순간, 굵은 나뭇가지처럼 보이던 자들이 나무 위에서 사라졌다.

좌소천은 감고 있던 눈을 살며시 떴다.

기이한 느낌이 밀려오고 있었다. 썩 좋은 기분은 아니었다.

살기라고 하기도 애매한 미약한 기운. 아마 하늘의 매가 병아리를 노린다면 이 정도의 살기가 흐를까 싶을 정도다.

다만 분명한 것은, 패천단 무사들의 기운이 아니라는 것이다. 그리고 자신을 향해 밀려온다는 것이다.

'나를 노리는 것일까?'

충분히 생각할 수 있는 일이다.

한데 누가 시켰을까?

혁련무천? 사공은환?

누구라도 가능하다.

어쨌든 두고 보면 알 일. 좌소천은 자리에서 일어나 무진도를 손에 쥐고는 의자에 앉아서 다가오는 기운의 주인을 기다렸다.

촛불조차 꺼진 방.

창문으로 스며들던 달빛조차 서서히 약해진다. 그러더니 어느 순간, 방 안이 완벽한 어둠으로 물들었다.

그때 밤바람이 창문을 덜컹이고, 내전의 천장에 나 있는 쪽문을 스치고 지나갔다.

동시에 한줄기 기운이 실바람처럼 밀려들었다.

딸깍.

좌소천이 좌수 엄지로 무진도를 밀어 올리는 소리가 천둥처럼 울렸다.

순간 실바람처럼 밀려들던 기운이 사방으로 흩어졌다.

그러나 좌소천은 꿈쩍도 않고 앞만 바라보았다.

찰나였다!

바늘 끝처럼 날카로운 기운이 날아들고, 좌소천의 손에서 방 안의 어둠보다 더 시커먼 선이 쭉 뻗었다.

사악!

천장이 갈라지고, 갈라진 틈에서 두 줄기 기운이 쏟아진 것은 바로 그때였다.

좌소천은 손목을 비틀어 쭉 뻗은 묵선을 채찍처럼 휘둘렀다.

동시에 앞쪽 방문을 통해 두 줄기 안개가 더 스며들었다.

쾅!

탁자를 앞으로 내찬 좌소천이 좌수를 들어 허공을 찍고 무진도로 천장을 갈랐다.

"헙!"

천장에서 나직한 신음이 처음으로 흘러나왔다.

비릿한 혈향 속에서 광채도 없는 도기와 검기가 난무했다.

그런데도 탁자를 내찬 것 외에 별다른 소리가 나지 않는다.

소름 돋는 싸움에 좌소천조차 긴장이 될 정도였다.

단순한 고수들이 아니다.

철저히 암습을 위해 수련을 한 자들이다.

자신들보다 두 배는 강한 자도 암습으로 죽일 수 있는 자들. 그런 자가 다섯이나 되는 것이다.

'제천신궁의 놈들이 아니다!'

그것만은 분명했다. 철저히 감춰진 자들이라 해도 기도와 무공의 본질은 어쩔 수 없는 법이다.

한데 이들이 지닌 모든 것이 제천신궁의 것이 아니다.

왠지 이질적인 무공. 오래전 언젠가 겪어본 것처럼 느껴지는 기운.

문득 좌소천의 눈에서 기광이 번뜩였다.

'혹시……?'

암습자들의 정체를 대충 짐작한 좌소천의 눈에서 묵광이 쏟아졌다.

찰나간, 좌소천의 손에서 펼쳐지던 도법이 일순간에 변했다.

끼이이이!

대기의 흐름을 억지로 비트는 소리가 고막을 긁는다.

"허억!"

제법 큰 신음이 터져 나오는가 싶더니, 선혈이 튀며 팔목 부위에서 잘린 팔 하나가 바닥으로 떨어졌다.

후두두두!

천장과 벽과 바닥으로 쏟아지는 선혈!

비릿한 혈향이 코를 찌른다.

순간이었다. 철저하게 모습을 감춘 채 따로 움직이던 자들이 일시에 짓쳐들었다.

결판을 내자는 듯했다.

좌소천은 신중하니 팔성의 내력을 끌어올렸다.

전력을 다한다면 이들을 단숨에 처리할 수 있을 것이다. 그러나 자신을 다 내보이는 셈이 될 터. 아직은 때가 아니었다.

네 줄기 기운이 코앞까지 다가왔을 때다.

좌소천의 신형이 흐릿해지는가 싶더니 먹물 같은 선이 둥글게 띠를 이루었다.

쩌저저정!

"컥!"

"허억!"

"흐읍!"

신음이 거의 동시에 터져 나오며 달려들던 자들이 뒤로 튕겨졌다.

하나는 튕겨진 그대로 널브러져 일어나지 못했지만, 셋은 재빨리 몸을 추스르고 뒤로 물러섰다.

그들을 향해 좌소천의 공격이 이어졌다.

"빠져나가라!"

암습자 중 누군가가 이를 가는 목소리로 소리쳤다.

그 말이 나오자마자 세 개의 그림자가 창문과 천장을 향해 몸을 날렸다.

좌소천은 손을 멈추고 내력을 다스렸다.

굳이 자신이 쫓을 필요가 없었다.

비록 소리도 거의 나지 않았고 싸운 시간도 짧지만, 근처의 사람들이 몰려들기에는 충분한 소리고, 시간이었다.

게다가 패천단에는 패천단의 단원들만 있는 것이 아니었다.

"클클클, 그놈들. 제법 귀엽게 노는구면."

막 지붕을 넘던 일호는 갑자기 자신보다 시커먼 안개가 너울지며 앞을 막자 급히 몸을 틀었다.

그러나 그가 몸을 틀었을 때는 이미 시커먼 안개가 다시 앞을 가로막은 상태였다.

그는 더는 물러날 수 없다는 것을 알았는지 검을 앞세운 채 시커먼 안개를 향해 몸을 날렸다.

"퀠! 제법이긴 하다만, 그따위 꼬챙이로는 감히 이 어르신 몸에 상처를 낼 수 없느니라."

일호의 검이 일순간에 밤하늘을 수십 번 갈랐다.

하지만 무영자의 몸에 흔적을 남기기에는 역부족이었다.

픽!

시커먼 손바닥이 가슴에 닿았다 떨어지고, 일순간 숨이 턱 막힌 일호는 입을 쩍 벌렸다.

눈앞에서 어른거리는 검은 안개가 하얗게 웃는다.

일호는 그제야 상대가 누군지 알고 절망적인 표정을 지었다.

"흐, 흑살신 무영자?"

"알았으면 무릎을 꿇고……."

흐뭇한 미소를 지으며 말하던 무영자의 얼굴이 와락 일그러졌다.

잠시 기분 내는 사이, 일호의 입가에서 시커먼 피가 흘러나오는 것이 아닌가.

급히 다가간 무영자는 일호의 멱살을 잡고 목에 손을 대어 봤다.

간당간당한 맥이 겨우 느껴진다. 거기다 입에서 풍기는 역겨운 독향. 멱살을 놓음과 동시 죽을 것이 뻔해 보인다.

"이 육시할 놈이!"

충분히 막을 수 있는 일이었다. 그런데 기분을 너무 내다가 그만 독단을 깨물 시간을 주고 말았다.

한데 그때, 아래쪽에서 동천옹의 목소리가 들렸다.

"검둥아, 잡았냐?"

'지미, 저 칠삭둥이처럼 차라리 다른 놈에게 맡길걸.'

하지만 이제 와서 후회해 봐야 아무 소용도 없었다.

"그, 그게… 잡으려니까, 나를 알아보고 그냥 죽어버렸다."

"놈이 자결하게 놔두었단 말입니까, 선배?"

등소패가 한심하다는 표정으로 올려다본다.

등소패에게 마저 밀릴 수는 없다는 생각에 무영자가 빽 소리쳤다.

"등가야! 내가 죽을 줄 알았냐?"

그러자 동천옹이 콧소리를 내며 혀를 찼다.

"명색이 흑옥의 태상이라는 놈이 그래, 그걸 생각 못했단 말이야? 쿵, 너도 이제 늙긴 늙었구나. 쯔쯔쯔……."

평소라면 칠삭둥이라며 마주 놀렸을 그다. 하지만 상황이 그렇지 못했다.

'이 빌어먹을 새끼 때문에 이게 무슨 창피야?'

좌소천이 밖으로 나왔을 때는 이미 상황이 정리된 후였다.

오가기 귀찮다며 패천단에서 살다시피 하는 장로들과 직속 무사들은 물론이고, 패천단의 주요 간부 등 단주의 건물이 있는 근처의 무사들은 모두 나온 상태였다.

한데 암습자 중 살아 있는 사람이 없었다.

한 사람은 자결하고, 한 사람은 도유관이 도끼로 이마를 쪼개고, 한 사람은 능야산의 일곱 치 비도가 목에 박혔다.

"이 자식들, 어째 하나같이 다 죽이기를 좋아하냐? 저 멍청한 친구야 상대가 자결을 해서 어쩔 수 없었다지만 말이야."

이번에는 무영자도 참지 않았다.

"그러게 직접 잡으라니까 왜 애들한테 맡겨?"

하지만 본전도 찾지 못했다.

"자결하는 걸 멀뚱히 눈 뜨고 지켜본 늙은이가 무슨 말이 그리 많아?"

"흥! 나는 싸우기라도 했지. 뒷짐 지고 있던 너는 뭘 했는데?"

동천옹과 무영자가 서로를 노려보았다.

그 바람에 다른 사람들은 감히 입을 열지도 못한 채 좌소천만 바라보았다.

좌소천이 나서서야 두 사람의 눈싸움이 멎었다.

"짐작 가는 곳이 있으니 너무 신경 쓰지 마십시오. 어차피 사로잡았어도 알아낼 게 그리 많지 않았을 겁니다."

무영자가 고개를 끄덕였다. 그래야 자신의 잘못이 조금이라도 덜어질 것처럼.

"하긴, 저런 놈들은 본래 입이 무겁지."

동천웅이 그런 무영자를 흘깃 쳐다보며 비꼬았다.

"자네를 봐선 그것도 아닌 것 같은데?"

"그래도 자네처럼 아무 데서나 미주알고주알 다 말하지는 않아."

동천웅의 얼굴이 어둠 속에서 붉어졌다. 그때서야 자신의 말실수를 깨달은 무영자가 고개를 돌리고 하늘을 바라보았다.

"어험, 나는 조금이라도 더 자야겠다. 요즘 몸이 허해져서 말이야."

그러더니 순식간에 장내에서 사라졌다.

동천웅은 무영자가 사라진 곳을 노려보더니 고개를 숙이고 돌아섰다. 왠지 힘이 없는 모습이었다.

"나도 들어갈란다. 나머지는 너희들이 알아서 해."

등소패가 좌소천에게 눈을 찡긋 하고는 동천웅을 따라갔다.

좌소천은 동천웅이 갑자기 시무룩해진 이유를 짐작하고 쓴 웃음을 지었다.

얼마 전 등소패에게서 동천웅에 대해 들은 말이 있었다.

삼십여 년 전 술에 취한 동천웅이 술자리에서 자신의 친구가 은거한 곳에 대한 이야기를 사람들에게 한 적이 있는데, 그 친구의 원수가 그 말을 듣고 은거지를 찾아가 친구를 죽였다고 했다.

그 일 이후, 장난을 좋아하긴 해도 다른 사람에 대해 쉽게 입을 열지 않는 동천웅이다. 한데 무영자가 그런 동천웅의 조문을 찌른 것이다.

'삼십 년도 더 지난 일이라 했는데, 아직까지 마음에 부담이 되시는 모양이군.'

하긴 가슴에서 맺힌 것이 어찌 쉽게 지워질까.

좌소천은 내심 고개를 저으며 안에서 들려 나온 것까지 다섯 구의 시신을 바라보았다.

'미리 대비하지 않았다면 큰일 날 뻔했어.'

그만큼 움직임이 은밀했다. 사공은환의 노림수에 대비하지 않았다면 이리 쉽게 끝나지는 않았을 것이었다.

"짐작 가는 곳이 있다 하셨는데, 어디에서 온 자들입니까?"

곁으로 다가온 공손양이 물었다.

좌소천과 천외천가와의 관계를 아는 사람은 그리 많지 않았다. 그나마도 어머니에 대한 것까지 아는 사람은 열 명도 채 되지 않았다.

공손양도 좌소천이 천외천가를 극도로 싫어한다는 것은 알았지만, 불구대천의 원한이 있다는 것은 알지 못했다. 그것까지 말할 필요가 없다 생각한 좌소천이 말을 하지 않았기 때문이다.

"조금 있다 말해주겠소."

좌소천이 답을 미루는데 능야산이 다가왔다.

바로 앞까지 다가온 그가 침중하게 굳은 표정으로 좌소천을 응시했다.

"저들이 왜 좌 아우… 아니, 단주를 공격한 것인가?"

단순한 물음이 아닌 듯 느껴지는 표정이다.

하지만 좌소천은 미처 그의 마음까지 들여다보지는 못했다.

"저를 죽여야 할 이유가 있었겠지요. 자세한 것은 안으로 들어가서 말씀드리겠습니다."

하기에 그렇게만 말하고 이자광을 시켜 뒷수습을 하게 했다.

"이 형, 이 형이 사람들을 시켜서 시신들을 한곳으로 옮겨주시오. 날이 밝으면 자세한 것을 알아보겠소."

"예, 단주."

"그리고 나머지 분들은 저를 따라오십시오."

내실은 피로 범벅되어 당분간 지낼 수 없을 듯했다.

좌소천은 사람들을 내실이 아닌 집무실 쪽으로 데려갔다.

공손양과 능야산, 도유관 등 직속무사들과 모이산, 포규상 등 대주들이 그를 따라 들어왔다.

언젠가는 알아야 할 일.

일이 벌어졌을 때 알리는 게 나을 거라 생각한 것이다. 천외천가는 협상의 대상이 아닌 적이란 것을 말이다.

촛불에 불이 밝혀지고, 사람들이 자리에 앉자 좌소천이 입을 열었다.

"나는 저들을 천외천가의 사람들로 짐작하고 있습니다."

공손양은 어느 정도 짐작한 듯 고개를 끄덕이고, 나머지는 놀란 표정을 감추지 못했다.

천외천가의 무사들은 어깨에 표식이 있는 것으로 알려져 있다. 하지만 암습자들은 아무 표식도 없었다. 한데도 좌소천은 그들이라는 확신을 가지고 말하지 않는가.

특히 능야산은 표정마저 딱딱하게 굳어 있었다.

"그걸 어떻게? 천외천가의 표식도 없는 자들인데……?"

"이 자리에서 자세한 걸 다 말씀드릴 수는 없습니다만, 오래전부터 천외천가에서는 저를 죽이려 했습니다. 그 바람에 백부까지 저를 지키시려다 놈들의 손에 돌아가셨지요. 한데 저들의 무공에는 당시 저를 공격했던 자들과 같은 류의 무공이 녹아 있었습니다."

능야산은 뭔가를 물어보려다 입을 다물었다.

그걸 물어보기 위해선 자신에 대해서도 모두 밝혀야 하기 때문이었다.

그가 입을 다물고 있는 사이 좌소천의 말이 이어졌다.

"사실 그 일로 인해서 나와 천외천가는 견원지간이라 해도 과언이 아닙니다. 최근 본 궁과 천외천가와의 흐름이 이상하게 흐르고 있지만, 나는 천외천가와 어떤 식으로든 가까이 할 생각이 없습니다."

공손양이 신중한 표정으로 물었다.

"궁주께서 천외천가와 모종의 협상을 하고 있다는 소문이 있습니다. 정말로 궁주께서 그들과 손을 잡으신다면 단주께선 어떻게 하실 겁니까?"

이미 어떻게 할 거라는 걸 알고 있는 공손양이다. 그런 만큼 궁금해서 묻는 것이 아니다. 이 기회에 자신의 뜻을 정확히 밝히라는 주문이다.

좌소천의 표정이, 목소리가 무겁게 가라앉았다.

"궁주께선 나와 천외천가와의 일을 알고 있소. 한데도 그런 일이 벌어진다면… 나는 더는 제천신궁에 연연하지 않을 것이오."

장내가 숨소리조차 들리지 않을 정도로 조용해졌다.

깊게 생각할 것도 없었다. 갈라서겠다는 말.

어느 정도 짐작하고 있었으면서도 막상 좌소천의 입에서 그 말이 나오자 사람들은 입이 굳어버렸다.

침묵 속에 좌소천의 목소리가 이어졌다.

"여러분들에게 이런 말을 하는 이유는 단 하나. 그때 가서 나를 따르지 않을 거라면 지금 떠나라는 것이오."

만 근의 바위가 머리를 짓누르는 듯했다.

한참 동안 아무도 입을 열지 않았다.

그간 공손양의 언질이 있었기 때문인지 크게 동요하는 사람은 없었다. 그래도 좌소천의 입에서 막상 그 말이 나오자 긴장하지 않을 수 없었다.

얼마나 지났을까, 공손양이 침묵을 깼다.

"나는 단주와 함께할 것입니다. 어떤 경우가 닥쳐도."

도유관이 싸늘하게 입을 열었다.

"떠나고 싶으면 떠나시오. 붙잡지 않을 테니까. 하지만 이것만은 알고 가시오. 남자라면 자고로 신의를 지켜야 한다는 걸. 밖에 나가서 입을 여는 자는 내 도끼가 용서치 않을 것이오."

적사옹이 이마를 찌푸린 채 물었다.

"한 가지만 묻겠습니다. 그 말씀은, 제천신궁과 완전히 등을 돌린다는 것입니까?"

"나는 신의를 저버린 사람과 한 배를 타고 싶은 생각이 없소. 그러나 제천신궁을 적으로서 상대하고 싶은 마음 또한 없소. 보다 더 자세한 것은 나중에 말해주겠소."

황신양이 특유의 부드러운 목소리로 물었다.

"어떤 계획이 있으신 것 같은데…… 확실하게 말씀해 주시면 안 되겠습니까?"

좌소천은 천천히 사람들을 둘러보았다.

모두가 자신을 바라보며 입이 열리기만을 기다리고 있다.

어차피 입을 연 마당. 좌소천은 만 근 무게가 실린 목소리로 자신의 뜻을 밝혔다.

"간단하오. 나는 새로운 하늘을 열 것이오."

쿠궁!

가슴속에서 북이 울리는 듯했다.

알고 있었던 사람이나 모르고 있었던 사람이나 모두가 마찬가지였다.

하늘이 된다는 것!

꿈이 있는 자의 영원한 바람이 아니던가!

이후 아무도 입을 열지 않았다.

나간 사람도 없었다. 두어 명의 눈빛이 흔들렸지만, 이를 지그시 깨문 그들도 고개를 끄덕여 좌소천의 의지에 동참했다.

그렇게 일각이 지나자 모이산이 어깨를 으쓱하며 말했다.

"떠날 사람 없는 모양인데, 피냄새도 씻어낼 겸 우리 술이나 한잔하면 어떻겠소? 밤이 좀 늦긴 했지만, 그럭저럭 술맛이 날 것 같은데."

좌소천도 천천히 고개를 끄덕였다.

무사히 한 고개는 넘어갔다. 술을 한잔해도 좋을 듯했다.

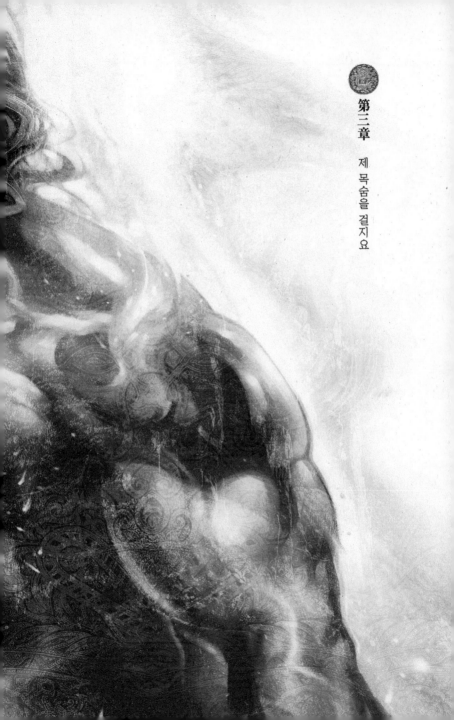

第三章

제 목숨을 걸지요

한 장의 서신을 손에 쥔 구포봉의 얼굴에 하얀 웃음이 번졌
다.

　"이제 시작인가?"

　맞은편에 앉아 있던 장하경이 벌건 얼굴로 입을 열었다.

　"곧 호북에서 한바탕 난리가 나겠군요."

　"그러겠지. 새로운 하늘이 나타나기 위해선 천둥과 벼락이
치는 법이니까. 하지만 생각보다는 그리 소란스럽지 않을 것
이야. 좌 공자는 힘만 앞세우는 사람이 아니거든."

　"우흐흐흐흐, 좌우간 생각만 해도 떨리는군요."

　"벌써 떨면 어떡하나? 아직 시작도 안 했는데."

　"그래도 기분이 좋아서 말입니다."

"잘못하면 뒈질지도 모르는데 기분이 좋기는……."

"커험, 그게 남자 아닙니까."

장하경을 흘겨본 구포봉이 서신을 내려놓고 의자에 등을 기댔다.

"오늘부터 정신없이 사람들을 모아야겠군."

"전부 끌어 모을 겁니까?"

"누구 망할 일 있어? 광한방 놈들이 눈을 흘기고 있는데, 영업을 하려면 놈들을 견제할 힘은 있어야지. 일차로 삼백 정도만 추릴 생각이야."

"어이구, 구포방 많이 컸네요. 일류고수 삼백이 일차 인원이라니."

"시답잖은 소리 말고, 가서 간부들에게 전해. 인원 단속 잘하고 있으라 하고. 아마 가보면 반가운 사람도 있을 거네."

"알겠습니다요, 대방주님!"

장하경이 과장된 몸짓으로 허리를 푹 숙이더니 히죽 웃으며 밖으로 나갔다.

방에 혼자 남은 구포봉의 표정이 그제야 굳어졌다.

"이제… 시작인가? 흐미, 진짜 떨리네. 저 자식 앞에서 무게잡느라 허리에 힘주었더니 더 떨리는 것 같네. 젠장!"

그렇게 얼마나 지났을까, 투덜대던 구포봉의 눈이 방문을 향했다.

"그건 그렇고, 나중에 귀찮지 않으려면 오늘 장가 놈이 잘해줘야 할 텐데……."

얼굴이 굳어진 것은 장하경도 마찬가지였다.

반가운 사람이 있을 거라더니 정말이었다.

의자에 앉아 있는 십여 명의 한가운데. 각진 턱이 풀어헤쳐진 머리 사이로 보인다. 영원히 다시는 볼 수 없을 거라 생각했던 얼굴이다.

"서, 설마… 다, 단주님?"

장하경의 눈이 벌겋게 달아오르자 앉아 있던 오십대 후반의 초로인이 고개를 돌렸다.

한참 만에야 그의 입이 열렸다.

"고생이 많았나 보군. 얼굴이 많이 긁혔어."

털썩, 무릎을 꿇는 장하경의 눈에 안개가 자욱이 깔렸다.

"초혈단 제일조장 장하경이 단주를 뵈오!"

"일어나게, 장 조장."

몸을 일으키는 장하경의 눈에 방울이 맺혔다.

"단주께서 살아 계시다니, 이게 꿈인지 생신지……."

"운이 좋았지. 놈들의 검이 가슴에 세 개나 꽂혔는데도 심장이 터지지 않았으니 말이야. 덕분에 오 년이나 고생을 했는데, 자네를 보니 내 고생은 고생도 아니었던 것 같군."

"원, 단주님도……."

"그래, 듣자하니 자네가 좌소천인가 하는 청년을 잘 안다고 하던데, 그에 대해 이야기 좀 해보게."

장하경의 얼굴이 환하게 펴졌다.

그걸 보는 초로인, 육부경의 두 눈에 이채가 어렸다.

곧 장하경의 입에서 긴 이야기가 청산유수처럼 쏟아졌다.

"제가 좌 공자님을 처음 만난 곳이⋯⋯."

와중에도 가릴 것은 가려서 말했다.

단칼에 절정고수를 죽였다는 말을 해봐야 믿지도 않을 테니, 누구와 싸워서 그냥 이겼다는 식으로만 설명했다. 입이 근질근질해도 하는 수 없었다.

그의 말이 다 끝나갈 즈음, 육부경이 굳은 표정으로 물었다.

"전마성의 장로 종후전이 그에게 패했다 들었다. 그와 내가 붙는다면 누가 이길 거라 보는가?"

장하경이 그의 물음에 움찔했다.

육부경만이 아니다. 앉아 있던 사람들도 잔뜩 굳은 눈으로 자신을 바라본다.

문득 기이한 기분이 든 장하경은 육부경을 바라보았다.

'혹시 이 양반이 엉뚱한 생각을⋯⋯?'

신월맹의 무사 삼백 이상이 모였다. 그것도 거의 모두가 일류고수들이다. 엉뚱한 욕심이 생기지 않는다면 그것이 더 이상할지도 몰랐다.

그래서는 아니 될 일이었다. 겨우 잡은 기회를 놓칠 수는 없었다.

숨을 크게 내쉰 장하경이 곧 자신의 생각을 가감없이 털어놓았다.

"솔직히 말씀드려서, 이십 초 안에 승부가 날 거라고 봅니다."

육부경의 눈매가 꿈틀거렸다.

다른 사람들 역시 불쾌한 표정을 지으며 장하경을 노려보았다.

"설마 육 단주께서 진다는 말은 아니겠지?"

한때 신월맹 귀월단의 부단주였던 시은형이 살기 띤 눈으로 묻는다.

장하경은 턱에 힘을 주고, 마저 입을 열었다.

당장 때려죽여도 분란의 소지는 막아야 했다.

"그것도 최대한도로 잡은 것입니다. 만약 좌 공자님이 살의를 품고 도를 펼친다면, 십 초도 힘듭니다."

말을 끝맺음과 동시에 진짜 때려죽일 것 같은 눈빛들이 장하경을 짓눌렀다.

하지만 장하경은 눈을 부릅뜨고 한마디 더 했다.

"내기를 하라시면…… 제 목숨을 걸지요."

2

태양이 중천에 뜰 무렵, 좌소천 암살미수사건에 대한 이야기가 제천신궁 일대에 퍼졌다.

암살자들의 신원에 대한 것은 알려지지 않았다.

다만 전마성에서 보낸 암살자가 아닌가 하는 추측만이 무성할 뿐이었다.

탕!

"대체 어떤 놈들이 그따위 엉성한 짓을 한 거야?!"

사공은환은 탁자를 내려치고는 오만상을 다 찌푸렸다.

자신 역시 최후의 방법으로 암살을 생각했다. 밀천단에는 그런 일을 누구보다 완벽히 처리할 사람들이 제법 되었으니까.

그런데 어떤 멍청한 놈이 먼저 시도하고 실패해 버린 것이다. 좌소천의 털끝 하나 건드리지도 못한 채.

"빌어먹을 새끼들. 다섯 놈이나 달려들었으면 적어도 팔 하나는 베어냈어야지!"

차라리 성공이라도 했다면 화낼 것도 없었다. 오히려 손도 안 대고 코푼 격이니 술잔을 들어 건배할 일이었다.

그러나 멍청한 놈들이 암살에 실패한 이상, 자신은 계획을 구석에 처박고 때를 기다리는 수밖에 없었다.

"단주, 놈이 호북으로 갈 때 사람을 보내보면 어떻겠습니까?"

사공은환은 밀천단의 부단주이자 자신의 오른팔인 종효민의 말에 미간을 찌푸렸다.

"호북에서 처리하자는 거냐?"

"전마성의 무사로 가장하면 그만큼 위험부담도 덜어질 것 아니겠습니까?"

"나도 그걸 생각해 보지 않은 것은 아니다. 하나, 실패하기라도 하면 놈의 어깨에 힘만 실어줄 뿐이야. 놈은 위기를 기회로 이용하고도 남을 만큼 머리가 좋으니까."

오늘의 일만 해도 그랬다. 그 일로 인해 많은 사람들이 좌소천을 동정하며 누군지 모를 적을 성토하고 있는 판이었다. 은연중 암살자들이 좌소천을 도와준 꼴이 된 것이다.

그러나 종효민은 자신의 생각을 포기하지 않았다.

"빈객으로 와 있는 기가와 그의 수하들인 오살(五煞)이라면 충분히 가능하지 않겠습니까?"

사공은환의 눈빛도 흔들렸다.

종효민이 기가라 부른 자. 귀영문의 주인이었던 귀영천살(鬼影天殺) 기천승.

당금 강호에 존재하는 세 명의 초특급살수 중 하나. 천하제일살수 자리를 다투는 살객이 바로 그다. 제천신궁에 있다는 것 자체가 비밀일 정도로 전 강호인이 두려워하며 공적처럼 여기는 존재.

그러나 문제가 없는 것도 아니었다.

그는 사람을 철저히 가려서 죽였다. 같은 세력에 속한 사람을 죽이라고 했을 경우, 그가 나설지는 미지수였다.

그는 자신의 명령이라고 해서 무조건 따르는 단순한 수하가 아닌 것이다.

"그가 나서줄까?"

사공은환도 그것이 마음에 걸렸다.

한데 종효민이 눈을 빛내며 은근히 자신의 생각을 말했다.

"그의 꿈을 들어주는 조건이라면 나설 겁니다."

"꿈이라……. 귀영문의 재건 말인가?"

"좌소천이 만에 하나 전마성과의 싸움을 이기고 돌아온다면 문제는 더욱 커집니다. 그 어린놈에게 주도권을 빼앗기는 것보다는 낫지 않겠습니까? 더구나 귀영문을 재건해도 결국 본 궁의 예하 세력에 불과할 텐데 말입니다."

결국 사공은환의 고개가 천천히 끄덕여졌다.

"좋아, 일단 그의 생각을 타진해 봐라. 대신 모든 것을 철저히 비밀에 감춰야 할 것이야. 만일 기회가 나지 않으면 무리하지 말고 그냥 돌아오라고 하고."

"걱정 마십시오. 기천승의 손에서 벗어날 수 있는 자는 천하에 열 명 정도밖에 없습니다."

그래도 못 미더운지 사공은환이 이마를 찡그렸다.

"잠강에 연락해서 혹시라도 놈이 살아서 도착하면 철저히 감시하라고 해."

"알겠습니다, 단주."

3

패천단의 출정은 조용히 이루어졌다.

전마성과 무림맹은 물론이고, 주위의 다른 세력을 자극하지 않기 위함이었다.

이제 갓 들어온 무사 이백 명을 남겨놓은 채 팔백수십 명의 패천단 인원이 모두 빠져나가는 데는 이틀이 걸렸다.

그리고 그 뒤를 따라 제천단과 무천단의 무사들이 제천신궁을 나섰다.

그렇게 패천단이 조용히 빠져나간 다음날, 제천단의 삼백 정예와 무천단의 고수 오십이 북서쪽의 남양으로 달려갔다.

말로는 전마성과의 본격적인 전쟁을 앞두고, 혹시 모를 무림맹의 발호를 견제한다는 것이었지만, 그 속뜻은 따로 있었다.

그 즈음, 섬서에서 조용한 피바람이 불기 시작했다.

태백산에서 일천의 무인이 안개를 헤치고 나타난 것이다.

그들이 나타난 지 이틀. 한중 일대 십여 개 문파가 일제히 무릎을 꿇고 천외천가에 충성을 맹세했다.

종남과 화산이 그 소식을 들었을 때는 이미 한중 반경 일천 리가 완벽히 천외천가에 의해 잠식된 후였다.

급작스런 그들의 출현에 여주(汝州)의 무림맹이 발칵 뒤집혔다.

그것은 정한거의 혈풍에 비할 수 없는 충격이었다.

여주의 무림맹.

소식이 전해지자마자 시간이 늦었음에도 정천전에 무림맹의 장로들이 모두 모였다.

"천외천가가 태백산을 나오다니, 이게 어찌 된 일이오?!"

"대체 본 맹의 정보망은 그동안 뭘 하고 있었단 말이오?"

"안 됩니다! 절대 그들이 한중을 지배하게 해선 안 됩니다!

그리되면 섭서가 완전히 갈리게 됩니다!"

"즉시 조사대를 보내서 어찌 된 일인지 알아봐야 하오!"

"사자를 보내 천외천가의 진정한 뜻을 알아봅시다!"

"혹시 그들이 야욕을 품은 게 아니오?"

설왕설래.

무림맹의 장로들이 중구난방으로 떠들어댄다.

하지만 누구도 마땅한 답을 내놓지 못한 채 곤혹한 표정을 지을 뿐이다.

머리가 어지러울 정도로 많은 사람들이 떠들어대자, 가만히 앉아 있던 노승이 일어났다.

"아미타불!"

그리 크지 않은 불호였지만, 모든 사람들의 입을 다물게 하기에는 충분했다.

일어선 노승이 무림맹의 장로원주인 소림의 법현이었기 때문이다.

"조용히 하시고, 군사의 말을 들어봅시다."

나직하면서도 사람의 마음을 편안하게 만드는 목소리다.

사람들은 입을 다물고 상석의 우측에 앉아 있는 제갈진문을 바라보았다.

사람들의 시선이 집중되자 제갈진문이 자리에서 일어났다.

"너무 갑작스러워서 잠시 생각을 해보느라 여러 장로들의 의견에 미처 대답을 하지 못했습니다."

그는 둘러앉아 있는 이십여 명의 장로를 둘러보고는 천천히 말을 이었다.

"그동안 천외천가의 움직임을 감지하지 못한 것은 분명 저의 불찰입니다. 그 점에 대해선 입이 열 개라도 할 말이 없습니다. 하나… 지금은 잘못을 책하기 이전에 대책을 논의할 때라 생각합니다. 그러니 당분간 저의 잘못에 대한 질책을 뒤로 미루어주셨으면 합니다."

"험, 그야 당연한 말이지."

"뭐, 군이 그걸 군사의 잘못이라고만 할 수 있나? 어디 할 말이 있으면 해보시게나."

장로들이 슬며시 고개를 돌리며 한마디씩 했다. 그리고 곧 조용해지자 제갈진문이 입을 열었다.

"천외천가가 한중에 있던 본 맹 예하의 문파들을 쳤다는 것은, 그들이 마침내 세상에 나서기로 작정했다는 것입니다."

장로들의 표정이 침중하게 굳어졌다.

천외천가의 힘은 온통 비밀에 가려져 있다. 알려진 것이라고 해봐야 그들의 힘이 구파일방 오대세가에 못지않다는 정도가 다였다.

천 년 만에 세상으로 나선 그들의 힘이 어디까지 미칠지는 아무도 모른다. 한중에서 끝날지, 아니면 다른 곳까지 뻗칠지.

장로들의 마음이 무거워진 것은 그 때문이었다.

상석에 앉아 있던 노도인이 제갈진문을 바라보았다.

"그들이 왜 갑자기 태백산에서 나올 생각을 했을 거라 보는가?"

당금 무림맹의 맹주이며 오제 중 검제(劍帝)인 화산의 우경 진인이었다.

천천히 고개를 돌린 제갈진문이 조금 굳은 표정으로 입을 열었다.

"두 가지 가능성이 있습니다. 하나는 내부의 힘이 커져 밖으로 표출시킬 수밖에 없는 상황이 되었다는 것. 그리고 다른 하나는… 누군가가 그들을 움직이게 만들었다는 것입니다."

장로들이 웅성거렸다.

제갈진문이 말을 이었다.

"최근 제천신궁이 남양에 제천단과 무천단을 파견해서 본 맹과 경계에 있던 문파들을 복속시키고 있습니다. 저는 그 일이 한중의 일과 무관하지 않다고 보고 있습니다."

"제천신궁이?!"

"그들이 천외천가와 손을 잡았단 말인가?"

경악한 장로들이 소리치듯 입을 열었다.

우경 진인이 손을 들어 그들의 입을 막았다.

"조용히 해보시오. 군사의 이야기를 더 들어봅시다."

웅성거림이 잦아들자 제갈진문이 자신의 생각을 말했다.

"아직은 추측일 뿐입니다. 그러니 장로들께서도 제가 한 말을 당분간 다른 사람에게 말하지 않았으면 합니다."

고개를 끄덕이는 장로들을 보며 그가 말을 이었다.

"몇 년 전 만패철검 선우궁현의 죽음을 둘러싸고 제천신궁과 천외천가 사이에 알력이 있었습니다. 그때 천외천가의 순우연이 혁련무천에게 모종의 친서를 보냈지요. 그 서신에 무엇이 쓰였는지는 혁련무천과 사공은환을 제외하고 아무도 모릅니다만, 당시 저는 혼자서 생각해 본 것이 있습니다. 그 일을 기회로 해서 앞으로 잘 지내보자는 말이 서신에 적혀 있지 않았을까……"

잠시 말을 끊은 그는 이마를 찌푸렸다.

"만일 그런 뜻이 적혀 있었다면, 혁련무천이 과연 그 말을 단순하게 흘려보낼까, 아니면 천외천가의 힘을 이용해 볼 생각을 했을까? 저는 두 번째로 보았습니다. 조금만 틈이 보여도 망설이지 않고 밀어붙이는 패웅이 바로 혁련무천이니까 말입니다. 그런데… 제천신궁이 움직임과 동시에 천외천가가 한중을 쳤습니다. 충분히 의심이 갈 만한 상황이지요."

"으음……"

"허어, 그것참. 엎친 데 덮친 격이로고……"

우경 진인의 목소리도 낮게 가라앉았다.

"그들의 야욕을 막을 대책은 있는가?"

제갈진문의 표정이 복잡하게 얽혔다.

"그게 당장은 쉽지가 않습니다. 그저 천외천가를 한중에 묶어두는 것과 제천신궁이 남양 위쪽으로 올라오지 않게 하는 것 정도가 현재로선 최선일 뿐입니다."

"마냥 그렇게 놔둘 수는 없지 않은가?"

"선공을 한 것은 저들입니다. 본 맹이 저들을 쳐도 명분은 저희들에게 있습니다. 하나 그리되면 전쟁이 벌어질 것입니다."

전쟁!

그 말에 장로들의 표정이 딱딱하게 굳었다.

지난 수십 년간 무림맹 전체가 나설 정도의 일은 거의 벌어지지 않았다. 제천신궁이 신월맹을 쳤을 때도 지켜보기만 했다.

최근에 일어난 정한궁의 혈겁 정도가 가장 큰일이라 할 수 있었을 정도니, 전쟁이라는 말은 모두에게 충격을 주고도 남았다.

그러나 전쟁이 일어나면 수많은 제자들이 죽어갈 것이 분명한 일. 누구도 당장 전쟁을 하자며 나서지는 못했다.

어느 정도 예상했던 반응. 제갈진문이 목소리를 낮춰 자신의 생각을 말했다.

"당장 전쟁을 하지 않을 거라면, 당분간은 힘을 모으면서 대응책을 마련하는 것이 상책이라 생각합니다."

"허어, 답답하구먼."

우경 진인이 탄식을 하며 눈을 반쯤 감았다.

작금 상황의 어려움을 보여주는 모습이다.

그때 한쪽에 조용히 앉아 있던 노도인이 제갈진문에게 전음을 보냈다.

무당의 장로인 현우자였다.

"군사, 회의가 끝나면 잠시 좀 만나세. 장문인께서 전하라는 말이 있네."

제갈진문은 고요히 가라앉은 표정으로 미미하게 고개를 끄덕였다.

"알겠습니다, 장로."

4

태양이 작열하는 유월.

좌소천이 황파의 만월평에 도착한 지 닷새가 된 날이었다.

정보도 얻을 겸, 패천단에 남겨놓은 자들에게서 소식이 전해졌다.

한중이 천외천가에 넘어갔다는 것. 그리고 대공자 혁련호정이 돌아왔다는 것이었다.

그들에게서 전해진 소식을 공손양으로부터 들은 좌소천의 표정이 싸늘해졌다.

"혹시 본 궁이 움직이지 않았습니까?"

"대공자가 돌아온 다음날, 제천단과 무천단이 남양으로 갔다고 합니다, 단주."

"훗, 결국 그렇게 되는 건가?"

"어떻게 하시겠습니까?"

"생각보다 빠르긴 하지만, 멍석을 깔아줬으니 판을 벌여야겠지요."

공손양은 무릎에 올려진 손에 힘을 주고 좌소천을 직시했다.

"언제쯤 시작하실 겁니까?"

"먼저 소문을 내십시오. 소문이 무르익으면… 그때 시작하지요."

담담한 목소리다. 그러나 공손양은 그 목소리에 어깨가 위축되는 듯했다.

"알겠습니다, …주군."

좌소천이 공손양의 뜬금없는 호칭에 눈을 들었다.

공손양이 재빨리 입을 열었다.

"앞으로 익숙해지셔야 합니다. 그러니 마다하지 마십시오."

좌소천이 쓴웃음을 지었다.

"그래도 몸에 안 맞는 옷을 입은 기분입니다."

"하늘은 하늘로 불리어야 합니다. 그래야 그 밑에 있는 사람들도 그만한 대우를 받을 수 있지요. 수하들을 위해서라도 받아들이십시오."

"흐음, 알겠습니다. 하나, 아직은 아닙니다. 진정한 하늘이 될 때까지는 미루겠습니다."

"그럼 일단 말투부터 바꾸어주십시오. 반만이라도……."

옳은 말이라는 것을 모르는 바는 아니다.

그러나 갑자기 말을 바꾼다는 것이 어디 쉬운 일이던가.

"그거… 시작부터 꽤 어렵군요."

투덜거리는 좌소천을 바라보며 공손양은 조용히 웃었다.

냉정한 듯하면서도 본성의 부드러움이 그대로 남아 있는 좌소천이다.

공손양은 그래서 더 자신의 운이 좋다는 생각이 들었다.

진정한 하늘은 강함과 부드러움이 상존해야 한다. 한데 자신이 본 좌소천이 바로 그런 사람인 것이다.

'당신은 그 누구보다 큰 하늘이 될 수 있을 겁니다.'

잘게 나누어진 패천단은 천문과 잠강으로 향하게 놔두고, 좌소천은 자신의 직속무사 열 명과 단주 휘하 호위무사 이십 명만을 데리고 황파의 만월평으로 왔다.

총지부의 상황도 알 겸, 지원받을 무사들에 대해 총지부장과 상의하기 위해서였다.

첫날, 호북 총지부장이자 혁련무천의 사촌 아우인 혁련무성이 환한 웃음을 지으며 그를 반겼다.

하지만 그뿐이었다.

그는 잠강과 천문을 지원할 무사들의 소집을 미적거리며 좌소천과의 만남도 이런저런 핑계를 대고 피했다.

닷새간 단 두 번을 만났을 뿐이니 일에 진척이 있을 리가 없었다.

그러던 차에 소문이 돌았다.

어디에서부터 먼저 돈 것인지 파악할 틈도 없이, 소문은 이틀이 지나기 전에 호북 남부 일대로 일파만파 번졌다.

처음에는 제천신궁이 천외천가와 손을 잡았다는 소문뿐이었다. 하지만 하루가 지나자 소문에 한 가지 말이 덧붙여졌다.

어쩌면 선우궁현의 장례 때부터 천외천가와 모종의 협약이 있었을지 모른다는 것이었다.

그리고 곧이어, 태군사의 아들이자 패천단주인 좌소천이 천외천가와 원수지간인데, 궁주가 그럴 수 있느냐는 말이 나왔다.

그것은 말 그대로 소문일 뿐이었다.

하지만 듣는 사람들은, 그 소문이 사실일 경우 제천신궁의 궁주가 신의를 저버린 거와 다름없다며 술자리의 안주로 삼고 씹어댔다.

결국 궁주인 혁련무천이 연관된 이야기가 흘러나오자, 미적거리던 혁련무성도 좌소천을 만나지 않을 수 없었다.

총지부장의 집무실은 한때 신월맹의 맹주 초동강이 집무실로 쓰던 진월각이었다.

그곳에선 혁련무성과 네 명의 중년인이 좌소천이 오기를 기다리고 있었다.

좌소천이 공손양과 도유관만 대동한 채 진월각 안으로 들어가자 혁련무성이 어색한 웃음을 지으며 입을 열었다.

"험, 그동안 몸이 좋지 않아서 집무를 볼 수 없었네. 그래, 잘 지내고 있었나?"

그의 앞자리에 앉은 좌소천은 담담한 표정으로 자신의 안건만 말했다.

"시간이 없어서 내일 아침에 출발할 생각입니다."

혁련무성은 목적이 있어서 자신과의 만남을 피했을 것이다.

그러나 자신은 그사이에 황파 총지부의 상황을 대충 파악한 상태였다.

　이대로 떠난다 해도 아쉬울 것이 없었다. 지원 무사야 시간이 조금 늦을 뿐 보내주지 않을 수는 없을 테니까.

　그래도 일단 혁련무성을 떠봤다.

　"지원 무사를 보내주지 않으시겠다면 어쩔 수 없이 저희의 힘만으로 적과 싸워야 하겠지만, 어쩌겠습니까?"

　혁련무성이 눈살을 찌푸렸다.

　"그럴 수는 없는 일이네. 지원 무사를 보내지 않으면 사람들이 나를 어떻게 생각하겠나?"

　괴이한 소문이 돌고 있는 마당이다. 그런 마당에 자신이 지원 무사를 보내지 않으면 사람들은 자신마저 씹어댈 것이었다.

　더는 미적거릴 수가 없는 상황. 혁련무성이 좌소천을 보고 물었다.

　"그래, 얼마 정도의 인원이면 되겠는가?"

　"오백 정도는 있어야겠습니다. 미리 말씀드립니다만, 일반 무사들을 보내주실 거라면 그냥 놔두십시오."

　혁련무성의 눈이 커졌다.

　"오백은 적은 인원이 아니네. 그 정도면 만월평의 쓸 만한 무사 중 반은 가야 할 것이네. 무리한 인원이야."

　그랬다. 오백이면 호북 총지부인 황파의 정예 중 반에 해당했다.

하기에 원하는 것이기도 했다.

"전마성에게 지면 무리고 뭐고 없습니다. 그들이 잠강과 천문만 차지하고 말 거라 생각하시는 건 아니겠지요?"

"하지만……."

"더는 머뭇거릴 여유가 없습니다. 결정하시죠. 보내주실 건지, 말 것인지."

생각 외로 좌소천이 강하게 나가자 혁련무성의 이마에 주름이 졌다.

"너무 많은 인원이야. 궁주께 허락을 얻기 전에는……."

"할 수 없지요, 그럼. 이만 자리에서 일어나겠습니다. 단, 이번 싸움에 문제가 생기면, 모두 지부장께서 책임지셔야 할 겁니다."

좌소천이 자리에서 일어나자 혁련무성이 손을 들어 말렸다.

"이, 이봐! 보내지 않는다는 게 아니잖은가?"

자리에서 일어난 좌소천이 고개만 돌려 말했다.

"오백입니다. 먼저 출발할 테니, 내일 출발시켜서 두 지부로 보내주시기 바랍니다."

한데 그때였다.

잠자코 듣고만 있던 중년인이 앞으로 나섰다. 단혼검 엽풍이라는 자였다.

"좌 단주, 사정을 모르는 것은 아니나 너무 지부장께 무례한 것이 아니오?"

좌소천이 무심한 얼굴로 그를 바라보았다.

"뭐가 무례란 말이오? 파견단의 수장으로서 지원 무사를 내 달라는 게 무례하다는 거요, 아니면 지원 무사를 내주지 않을 경우 혼자 가겠다는 것이 무례하다는 거요?"

"누가 지금 그걸 말하자는 거요? 지부장께서도 사정이 있어 그러는 건데 너무 강압적이지 않냐는 말이외다."

"강압? 귀하는 강압에 대한 말을 잘 모르는 것 같구려."

좌소천이 엽풍을 직시한 채 물었다.

"그대에게 묻겠소. 지위가 같을 경우, 임무의 전권을 지닌 책임자와 지원단 수장 중 누가 상급자요?"

엽풍이 대답을 못하고 눈치만 봤다.

사단 중 하나인 패천단의 단주는 총지부장과 서열이 같다. 그러나 막중한 임무를 수행할 때에는 당연히 전권을 지닌 책임자가 모든 것을 지휘하게끔 되어 있다.

그걸 모르는 사람은 장내에 아무도 없었다.

좌소천이 혁련무성에게로 눈을 돌렸다.

"나는 오히려 예를 다해 지부장의 체면을 살려주었다 생각하는데, 총지부장께선 어찌 생각하십니까?"

"허험, 누가 뭐랬나? 걱정 말게. 내일 오후까지 지원 무사들을 잠강과 천문으로 출발시키겠네."

"그리하시겠다니 감사합니다. 기왕이면 정예를 부탁합니다. 그래야 피해가 그만큼 적어질 것이 아니겠습니까?"

"허, 허. 알겠네. 내 최선을 다해보겠네."

살짝 고개를 숙인 좌소천은 혁련무성의 뒤에 서 있는 네 명의 중년인을 쓸어보고 몸을 돌렸다.

몸을 돌린 좌소천의 얼굴에 만족한 표정이 떠올랐다.

'훗, 삼사백이면 다행이라 생각했는데, 오백이라……'

황파의 정예 중 반을 빼냈다.

그들이 빠지면 호북 총지부란 이름은 빛 좋은 개살구일 뿐
이다.

언제든 집어삼킬 수 있는 곳 말이다.

다음날 아침, 만월평의 총지부를 떠나며 좌소천은 뒤를 돌
아다보았다.

양면이 백 장 절벽으로 되어 있고, 후면은 무려 삼백 장의
깎아지른 절벽이 사람들의 접근을 막고 있었다.

일천으로 일만을 막을 수 있다는 곳.

아버지에 의해 그 통설이 무너진 곳.

천혜의 요지라는 만월평이 한눈에 들어온다.

"아무리 봐도 정말 굉장한 곳입니다, 단주."

공손양이 눈을 빛내며 감탄했다.

좌소천이 천천히 고개를 돌리며 조용히 웃었다.

"나 역시 우리의 터전으로 삼기에 부족하지 않다 생각하고
있지요."

조용히 웃는 그의 눈이 우거진 송림을 지날 때였다. 입꼬리
가 보일 듯 말 듯 살짝 비틀렸다.

만월평에서 멀어지는 사십여 명을 주시하는 여섯 쌍의 눈이 무색으로 가라앉았다.

"놈들이 떠나려나 봅시다, 대형."

여섯 쌍의 눈 중 유난히 검은 눈동자가 짙은 눈의 주인이 눈매를 좁혔다.

"…좋지 않아."

나머지 다섯 쌍의 눈이 흠칫하며 검은 눈동자의 주인을 응시했다.

검은 눈동자의 주인, 기천승이 미간을 찌푸린다.

처음 보는 모습. 다섯 쌍의 눈이 잘게 떨렸다.

"그렇게 강한 자입니까?"

"그걸 나도 모르겠다. 그래서 더 문제야."

바람에 흔들리는 솔잎 사이로 목표가 보인다.

허리에 꽂힌 한 자루 도. 그리고 장포 안에 꽂힌 기다란 무엇. 그것이 전부다.

강하다 했다. 패천단의 단주를 맡아도 될 만큼.

잘 봐줘야 이십대 중반. 아무리 강하다 해도 자신보다 강할까 하는 생각이 그의 마음을 지배한다.

지난 세월, 그의 손에 죽어간 사람들 중에는 초절정의 고수들도 둘이나 있다.

기천승은 그들과 목표를 비교해 봤다.

열 번을 비교해 봐도 그들보다 강해 보이지는 않는다. 경험은 당연히 비교 상대조차 되지 않는다.

그런데도 이상하게 마음 한구석이 찜찜하다.

그의 옆에 있는 고수들 때문이 아니다. 그들 중 서넛이 강하긴 하나, 그들은 결코 자신의 손을 벗어날 수 없는 자들이다.

그 강함의 정도를 알아볼 수 있으니까.

하지만 정작 목표로 하는 자의 강함을 알 수가 없다. 그래서 문제다.

저자는 얼마나 강한 걸까?

'잠강 지부로 들어가면 기회가 더 없어진다. 그전에 해치워야 돼.'

자신에게 일을 맡긴 사람은 기회가 나지 않으면 그냥 돌아오라고 했다. 하지만 그럴 수는 없었다.

귀영문의 재건이 걸린 일이다.

그리고 귀영천살의 자존심이 걸린 문제다.

'항상 함께 다니지는 않겠지. 저자도 사람인 이상 볼일은 봐야 할 테니까.'

하루가 지났다.

기천승은 좌소천을 쫓으며 그가 혼자 되기만을 기다렸다. 하다못해 서너 명으로 줄어들기만 해도 아쉬운 대로 기회를 만들 수 있을 터였다.

그렇게 한천 지부를 지난 좌소천 일행이 분수(分水)에서 배를 타고 한수를 건너려 하자 기천승도 아우들과 함께 같은 배를 탔다.

조금 위험했지만, 목표인 좌소천에 대해 좀 더 알고 싶은 마음 때문이었다.

　더구나 평범한 상인, 농부, 떠돌이 낭인. 모두가 가지각색의 신분으로 완벽히 분장을 했다. 한두 번 해본 분장이 아니기에, 분장한 신분에 대한 것을 철저히 익혔기에, 누군가가 수상히 여기고 묻는다 해도 진짜 상인이나 농부로 알 것이었다.

　삼 장의 거리. 한 번 도약이면 닿을 수 있는 거리다.

　자신은 선미에 있고, 좌소천은 선수에 있다.

　그 사이에 호위무사 십여 명이 끼어 있다. 한 배에 모두가 탈 수 없어 나머지는 다음 배를 타고 건너려는 듯했다.

　'접근해서 해치울까?'

　일반 손님처럼 접근한다면 적어도 일 장 거리까지는 접근할 수 있을 것이었다.

　일 장 안에서 자신의 급습을 피할 수 있는 자가 천하에 몇이나 될까.

　다섯? 열? 아무리 많아도 스물은 넘지 않을 터이다.

　그리고 목표는 그 스물에 들지 못할 것이다.

　기천승은 선미에서 천천히 걸음을 옮겼다.

　그때 목표가 고개를 돌리더니 주위를 살펴본다.

　찰나간 스치고 지나가는 눈빛.

　기천승은 자신도 모르게 몸을 돌려 강물을 바라보았다.

　'하필이면 지금 눈을 돌리다니.'

배에서 내린 좌소천은 나머지 인원이 건너올 때까지 마을의 객잔에서 식사를 하며 기다리기로 했다.

그들이 모두 건너오려면 한 시진은 더 지나야 할 터였다. 더구나 그들에게 식사를 하고 오라 했으니, 자신들도 그들이 오기 전에 식사를 하는 것이 나을 것이었다.

좌소천이 자리에서 일어난 것은 식사가 거의 끝나갈 무렵이었다.

"혼자 생각할 것도 있고, 잠시 바람 좀 쐬고 오겠소."

직속무사들이 함께 일어서려 하자 좌소천이 손을 저어 말렸다.

"마저 식사를 하시오."

그러고는 엉거주춤 일어선 그들을 다시 앉히고는 객잔을 벗어났다.

객잔은 강가에서 그리 멀지 않은 곳이었기에, 좌소천은 자갈이 깔린 강가를 거닐었다.

때로는 강을 바라보고, 때로는 하늘을 바라보며 걷는 그는 누가 봐도 한가로움을 즐기는 삼류무인 정도로 보였다.

그렇게 오십여 장을 걷던 그는 송림이 우거진 곳이 나타나자 발길을 그곳으로 돌렸다. 마치 따가운 햇살을 피하기 위해 그늘로 들어가는 사람처럼.

강렬한 유혹!

기천승은 그 유혹을 떨치지 못했다.

떨쳐야 한다는 것을 알면서도 그러지를 못했다. 아니, 떨칠
수가 없었다.

사실 객잔에서 기회를 노려보려고 했다. 사람이 많은 곳일
수록 기회가 더 많이 오는 법이니까.

한데 교묘하게도, 목표는 기회를 포착할 때마다 털끝만큼
움직여 기회를 무산시켰다.

그렇게 두 번의 기회가 지나가자 그는 결국 객잔에서의 공
격을 포기해야만 했다.

그러던 차에 목표가 객잔을 나선 것이다. 그것도 혼자서!

선도 지부까지 칠십여 리. 잠강으로 바로 간다고 해도 이백
리 길이다. 밤이 되기 전에 도착한다는 말.

어쩌면 마지막 기회가 될지도 몰랐다. 잠강 지부에 도착한
후 또 기회가 있을지는 알 수 없지만, 이보다 더 좋은 기회가
날 거라고는 볼 수 없었다.

송림을 헤치고 십여 장을 들어가자, 그리 넓지는 않아도 자
잘한 나무가 없이 초지가 펼쳐진 곳이 보였다.

좌소천은 초지의 가장자리에 있는 바위에 걸터앉았다.

반쯤 눈을 감은 그의 얼굴이 마치 명상에 든 듯 고요하다.

바위와 하나가 된 듯 앉아 있는 그의 주위로 새들이 날아든
다.

지나가던 독사 한 마리가 그의 발에 머리를 부비고 발등을
타넘는다.

그러던 어느 순간, 초지에서 먹이를 찾던 새가 머리를 들고 푸드득 날아가고, 발등을 타넘던 독사가 머리를 꼿꼿이 들었다.

동시에 갑자기 바람이 불었다.

평소라면 그냥 넘겼을 실바람에 불과했다.

하지만 그 실바람에 미미한, 비록 독사에게서 느껴지는 기운보다 더 미미한 기운일지라도, 살기가 섞여 있는 이상은 그냥 넘길 수가 없었다.

'다섯… 아니, 하나가 더 있군.'

하나는 그조차 바로 알아채지 못할 정도로 아무런 기운조차 느껴지지 않았다.

아마 그가 대자연과 함께 호흡을 하고 있지 않았다면 느끼지 못했을지도 모를 정도였다.

'좋군, 아주 대단해!'

그가 내심 감탄을 하는 사이 독사가 슬금슬금 기어서 풀숲으로 몸을 감췄다.

그와 동시 불어오던 바람이 조금 강해졌다.

두 번의 기회는 없다는 듯 냉정하고 철저한 합공이었다.

사방이 막히고 하늘이 막혔다.

일격필살의 기세!

천천히 일어선 좌소천의 우수가 옆구리의 무진을 잡은 것도 그때였다.

딸깍.

스스스스!

쉬이익!

거의 동시였다.

바람이 좌소천을 덮치고, 좌소천의 무진도가 바람을 갈랐다.

좌소천의 몸에서 다섯 줄기의 빛이 뿜어지는 것 같았다.

두 번의 기회를 주기에는 남은 한 사람이 너무 강하다. 최대한 빨리 처리하는 것이 최선이다. 자신을 내보이는 한이 있어도!

암절단광과 절공참이 펼쳐진 순간! 다섯 줄기의 바람이 일시지간에 갈라졌다.

쩌저적! 따다당!

"흡!"

"허억!"

뒤따라 미약한 신음이 짧게 흘러나오며 초록의 대지에 피가 뿌려졌다.

한데도 좌소천은 눈을 반개한 채 앞만 바라보았다.

우르릉!

다섯 줄기 바람과 함께 잘린 소나무들이 천천히 뒤로 밀려 쓰러진다.

찰나!

하늘에서 소리없는 벼락이 내리꽂혔다.

좌소천은 아무것도 느끼지 못한 듯 천천히 무진도를 들어

올렸다.

무진도의 도첨에서 밝은 묵빛 기운이 쑥 뻗쳤다.

무당산의 절벽에서 얻은 두 번째 무공, 무애일광(无涯一匡)이 펼쳐진 것이다!

쩌저저적!

벼락이 다섯 자 위에서 터져 나간다.

쿠웅!

뒤늦게 천둥이 쳤다.

일수유의 순간, 이번에는 무진도에서 한줄기 시커먼 벼락이 하늘로 솟구쳤다.

무진칠도 중의 일식, 뇌공참(雷空斬)이다!

쾅!

조금 더 큰 천둥소리가 들리고, 좌소천의 발이 두 치가량 땅을 파고들었다.

후두둑!

핏방울이 떨어지는가 싶더니, 삼 장 앞에 한 사람이 비틀거리며 내려섰다.

상인의 복장을 한 중년인, 기천승이었다.

그는 내려선 후로도 서너 걸음을 더 물러서고는, 비틀거리는 몸을 겨우 바로잡고 핏물이 홍건한 입을 벌렸다.

"가, 가공할…… 어떻게 이런 도가……?"

한마디 한마디마다 피가 뚝뚝 떨어진다.

좌소천은 그런 기천승을 직시한 채 나직이 물었다.

"누가 보냈소? 천외천가? 아니면… 사공은환?"

기천승의 눈빛이 번갯불 번쩍이는 순간보다 짧게 흔들렸다.

평소라면 절대 흔들리지 않았을 그다. 그러나 심적 타격을 입은 그는 평소와 같은 부동심을 유지할 수가 없었다.

"역시 그랬나? 하긴, 예상은 했었지. 그가 말로는 잘해보자고 했지만, 그냥 놔두지는 않을 거라 생각했으니까. 한데 사공은환의 수하치고는 참 대단했소. 하마터면 내가 당할 뻔했으니 말이오."

쩡그렁.

그때 기천승이 손에 들린 연검을 떨구었다.

폭이 좁고 얇은 연검은 검신만 석 자 정도 되어 보였다.

검을 떨군 기천승이 무미건조한 목소리로 중얼거렸다.

"이십팔 년 만에 청부를 실패했군. 언젠가는 이런 날이 올 줄 알았지만 너무 빨랐어. 한 가지만 말하자면… 사공은환은 내 상관이 아니다. 단순히 거래를 했을 뿐."

순간 좌소천의 눈이 반짝였다.

'사공은환의 수하가 아니라고?'

고개를 든 기천승이 눈을 감았다.

"염치없는 부탁이다만, 깨끗이 죽여주었으면 좋겠군."

"내가 죽이지 않겠다면?"

천천히 눈을 뜬 기천승의 얼굴이 서서히 일그러졌다.

"나를 얼마나 더 참혹하게 해야 속이 시원하겠는가?"

"청부를 실패한 살수는 죽은 자와 같다고 하더구려. 그 말이 잘못된 게 아니라면 당신은 이미 죽은 목숨이오. 한데 나더러 또 누굴 죽이란 말이오?"

"지금 말장난하자는 것인가?"

잇새로 분노를 씹어뱉은 기천승이 좌소천을 노려보았다.

그는 좌소천이 무진도를 도집에 집어넣자 허리를 숙여 연검을 집어 들었다.

"내가 자결하기를 바란다면 하는 수 없지. 기왕이면 나를 이긴 적에게 죽기를 바랐거늘."

그때 좌소천이 물었다.

"어차피 죽을 거라면, 그 목숨 나나 주시오."

"나를 모욕할 생각인가?"

기천승의 눈에서 불길이 일었다.

좌소천은 그런 기천승의 눈을 똑바로 쳐다보았다.

"하늘이 되고자 하오. 하기에 사람이 필요한데 좋은 사람을 구하는 게 쉽지가 않소. 만일 당신이 당신의 목숨을 나에게 준다면, 언제든지 나를 공격할 수 있는 기회를 한 번 더 주겠소. 어떻소?"

기천승의 눈에서 일던 불길이 흔들렸다.

"그것도 싫으면 어쩔 수 없지요."

좌소천은 자결하는 걸 더는 말리지 않겠다는 듯 몸을 돌렸다.

자신을 죽일 기회를 한 번 더 주겠다는 좌소천이다. 천하의 귀영천살에게 말이다!

기천승은 분노한 와중에도 어이가 없었다.

입술을 질끈 깨문 기천승이 가까스로 입을 열었다.

"후회할 텐데?"

"후회는 벌써부터 하고 있었소. 저기 있는 세 사람에게도 같은 말을 할 생각을 하니 괜히 살려두었다는 마음이오."

기천승의 눈이 천천히 구석을 향했다.

소나무가 넘어간 곳, 그곳에 자신의 의동생들이 피를 흘리며 쓰러져 있었다.

한데 미약하게나마 움직이고 있는 것이 아닌가.

"두 사람은 어쩔 수 없었소. 너무 탁 트인 곳에서 달려드는 바람에……."

세 사람이 그나마 목숨을 건진 것은 다름 아닌 소나무 때문이었다. 허벅지보다 더 굵은 소나무가 몇 그루나 잘린 만큼 그들에게 가해질 충격이 덜해진 것이었다.

비록 당장 움직이지는 못할 테지만, 숨이 끊어지지 않은 것은 분명했다.

"만일 생각이 있다면, 몸을 추슬러서 찾아오시오. 아니면 여기서 단체로 자결을 하시든지."

좌소천은 그 말만 남기고 객잔이 있는 곳으로 발걸음을 옮겼다.

남아 있는 기천승이 자결을 하든지 말든지, 더는 상관하지 않았다.

하지만 걸음을 옮기는 좌소천의 눈가에는 가느다란 웃음이 걸려 있었다.

'아쉬움이 가득 남아 있는 눈빛이었어. 뭔가 목표가 남아 있는 사람은 쉽게 죽지 못하는 법이지.'

하늘을 올려다봤다. 솔잎 사이로 황금빛 화살이 쏟아진다.

"흠, 오늘 날씨가 좋군. 비가 올지 모르겠어."

오래전 선우궁현도 이런 날씨에 비가 올지 모른다고 했다.

비는커녕 하루 종일 해만 쨍쨍 떴지만.

그래도 그날은 기분이 매우 좋았었다. 오늘도 그랬다.

좌소천이 송림 속으로 들어가 사라지자, 이를 지그시 악문 기천승은 한숨을 폭 쉬고 의동생들에게 다가갔다.

'그래, 본 문의 재건을 이대로 포기할 순 없어. 한 번 더 기회를 준다고 했으니, 철저히 준비해서……'

그런데 과연 죽일 수 있을까?

왠지 자신이 없었다.

한데 그때 문득 좌소천의 마지막 말이 떠올랐다.

'뭐? 오늘 같은 날 비가 올 것 같다고?'

힐끔 하늘을 올려다봤다.

자신이 아는 한 이런 날은 절대 비가 오지 않았다.

그걸 알기에 기분이 조금 나아졌다.

'날씨에 대한 감각이 무딘 자일지도 모른다. 그걸 잘 이용하면 기회가 생길지도……'

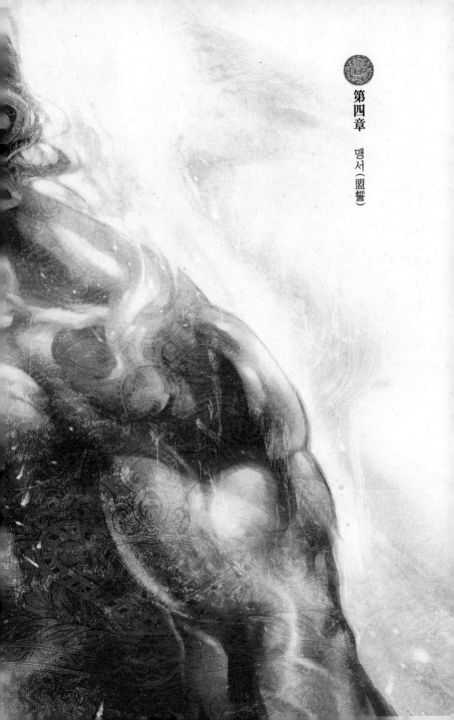

第四章

맹서(盟誓)

絶對天王

팽팽한 긴장감이 한수를 중심으로 맴돌았다.

전마성과 제천신궁의 싸움이 임박했다는 소문에 민심이 흉흉해졌다. 관도에는 잠시 난리를 피하겠다며 피난을 떠나는 사람들이 심심찮게 보일 정도였다.

상황이 그리되자 형주 일대에 배치된 관군들도 비상을 걸고 만일의 사태에 대비했다.

유월 보름.

좌소천이 직속무사와 함께 파견단의 수장으로 잠강 지부에 도착했다.

잠강 지부에는 패천단 일대에서 사대까지 사백 무사가 미리

와 있었다.

"어서 오시게, 좌 단주."

황창안이 침중한 표정으로 맞이했다. 그도 천외천가와 제천 신궁의 협상에 대한 소문을 들은 것이다.

더구나 소문은 입을 거치는 사이 진실처럼 변해 있는 상태 였다. 그리고 사실이 그랬다.

"그간 안녕하셨습니까?"

"별일은 없었네만……. 후우, 일단 안으로 들어가세."

좌소천은 잠강 지부에 미리 와 있던 네 명의 대주와 직속무 사 아홉을 대동하고 잠강 지부에서 가장 큰 태명전으로 들어 갔다.

안에는 기다란 탁자와 서른두 개의 의자가 놓여 있었는데, 잠강 지부의 인원 중에서도 간부들 십여 명이 따라 들어오자 대부분의 의자가 찼다.

언뜻 보면 좌소천의 파견단과 잠강 지부의 간부들이 대치한 모양새였다.

모두가 자리에 앉자 황창안이 먼저 입을 열었다.

"궁주께서 무슨 생각을 갖고 그리하시는지 모르겠네. 만일 사실이라면 어떻게 할 생각인가?"

황창안이 질문을 던지고 좌소천을 직시했다.

좌소천도 황창안을 마주보고 나직이 되물었다.

"만일 제가 궁주와 반목을 한다면 지부장님께선 어떤 결정 을 내리시겠습니까?"

황창안의 표정이 딱딱하게 굳어졌다.

그 말로 좌소천의 뜻을 짐작한 것이다.

"그게 무슨 말이오, 단주?! 지금 배신이라도 하겠다는 거요?"

황창안이 대답하기도 전에 앞에서 다섯 번째 의자에 앉아 있던 자가 벌떡 일어나 질책하듯 소리쳤다.

그는 한천 지부의 부지부장으로 있다가 잠강 지부로 파견 나온 남평화란 자였다.

이자광이 마주 일어나 우렁우렁한 목소리로 되물었다.

"배신? 지금 누가 누굴 배신했다는 거요?"

"지금 그 말이 배신하겠다는 말이 아니면 뭐란 말인가?"

"배신이란 신의를 어겼을 때 하는 말이란 걸 모르시오? 지금 신의를 누가 어겼는데 배신이라 하는 거요? 단주의 의백부이신 선우 대협이 죽었을 때만 해도 당장 천외천가를 칠 것 같았던 궁주였거늘, 지금 와서는 그들이 단주의 원수임을 알고도 손을 잡았소. 귀하라면 귀하의 불구대천지수와 궁주가 손을 잡는다면 웃으면서 반기겠소?"

이자광이 장황하게 소리치자 사람들이 뜻밖이라는 듯 그를 바라보았다.

하지만 남평화도 지지 않고 마주 소리쳤다.

"대의를 위해서는 원수와도 손을 잡아야 할 때가 있다는 것을 모르는가? 본 궁의 대업을 위해 그런 결정을 내린 궁주의 마음도 헤아려야 할 것이 아닌가?!"

탕!

황창안이 탁자를 내려쳐 두 사람의 말다툼을 제지했다.

"되었네. 이제 그만 하게."

두 사람이 서로를 노려보며 자리에 앉자 황창안의 눈이 좌소천을 향했다.

"조금 전의 질문에 답하지. 의백부였던 선우 대협의 일이 안타까운 것은 사실이지만, 나는 제천신궁의 사람이네. 일단은 궁주의 뜻에 따르는 수밖에 없네, 좌 단주."

그럴 거라 생각했다. 말 몇 마디, 소문 한두 가지에 궁주에게서 등을 돌릴 사람이 아니란 것 정도는 알고 있었으니까.

하지만 마음이 흔들린 것 또한 분명한 사실이었다.

지금은 그것이면 충분했다. 작은 흔들림이 쌓이다 보면 거대한 암산도 무너지지 않던가.

"마음 써주신 것만도 감사할 따름입니다. 큰일을 앞둔 마당에 내부에서의 대립은 득이 될 것이 없는 일이지요."

황창안이 다행이라는 듯 고개를 끄덕였다.

"나 역시 그런 마음이네."

이후로 전마성의 무사들 배치에 대한 것과 제천신궁 지부들의 대응 방법에 대한 의견이 오갔다.

억지로 좌소천과 혁련무천 간의 대립에 대한 것을 회피하려다 보니 이야기가 겉돌기만 했다.

"아무래도 오늘은 이만 이야기하고 쉬도록 하는 게 낫겠습니다. 내일 천문으로 떠나기 전에 다시 이야기 나누도록 하지요."

"음, 그럴까?"

황창안도 답답한지 순순히 수긍했다.

자리에서 일어난 좌소천은 가볍게 포권을 취하고 돌아서기 직전, 미처 못다 한 말이 있는 듯 입을 열었다.

"지부장님께서 아시려는지 모르겠습니다만, 천외천가와의 악연은 선우 백부님과의 일만이 아닙니다."

막 손을 내리려던 황창안이 의아한 표정을 지었다.

"무슨 말인가? 선우 대협 말고도 그들에게 당한 친인이 있단 말인가?"

웅성거리며 자리에서 일어났던 사람들도 입을 다물고 좌소천을 쳐다보았다.

장내가 조용해지자 좌소천의 입이 열렸다.

"칠 년 전 저와 어머니가 습격당한 사건을 아십니까?"

태군사의 가족이 습격을 당한 사건은 당시 제천신궁을 뒤흔들었다. 당연히 당시의 사람이라면 모르는 사람이 없었다.

그 습격에 부상을 입은 태군사의 부인이 얼마 살지 못하고 세상을 떠났지 않았던가.

황창안의 흡떠진 눈이 파르르 떨렸다.

"무, 무슨 뜻인가? 설마……?"

좌소천이 무심한 눈으로 황창안을 바라보며 말을 이었다.

"천외천가, 그들의 습격을 받아 어머니가 돌아가셨지요."

살모지수(殺母之讐)!

같은 하늘을 이고 살 수 없는 불공대천지수!

황창안이 석고처럼 굳은 표정으로 입만 달싹였다.

"그 사건의 범인에 대해선 밝혀진 것이 없는 것으로 알려지지 않았는가?"

"어머니가 원하지 않아 말을 하지 않았지요."

좌소천은 그 말만 하고 돌아섰다.

돌아가신 어머니에 대한 이야기는 더 길게 하고 싶지 않았다.

좌소천이 뚜벅뚜벅 걸어가자 사람들의 눈이 일제히 그를 따라 움직였다.

특히 제천단과 무천단의 간부들은 부릅뜬 눈이 가늘게 떨리기까지 했다.

선우궁현의 죽음과 좌소천의 어머니 죽음을 어찌 같이 생각할 수 있으랴.

좌소천의 어머니가 누구던가, 태군사의 부인이 아니던가!

태군사의 부인이 천외천가에 의해 돌아가셨다!

그 말이 억만 근 바위처럼 제천신궁의 무사들 머리를 짓눌렀다.

좌소천이 대전의 문을 나서려 하자 황창안이 급히 소리쳐 물었다.

"궁주는! 궁주께서도 그 사실을 알고 계셨나?!"

걸음을 멈춘 좌소천은 하늘을 올려다보고 천천히 고개를 끄덕였다.

"알고 계셨습니다."

그러고는 걸음을 옮겨 문을 벗어났다.

그제야 패천단의 무사들이 우르르 그 뒤를 따라 나갔다.

좌소천을 비롯한 패천단의 무사들이 모두 나가자, 황창안이 자리에 털썩 주저앉았다.

"태군사의 부인을 죽인 자들이 천외천가라고? 궁주께서 알고 있었다고? 궁주께선 그걸 알고도…… 으음……."

어머니를 들먹였다.

어머니를 이용한 것 같아 가슴이 아프다.

제거할 사람이라면 그렇게 할 것도 없었다. 그러나 황창안은 제거하기에 너무 아까운 사람이었다.

'죄송합니다, 어머니.'

마음이 무거워진 좌소천은 곧바로 배정된 거처로 향했다.

패천단에게 배정된 거처는 잠강 지부의 동쪽에 있는 건물이었는데, 황창안이 특별히 배려했는지 잠강 지부의 삼분지 일을 차지하는 넓은 면적을 차지하고 있었다.

게다가 좌소천의 거처는 그중에서도 가장 큰 건물로, 회의를 열 수 있는 넓은 회의실까지 갖추어져 있었다.

안으로 들어가자 간부들이 숙연한 표정으로 따라 들어왔다.

"왜들 그런 표정이오?"

이자광이 머리를 긁적이며 더듬거렸다.

"제가 쓸데없이 나선 것 같아서……. 죄송합니다, 단주."

좌소천이 쓴웃음을 지으며 말했다.

"아니오. 그보다, 이 형이 그렇게 말을 잘할 줄은 내 미처 몰랐소."

사람들이 서로를 쳐다보며 고개를 끄덕였다.

좌소천이 한마디 덧붙였다.

"세상에 그렇게 말 잘하는 곰이 있다는 걸 오늘 처음 알았지 뭐요."

숙연해진 얼굴에 슬그머니 웃음이 매달리는 사람들이다.

얼굴이 벌게진 이자광이 입을 오물거렸다.

그때 전하련이 옆구리를 쿡 찌르며 눈을 흘겼다.

"엉뚱한 말을 했으면 가만 안 두려 했는데, 그래도 오늘은 제법이었어, 왕곰."

순간 이자광의 벌게진 얼굴에 웃음꽃이 피었다.

어느 정도 가라앉은 분위기가 살아나자 좌소천이 탁자를 향해 손을 저었다.

"자, 일단 자리에 앉읍시다."

자리에 앉자마자 공손양이 입을 열었다.

"오늘 밤이 고비입니다. 모두 수하들 관리를 철저히 하시고, 언제든 움직일 수 있게 준비해 놓으시기 바랍니다."

그날 밤.

유시가 넘어간 시각, 여덟 명의 간부가 황창안의 방에 모였다.

"아무래도 불안합니다. 당장 무슨 짓이라도 저지를지 모릅니다, 지부장님. 본 궁에 사실을 알리시지요."

남평화가 눈살을 찌푸린 채 다급히 입을 연다.

하지만 그 말에도 황창안은 굳은 표정을 펴지 않았다.

"뭐라 한단 말인가? 궁주의 불의를 이유로 좌 단주가 배신할지 모른다고 할 건가?"

"그래도……."

가만히 앉아 있던 조용익이 남평화의 말을 끊었다.

"되었소. 솔직히 나는 지금 뭐가 옳은지 모르겠소."

"조 대주!"

남평화가 노려보는데도 조용익은 오히려 이마를 찡그린 채 자신의 할 말만 했다.

"저번에 벌어진 둘째 공자의 일도 그렇고, 왠지 궁주께서 태군사나 좌 단주를 너무 무시하지 않나 하는 생각이오. 지금 호북 일대를 누구 덕분에 본 궁이 차지하고 있는데……."

황창안이 손을 들어 그의 입을 막았다.

다른 무천단의 대주 두 사람이 막 입을 열려다 멈칫했다.

"나도 그런 생각이 없는 것은 아니네. 하나, 제천신궁에 속한 이상 그런 이유만으로 궁주를 멀리할 수는 없는 일. 당분간은 상황을 지켜보도록 하세."

바로 그때였다. 밖에서 경계를 서고 있던 무사의 목소리가 방 안을 울렸다.

"지부장님, 패천단의 좌 단주께서 오셨습니다."

황창안의 굳어진 눈이 방문을 향했다.

안에 모여 있던 여덟 사람도 일제히 고개를 돌렸다.

"안으로 모시게."

문이 열리고, 좌소천이 직속 호위무사 세 사람을 대동한 채 안으로 들어온다.

안에 황창안과 여덟 명의 간부가 모여 있는데도 태연한 태도다.

"이 밤에 무슨 일인가?"

황창안이 좌소천을 바라보았다.

좌소천이 탁자 앞에 멈춰 선 채 담담한 표정을 지었다.

"낮에 못다 한 이야기를 마저 나눌까 해서 왔습니다."

"아침에 하면 되지 않겠나?"

"아닙니다. 지금이 더 적당하다고 생각합니다."

심상치 않음을 느꼈는지 황창안의 표정이 굳어졌다.

"무슨 이야기를 하려고 그러는가?"

좌소천이 품에서 서신 한 장을 꺼냈다. 제천신궁에 남은 패천단의 정보원이 이틀 전에 보낸 서신이었다.

그가 손을 내밀자 서신이 허공에 둥둥 떠서 황창안에게 날아갔다.

황창안이 손을 내밀어 서신을 잡자 좌소천이 입을 열었다.

"낮에 말씀드리려 했습니다만, 상황이 좋지 못해서 미처 말을 못했습니다."

서신을 읽어가던 황창안의 눈꺼풀이 잘게 떨렸다.

"결국… 사실이었던가?"

"한 가지 더 있습니다."

고개를 든 황창안의 눈을 똑바로 바라본 채 좌소천이 암습에 대한 이야기를 꺼냈다.

"여기 오기 전 암습을 당했습니다."

"암습? 누가? 열흘 전의 일 말인가?"

황창안도 패천단에서 일어난 사건에 대해 들은 듯했다.

"그것이 첫 번째 암습이었지요."

"첫 번째? 그럼 그 한 번이 아니었단 말인가?"

"그전에, 그 첫 번째 암습에 대해 말씀드리지요. 알려지기로는 전마성에서 암살을 시도한 걸로 소문났습니다만, 사실 당시의 암살자들은 천외천가에서 온 자들이었습니다."

"……."

황창안과 조용익을 비롯해 잠가 지부의 간부들이 놀란 토끼처럼 눈을 크게 떴다. 그러나 그것은 시작에 불과했다.

"그리고 이곳에 오면서, 한수에서 한 차례 암습을 더 받았는데……."

좌소천이 말을 끝자 토끼눈들이 일제히 좌소천에게 고정되었다.

좌소천은 그들을 향해 한 자 한 자 끊듯이 말했다.

"사공은환, 그가 보낸 자들이었지요."

"뭐야?!"

"말도 안 되는 소리요!"

황창안과 남평화가 동시에 소리를 질렀다.

특히 남평화는 처음의 암살에 대해서도 믿을 수 없다는 듯 말했다.

"천외천가가 아무리 단주와 원한을 졌다고 해도, 본 궁과 협력을 하기로 했다면 무리를 하면서까지 암살을 할 이유가 없잖소? 게다가 밀천단주가 왜 단주를 죽이려 암살자를 보낸단 말이오? 흥! 나는 믿을 수 없소!"

다른 사람들도 반신반의한 표정으로 좌소천을 쳐다보았다.

하지만 좌소천은 조금의 표정 변화도 없이 대답했다.

"나는 귀하가 믿든 말든 상관할 생각이 조금도 없소. 사실은 사실이니까."

"뭐요?! 보자 보자 하니까! 어디서 감히 배신을 꿈꾼단 말이냐?! 본 궁에서 네놈들을 가만둘 줄 아느냐?!"

순간이었다. 한 발 앞으로 나선 능야산의 손이 움직이는가 싶더니 빛살 한줄기가 번쩍였다.

사람들은 자신의 눈을 의심했다.

소리도 없었다. 한데 남평화의 이마에 뭔가가 박혀 있다.

유등불에 반사되어 반짝이는 것, 손바닥만큼 작은 비수다!

"네, 네놈들……."

입을 반쯤 벌린 남평화가 몇 번 입을 달싹이더니 그대로 무너진다.

"이게 무슨 짓인가?!"

황창안이 벌떡 일어나 소리쳤다.

조용익과 소궁석을 비롯한 나머지 간부들이 무기를 잡은 채 반쯤 몸을 일으키고,

"이놈!"

제일 가까이 있던 무천단의 삼대주 동파중이 두 손바닥을 쫙 편 채 능야산을 덮쳤다.

능야산도 무표정한 얼굴로 손을 들어 올리고는 동파중의 쌍장에 마주 손을 내밀었다.

쾅!

대기가 출렁이며 유등불이 꺼질듯이 흔들렸다.

한 걸음 물러선 능야산. 두어 걸음 뒤로 튕겨지는 동파중이다.

"우리를 힘으로 밀어붙이겠다는 건가? 흥! 쉽지 않을걸?"

자존심이 상했는지, 동파중이 검을 세 치쯤 뽑고 안광을 번뜩인다.

그때 공손양이 나서서 나직이 입을 열었다.

"저자는 사공은환의 개, 밀천단의 비찰이지요. 그간 이곳의 상황이 모두 저자에 의해 사공은환에게 전해졌을 것입니다."

황창안이 손을 들어 동파중을 제지했다.

인상을 찡그린 동파중이 검을 탁, 소리가 나게 밀어 넣었다.

좌소천은 자기 집에 온 것처럼 태연히 의자를 당겨 앉고는 처음과 다름없는 표정으로 반대편의 황창안을 마주보았다.

"지금부터 제가 하는 말이 사공은환에게 들어가서는 안 되기에 하는 수 없이 손을 쓰라 했습니다."

장내에 서서히 살을 에는 한기가 흐르기 시작했다.

좌소천 쪽 사람은 모두 네 명이다. 반면에 자신들은 여덟.

그러나 숫자가 많다는 것은 아무 의미도 없는데다, 이런저런 상황을 알게 된 이상 다투고 싶지도 않았다.

다른 사람들도 자신과 마찬가지인지 입을 꾹 다문 채 자신의 결정만 기다리고 있는 마당.

황창안이 털썩 자리에 주저앉았다.

"대체 무슨 이야기를 하고자 함인가?"

좌소천의 입이 천천히 열렸다.

"새로운 하늘에 대한 이야기지요."

잘게 떨리는 눈을 든 황창안이 좌소천을 쳐다보았다.

무천단과 제천단의 대주들도 일제히 눈에 힘을 주었다.

"새로운… 하늘이라고?"

황창안은 올 것이 왔다는 듯 아래로 내린 주먹을 움켜쥐고 이를 악물었다.

"정말 궁주와 맞설 생각인가?"

그 질문이 떨어지자 흐르던 한기가 멈추고 살얼음이 얼었다. 무천단과 제천단의 대주들의 몸이 경직되자, 서 있던 공손양 등도 손에 힘을 풀고 만약의 사태에 대비했다.

그때 좌소천의 입이 열렸다.

"일을 진행하다 보면 어쩔 수 없이 그렇게 되기는 할 것입니다. 하지만 저는 제천신궁의 주인이 될 생각이 없습니다."

묘한 말이다. 궁주와 맞선다면서 궁의 주인 될 마음은 없다고 한다.

단순히 궁주의 뜻을 꺾고, 궁주의 손발인 사공은환을 제거하는 정도로 끝내겠다는 걸까? 그렇다면 왜 새로운 하늘이라는 말을 쓰는 걸까?

황창안이 곤혹스런 표정으로 물었다.

"그럼 새로운 세력을 만들겠다는 건가?"

뜻이 다르다 보면 새로운 세력을 만드는 일이야 강호에서 흔한 일이다. 하다못해 명문정파조차 파벌싸움이 심하다 보면 갈라져서 따로 문파를 설립한다.

소림도, 무당도, 개방도 예외가 아니다. 하물며 정사 중간인, 패를 중요시하는 제천신궁이야 말할 것도 없다. 그간 제천신궁의 힘이 너무 강해 누구도 그런 생각을 하지 않아서 그렇지.

문제는 명분이다.

문파를 이끌어가는 이념의 차이나, 특히 누가 신의(信義)를 어겼는가 하는 것은 그 무엇보다 중요했다.

제천신궁이 신월맹을 멸망시킨 것도 그들이 신의를 어겼기 때문이 아니었던가. 물론 세력에 대한 욕망이 더 컸을지도 모르지만, 만일 신월맹이 신의를 어기지 않았다면 제천신궁도 그들을 치지 못했을 것이었다.

한데 좌소천의 말이 모두 사실이라면, 신의를 어긴 것은 궁주인 혁련무천이다. 비밀리에 좌소천의 불구대천지수와 거래를 하고, 암살자를 보내 좌소천을 죽이려 하지 않았던가.

좌소천이 반발해서 새로운 문파를 만들겠다는 것도 하등 이상할 것이 없는 상황인 것이다.

한데 좌소천이 말한다.

"가소롭게 들릴지는 모르겠습니다만, 저는 제 하늘 아래 제천신궁을 둘 생각입니다."

쿠궁!

뇌리에 벼락이라도 떨어진 듯 황창안과 조용익을 비롯한 간부들의 입이 반쯤 벌어졌다.

잘해야 독립해서 호북에 새로운 문파를 만들겠다는 말인 줄 알았다. 최악의 경우라 해도 현 궁주인 혁련무천에게 반기를 들고 제천신궁을 뒤엎든지.

한데 그 정도가 아니다.

천하제일패 제천신궁을 휘하 세력으로 만들겠다니!

그게 말이 되는 소린가 말이다!

황창안을 비롯한 무천단과 제천단 간부들의 얼굴에 어이없는 표정이 절로 떠올랐다.

좌소천이 그들을 향해 말을 이었다.

"그전에 배덕자들을 몰아내고, 제천신궁을 먼저 얻어야겠지요."

"그게 가능한 일이라 생각하나?"

"불가능할 것도 없지요. 지부장님과 여기 계신 분만 협조를 해주신다면, 일단 호북의 십이 개 지부 중 다섯 곳이 저와 같은 길을 가게 될 것입니다."

"그 정도로는 본 궁의 이 할 세력도 되지 않을 것이네."

고개를 젓는 황창안이다.

좌소천이 그의 생각에 하나를 더했다.

"거기에 패천단을 더하셔야 합니다."

"그래도 잘해야 삼 할 정도에 불과하지."

또 하나를 더했다.

"그리고 곧 패천단 정도의 힘이 하나 더 가세할 겁니다."

그것이 다가 아니지만, 일단은 거기까지만 이야기했다.

그것만으로도 황창안의 얼굴을 창백하게 만들기에 충분했다.

"그래도… 사 할에 불과하네."

목소리가 억눌려 나온다. 하긴 황창안 정도의 사람이 그 힘의 차이를 계산하지 못할 리 없다.

좌소천이 억눌린 황창안의 가슴에 못을 하나 더 박았다.

"황파 총지부까지 제 손에 들어온다면 어떻겠습니까?"

어찌나 세게 이를 다물었는지 황창안의 입에서 피가 배어 나오는 것 같았다.

"쉽지 않을 것이네. 총지부장은 궁주의 사촌 아우인데다, 자네도 알다시피……."

"내일이면 정예 오백의 지원군이 이곳으로 달려올 것입니다. 황파에 남은 정예는 오백에 불과하지요. 그래도 일반 무사들까지 합쳐 일천이 조금 넘을 것입니다만, 그들로서는 결코 나의 뜻을 막을 수 없습니다. 물론 힘으로 그들을 칠 생각은 아직 없습니다만, 최후의 경우가 닥치면 어쩔 수 없지요."

만월평은 일천이면 일만을 막을 수 있는 천혜의 요지. 아무리 좌소천이라도 상당한 출혈을 감수해야만 할 것이 분명하다.

하나 그것도 적일 때의 이야기다. 만일 좌소천이 간다면, 설령 적인 걸 안다 해도 반은 검을 내릴 것이 분명했다. 하물며 적이 아닌 패천단의 단주로 가는데 누가 막을 거란 말인가.

피가 마르는 설전이었다.

황창안으로선 모든 기운이 다 빠져 버린 것만 같았다.

그리되면 호북의 모든 지부가 좌소천에게 넘어간 셈.

오 할!

제천신궁의 무력 중 오 할에 가까운 힘이 좌소천의 손에 들어간다.

물론 가상일 뿐이지만, 그것이 사실로 드러나는 것은 기정 사실이나 마찬가지처럼 생각되었다.

그걸 계획한 사람이 신유 좌유승의 아들이 아닌가. 그것도 자신이 아는 한, 제천무제와 엇비슷한 무공을 지닌 좌소천 말이다.

황창안의 이마에 식은땀이 맺혔다.

그가 마지막이라는 심정으로 입을 열었다.

가시에 긁힌 것 같은 목소리가 그의 목구멍에서 흘러나왔다.

"전마성에게 뒤통수를 맞을지 모르는데, 너무 무리한 계획이라는 생각이 들지 않나?"

좌소천이 커다란 대못을 황창안의 가슴에 박았다.

"전마성과의 싸움을 생각하신다면, 그건 걱정하지 않으셔도 됩니다. 제가 직접 사도철군과 만나 담판을 지을 생각이니까 말입니다. 이미 사람을 보내 약속 날짜까지 받아놨습니다."

그제야 전마성과의 일마저 좌소천의 손아귀에 있다는 것을 안 황창안은 허탈감마저 들었다.

"전마성이 순순히 자네를 인정할까?"

"사도 성주도 저와 싸우고 싶어하지 않을 것입니다. 공멸을 원치 않는 이상은."

힘이 빠진 황창안이 의자의 등받이에 털썩 등을 기댔다.

백중지세(伯仲之勢)!

단순 계산으로도 그리 생각할 수밖에 없는 형국이다.

아마 궁주는 더욱더 천외천가를 끌어들이려 할 것이 분명한 터. 문제는 그럴 경우, 제천신궁의 사람들 중 좌소천의 손을 들어줄 사람들도 늘어난다는 것이었다.

자신부터 그럴지 모르는데 다른 사람이라고 어찌 그런 마음이 들지 않을까.

"만일… 우리가 대항하겠다면 어찌할 생각인가?"

"참으로 아쉽지만… 오늘의 이야기는 밖으로 새어나가서는 안 됩니다."

순간 살얼음이 쩍쩍 갈라지는 소리가 들리는 듯했다.

이를 악문 무천단과 제천단의 대주들이 좌소천을 노려보았다.

그때 조용익이 바싹 말라 달라붙은 입술을 떼고 힘겹게 말문을 열었다.

"궁주와 전쟁을 벌일 것이오?"

좌소천이 느릿하니 고개를 저었다.

"나는 제천신궁을 얻으려 하는 것이지, 멸망시키려는 것이 아니오. 당장의 싸움은 누구에게도 이익이 없소. 해서 나는, 이곳의 일이 내 생각대로 마무리되고, 전마성과의 전쟁이 일어나지 않는 게 확실시될 때 궁으로 돌아갈 거요."

한 가지 의문을 파헤쳐야 했다. 하기에 돌아갈 수밖에 없다. 아무리 위험이 따르더라도.

알게 모르게 안도의 한숨을 내쉬는 사람들이다. 그들을 대신해 조용익이 다시 물었다.

"만일 좌 단주의 뜻대로 된다면, 본 궁을 어느 선까지 정리할 것이오?"

좌소천이 짧게 대답했다.

"경우에 어긋나지 않는 한도까지 정리할 것이오."

좋은 말로는 융통성이 있는 대답이고, 나쁘게 말하면 어정쩡한 말이다.

하지만 지금으로선 그런 대답이 차라리 나았다. 그만큼 결정을 내려야 할 사람으로서 마음의 부담을 덜 수 있으니까.

조용익이 천천히 고개를 돌려 앉아 있는 간부들을 바라보았다. 그러다 황창안의 얼굴에 시선을 고정시켰다.

"어찌하시겠습니다. 저는 부전주님의 의견에 따르도록 하겠습니다."

지부장이라 부르지 않는 조용익이다. 잠강 지부장으로서가 아니라, 제천신궁 제무전의 부전주로서 답해달라는 뜻이다.

황창안은 힘들게 몸을 세우고 자신의 수하들을 바라보았다. 모두가 고개를 끄덕인다. 자신의 뜻에 따르겠다는 말.

황창안이 좌소천을 직시한 채 입을 열었다.

"자네가 강하다는 것은 우리도 잘 알고 있네. 대항하면 우리 모두가 죽을지도 모르지. 하나, 우리는 죽음을 두려워하지 않네. 그건 자네도 잘 알고 있을 거야."

당연히 알고 있다. 제천단과 무천단은 죽음을 두려워하는 사람들이 아니다. 명예(名譽), 신의(信義). 이들은 그 두 가지를 목숨보다 더 소중하게 생각하는 사람들이다.

좌소천이 번거로움을 자처하면서 이들을 얻으려는 것도 그러한 것을 알기 때문이었다.

"원하는 것이 있으면 말씀해 보시지요."

이를 지그시 악문 황창안이 말을 이었다.

"한 가지 조건만 들어준다면, 좌 단주를 따르겠네."

2

숨을 깊게 들이쉰 백리도운은 방문의 문고리를 잡아당겼다.

별다른 장식도 없는 방에 들어가자, 태사의에 깊이 몸을 묻은 채 눈을 감고 있는 사도철군이 보였다.

당금 강호를 움직이는 하늘 중 하나. 강호인들이 한때 철혈의 전사라 불렀던 철혈마제다.

자신이 들어온 것을 알고 있을 텐데도, 그의 표정에 일말의 변화도 없다.

무슨 생각을 하는 걸까?

머리를 쓰기보다 행동을 앞세우는 분이다. 그런 분이 고민에 빠져 있다. 그 때문인지 방 안의 분위기가 무겁기만 하다.

백리도운은 그의 맞은편에 앉아 나직이 입을 열었다.

"그가 잠강에 도착했습니다, 주군."

지그시 눈을 감고 있던 사도철군의 눈이 슬며시 뜨였다.

"자신의 말대로 할 수 있을까?"

"그러고도 남을 자입니다."

촛불 때문인가. 입을 여는 백리도운의 눈빛이 반짝인다.

사도철군의 입꼬리가 비틀렸다.

"반했나 보군."

뜬금없는 말에 백리도운의 눈이 커졌다.

"예?"

"왜 놀라나? 항상 그를 말할 때마다, 눈이 반짝반짝 빛나는 것 같아서 말이야."

"주군!"

생전 안 하던 사도철군의 농담에 백리도운이 빽 소리를 질렀다. 아마 그가 전마성에 들어온 이후 처음으로 사도철군을 향해 지른 고함일 것이었다.

"어허! 이 사람이 이제 나에게 대들기까지 하는구먼!"

"그게 아니오라······."

"흠, 그게 아니면 뭔가? 내가 한 말이 사실이다, 그건가?"

백리도운이 쩔쩔매는 것이 재미있는지 사도철군은 농담을 멈추지 않았다.

"이제야 자네의 취향을 알 것 같군."

한데 백리도운이 한숨까지 쉬며 말한다.

"후우, 아무래도 그런 것 같습니다."

의외의 대답. 사도철군의 눈이 슬며시 벌어졌다.

"그런 것 같다고?"

"전에는 주군께 반해 전마성에 들어왔는데, 주군께서 계속 속하를 놀리시니 이제는 자꾸 그가 좋아지려 하고 있습니다."

사도철군의 벌어지던 눈이 멈췄다.

"거, 말로 한번 이겨보려고 했더니, 허엄!"

짐짓 눈을 흘기며 큰기침을 하는 사도철군을 백리도운이 빤히 응시했다.

"그를 절대 가볍게 보지 마십시오, 주군."

"정말 그 정도의 인물이라 생각하나?"

작심한 듯 백리도운이 자신의 속마음을 다 꺼냈다.

"셋째 공자의 일이 있을 때 겪었지 않습니까? 그냥 있는 그대로 보십시오. 나이를 떠나, 마주 앉은 자리의 위치 그대로 말입니다."

어찌 생각하면 사도철군에게 모욕이 될 수도 있는 말이었다.

이제 강호에 나온 지 몇 달 되지도 않는 애송이를 산전수전다 겪은 전마성의 주인에 비교하다니!

하지만 현실은 그게 사실이라는 것을 강요하고 있었다.

사도철군의 표정도 신중해졌다.

백리도운은 결코 헛소리나 하는 사람이 아니다. 하기에 전마성을 움직이는 군사의 자리에 올려놓은 것이 아니던가.

"그렇단 말이지?"

"혹시라도 주군 나름의 어떤 계획이 있으시다면, 잠시 뒤로 미뤄주셨으면 합니다."

정곡을 찔렸는지 사도철군이 앞에 놓인 찻잔을 잡으며 딴청을 피웠다.

백리도운이 넌지시 물었다.

"있으셨지요?"

"뭐 계획이라기보다, 그냥 머리 굴릴 필요 없이 남자답게 해결하는 것도 괜찮다 생각했을 뿐이네."

여차하면 힘으로 눌러 버리려 했다는 말.

백리도운이 또다시 한숨을 내쉬며 고개를 숙였다.

"후우, 사실 이 말씀을 드리지 않으려고 했는데……."

"뭔데 그러나?"

넌지시 묻는 사도철군의 눈에 궁금함이 가득하다.

백리도운은 고개를 들고 그날, 좌소천이 한 말을 살짝 비틀어 옮겼다.

"저희가 힘으로 밀어붙일 생각을 한다면 자신도 끝장을 볼 생각이 있으니, 각오를 하고 시작하라 하더군요."

"정말… 그렇게 말했단 말인가?"

사실은 거기에 한두 마디가 더 붙었다. 하지만 그리 말하면 성질이 불같은 사도철군이 가만있지 않을 것이 분명한 일이다.

그때 사도철군이 물었다.

"설마 가만두지 않겠다는 식으로 말하지는 않았겠지?"

백리도운이 최대한 평정을 유지한 채 대답했다.

"그가 어찌 그런 식으로 말할 수 있겠습니까?"

'대신 전마성도 문 닫아야 할 거라고 했지요.'

백리도운의 대답이 못 미더웠지만, 사도철군도 괜히 기분 나쁜 말은 듣고 싶지 않았다.

"그래, 언제 만나기로 했나? 일단 만나 보고 결정하세."

그제야 백리도운도 안도의 숨을 몰아쉬었다.

"닷새 후에 만나기로 했습니다, 주군."

사도철군은 식은 차를 한입에 털어 넣고 눈을 반쯤 감았다.

'대체 어떤 놈인데 셋째나 도운이나 놈을 만나고 나서 다 풀이 죽나 그래? 만일 마음에 안 들면, 내 이놈을 그냥……!'

찻잔을 내려놓은 그가 반쯤 감은 눈으로 백리도운을 바라보왔다.

"일단은 자네 뜻에 따르겠네만, 한 가지만은 내 뜻대로 하겠네. 그에 대해선 막을 생각 말게나."

백리도운은 어렴풋이 사도철군의 생각을 눈치 채고 쓴웃음을 지었다.

어차피 순순히 자신의 말대로 할 거라 생각하지는 않았다. 아니, 어쩌면 자신도 사도철군이 그리 나오기를 바랐을지 몰랐다.

"알겠습니다, 주군."

3

아침이 되자 처음 보는 무사들 열 명이 잠강 지부로 찾아왔다.

그들이 어느 문파의 사람들인지는 알 것도 없었다.

"좌 공자를 찾아왔소."

선두에 선 중년 무사에게서 그 말이 나오자, 정문을 지키던 위사들 중 수장인 오삼기는 두말하지 않고 그들을 안쪽으로 안내했다. 미리 그들이 찾아올 거라는 언질을 받았던 것이다.

"따라오시지요. 단주께서 기다리십니다."

그들의 모습이 안쪽으로 사라진 것을 보고 나서야 남은 위사들이 수군댔다.

"대체 어디서 오는 자들이지? 엄청난 고수들 같은데."

"난들 아나. 좌 단주께서 그만큼 발이 넓다는 말이겠지."

"정말 제법인데? 나이도 얼마 안 되는데 저런 사람들을 알 다니."

"자넨 한천에서 와 잘 모르겠지만, 이곳 사람들에게 좌 단주 는 이거야, 이거."

힘있는 목소리로 말을 맺는 위사가 엄지손가락을 치켜들었 다.

정문위사들이야 단순히 그렇게 넘겼다.

하지만 소식을 듣고 전각을 나선 조용익은 그들을 보고 얼 굴이 딱딱하게 굳어졌다.

'좌 단주의 말이 허언이 아닌 줄은 알았지만, 설마하니 저자 까지 오다니!'

아는 자가 그들을 이끌고 있다.

머리를 풀어헤친 자. 한때 신월맹 최강의 무력 단체 초혈단 을 이끌었던 백월신마(白月神魔) 육부경이다.

오래전 만월평의 싸움 때, 미친 호랑이처럼 날뛰며 제천신 궁의 무사들에게 공포심을 심어주었던 자.

주름이 몇 개 더 늘고 머리를 풀어헤쳐 언뜻 보면 다른 사람 처럼 보이지만, 당시 그와 마주쳤던 조용익으로선 잊을 수 없 는 얼굴이었다.

그뿐이 아니다. 나머지 사람 중에서도 두엇은 안면이 있는 사람들이다. 모두가 자신의 아래가 아닌 고수들.

'시은형, 전만추…… 설마 신월맹의 무사들이 다시 모인 것은 아니겠지?

"오랜만이군."

육부경이 먼저 입을 열어 아는 체를 한다.

조용익도 포권을 취하며 고개를 살짝 숙였다.

"십 년 만에 뵙는군요, 육 선배."

"우리가 한 배를 탈 거라고는 꿈에도 생각지 못했는데, 세상 일이란 것이 참으로 우습군."

"강호가 그런 것 아니겠습니까?"

육부경의 입술이 슬쩍 말렸다. 쓴웃음이었다.

"하긴……. 좌 공자는 안에 있는가?"

"따라오시지요."

대전 안에는 좌소천과 직속무사들, 패천단 오대의 대주들, 황창안과 무천단, 제천단의 대주들이 맨 앞의 좌석 열 개를 비워놓은 채 각자의 의자 앞에 서 있었다.

좌소천은 상석이 있는 자리 옆에 서서 들어선 자들을 뒷짐진 채 맞이했다.

머리를 풀어헤친 자가 선두에 서 있다.

'저자가 백월신마 육부경이란 자군.'

새벽녘, 장하경이 먼저 도착해서 구포방에 모인 군웅들의 수뇌에 대한 것을 말해주었다.

구포방에 모인 무사는 거의 칠백에 달했다.

신월맹의 무사였던 자들이 삼백여 명. 선우궁현과 친분이 있어 온 자들과 그들이 끌어들인 자들이 백여 명. 그리고 구포봉이 구포방의 이름으로 끌어들인 자들이 이백여 명이었다.

그들 중 일차로 삼백 명 정도가 열 명의 지휘 아래 악양을 떠나왔다. 육부경은 수뇌 중에서도 신월맹을 대표하는 두 사람 중 하나였으며, 신월맹 무사들이 가장 신뢰하는 사람이기도 했다.

일 장 앞에 선 육부경이 천천히 손을 들어 포권을 취했다.

"육부경이라 하오."

"좌소천입니다."

좌소천이 뒷짐을 풀고 포권을 취하자, 육부경의 옆에 있던 사십대 후반의 중년인도 포권을 취했다.

"시은형이라 하오."

"좌소천입니다. 오시느라 수고하셨습니다."

나머지 사람들도 인사를 하며 자신들의 이름을 밝혔다.

그중에는 호남의 고수 풍양객 양화천도 있었다. 그는 장사 근처에 거주하는 자였는데, 만패철검 선우궁현과 매우 가까운 사이의 절정고수였다.

"자리에 앉으시지요."

좌소천이 상석으로 몸을 돌리며 손으로 자리를 가리켰다. 그때 시은형이 한 걸음 앞으로 나섰다.

"그전에 한 가지 청이 있소."

고개를 돌린 좌소천이 담담한 표정으로 말했다. 이미 그가 무슨 청을 할지 알고 있는 터였다.

"말씀하시지요."

"한 사람의 무사로서 좌 공자의 실력을 알고 싶소. 신유 좌 군사의 충정에 반해서 함께하기로 하기는 했소만, 우리는 당최 머리로만 싸우는 건 질색이라서 말이오."

그 말에 도유관이 나섰다.

"그거라면 굳이 좌 단주께서 나설 필요도 없소. 나와 한번 해봅시다."

시은형의 미간에 두 줄기 주름이 깊게 파였다.

"그대가? 나는 이름없는 사람하고는 싸우고 싶지 않은데?"

"도유관이라 하오. 강호의 친구들은 혈심부라 불러주고 있소. 나를 이기면 아마 단주께서도 청을 받아줄 것이오."

시은형의 표정이 그제야 굳어졌다.

혈심부 도유관. 그도 그 이름을 들어본 것이다.

그는 도유관을 노려보고는 좌소천에게 눈을 돌렸다.

좌소천이 가볍게 고개를 끄덕였다. 도유관의 말대로 하겠다는 뜻이었다.

"좋네. 한데 여기서 할 건가?"

시은형이 대전을 둘러보며 응낙하자, 도유관이 얇은 입술을 말아 올렸다.

"밖으로 나갑시다. 이 뒤쪽에 괜찮은 곳이 있으니까."

두 사람이 밖으로 나가자 좌소천이 다시 걸음을 옮겨 의자에 앉았다.

그의 좌우로 공손양과 능야산이 시립하자 육부경을 비롯한 나머지 수뇌들도 의자에 앉았다.

하지만 누구도 입을 열지 않았다. 마치 도유관과 시은형의 대결이 끝나기만을 기다리는 사람들 같았다.

그사이 시비가 와서 찻잔을 놓고 차를 따랐다.

조용한 가운데 찻잔을 들었다 놨다 하는 소리만 들렸다.

도유관과 시은형이 들어온 것은 반 각가량이 지났을 때였다.

두 사람은 여기저기 옷이 찢겨진 상태였는데, 찢겨진 옷자락 사이로는 간간이 선혈마저 보였다. 그래도 큰 상처는 없는 듯 걸어 들어오는 모습에 흔들림이 없었다.

한데 도유관은 전과 다름없이 차가운 표정인 반면 시은형은 딱딱하게 굳은 표정이다.

시은형이 육부경을 바라보고는 고개를 저었다.

순간 육부경의 표정도 굳어졌다.

그때 시은형이 좌소천에게 물었다.

"일초에 혈심부를 꺾었다 들었소. 정말이오?"

좌소천이 가만히 고개를 저었다.

"도 형과는 겨뤄본 적이 없소. 그냥 가볍게 손만 한 번 나눠 봤을 뿐이지. 그러니 믿지 마시오."

그러자 도유관이 입을 열었다.

"한 번이면 족하지요. 상대가 도끼로 찍어 넘어갈 사람인지, 아닌지 정도는 저도 판단할 줄 압니다, 단주. 솔직히 단주가 저

를 죽일 작정을 하면, 제가 일초도 막아낼 수 없는 건 분명한
사실 아닙니까?'

서로가 아니라고 하는 두 사람이다.

육부경은 그래서 더 혼란스러웠다.

그러나 분명한 것은, 시은형이 좌소천의 호위무사인 도유관
에게 졌다는 것이었다. 그것도 반 각 만에.

'으음, 어쩔 수 없나?'

바로 그때였다.

공손양이 나직하면서도 무게있는 목소리로 입을 열었다.

"여러분께서 이 자리에 왔을 때는, 좌 공자님을 모시고 천하
를 도모하겠다는 마음으로 오셨을 겁니다. 그렇다면 분명히
해야 할 일이 있습니다."

공손양의 시선이 좌중을 쓸어보았다.

밖에서 부는 바람 소리가 들릴 정도로 대전 안이 고요해졌
다.

시선이 멈춤과 동시 그의 입에서 좀 더 강한 목소리가 흘러
나왔다.

"여러분의 명예를 걸고! 좌 단주님께 충의(忠義)를 맹세해
주십시오!"

육부경의 턱에 힘이 들어갔다.

마침내 올 것이 왔다.

그러나 여기까지 온 마당이다. 게다가 시은형을 내세운 시
험조차 허무하게 끝나고 말았다.

이왕지사 하기로 한 것. 육부경이 먼저 몸을 일으켰다.

"육부경, 좌 공자께 충(忠)과 의(義)를 바칠 것을 맹세하오이다!"

육부경의 외침이 대전을 울리자 나머지 아홉 사람도 일제히 일어났다.

돌아서기에 늦었음을 모두가 아는 까닭이다.

"시은형, 좌 공자께 충의를 맹세하오이다!"

"장사의 양화천, 좌 공자께 충의를 맹세하오이다!"

"전만추가 좌 공자께 충의를 바쳐……!"

"용수강이 좌 공자께 충의를 바칠 것을……!"

"소리승문이 좌 공자께 충과 의를 바치리다!"

"차조양이 좌 공자께……!"

"연자호가 좌 공자께……!"

"낙소교가 좌 공자께……."

"북궁창이 좌 공자께 충의를 바칠 것을 맹세하오이다!"

충! 충!! 충!!!

열 사람이 충의의 맹약을 한다!

마지막으로 나이가 가장 적은 북궁창의 맹세가 끝난 순간!

뜨거운 열기가 대전을 회오리처럼 맴돌았다.

태풍의 전조였다!

마침내 천하를 향한 일보가 본격적으로 내딛어진 것이다!

좌소천도 포권을 취해 답례를 했다.

"고맙소! 우리 함께 새로운 하늘을 열어봅시다!"

그러고는 포권을 취한 채 반쯤 허리를 숙인 사람들을 향해 양손을 뻗었다.

앞에서부터 육부경을 시작으로 허리가 펴졌다.

그러더니 삼 장여 떨어져 있던 북궁창의 허리마저 펴졌다.

사람들이 모두 경악에 물든 눈으로 좌소천을 쳐다보았다.

자신들의 뜻에 의해 허리가 펴진 것이 아니다.

좌소천이 부드러운 기운을 뻗어 그들의 허리를 세운 것이다.

대부분이 나름대로 대항을 해봤다.

그러나 좌소천의 두 손에서 뻗친 기운은 한순간의 멈춤도 없이 그들의 저항을 일시에 무너뜨려 버렸다.

절대의 경지!

말로만 들었던 좌소천의 무위다!

사람들 모두가 진심이 담긴 경의의 눈빛을 지으며 탄복해 마지않았다.

육부경은 장하경의 말을 반신반의했던 것이 부끄러울 지경이었다.

오오오! 누가 있어 저 나이에 절대의 경지를 밟아보았을 건가!

하늘! 절대의 하늘이다!

모두가 심장이 두방망이질을 쳐 말이 나오지 않았다.

얼굴이 굳어 있던 황창안과 조용익 등도 표정이 조금 밝아졌다. 자신들이 택한 길이 잘못되지 않았음을 느낀 것이다.

그래! 해보자!

저 사람을 중심으로 새로운 하늘을 만들어보자!

모두가 한마음으로 얼굴이 벌게졌다.

도유관은 환희의 웃음이 나오려는 것을 억지로 참느라 악다
문 입에 힘을 주고, 능야산은 가슴이 두근거리는 와중에도 좌
소천의 등을 바라보며 눈을 부릅떴다.

'이 사람이라면…… 그들을 상대할 수 있지 않을까?'

심지어 일을 꾸민 공손양마저 숨을 크게 들이쉬고 나서야
가까스로 정신을 차렸다.

새벽에 온 장하경의 말을 듣고, 좌소천에게 그들을 실력으로
제압해야 한다고 했다. 그래야 그들이 진심으로 따른다면서.

한데 이유를 알면서도 잠시 망설이던 좌소천이, 정 해야 한
다면 자신의 방식대로 하겠다고 했다.

하지만 설마하니 한자리에서 열 명을, 그것도 손짓 한 번으
로 단숨에 제압할 줄은 꿈에도 몰랐다.

그는 크게 들이쉰 숨을 천천히 내쉬며 입을 열었다.

"오늘 같은 날, 술 한잔 없어서야 되겠습니까? 제가 단주의
명을 받아 조촐한 자리를 마련했으니 서로 마음을 터놓고 한
잔하십시다."

"그거 좋지요!"

내기에서 이긴 장하경이 제일 반겼다.

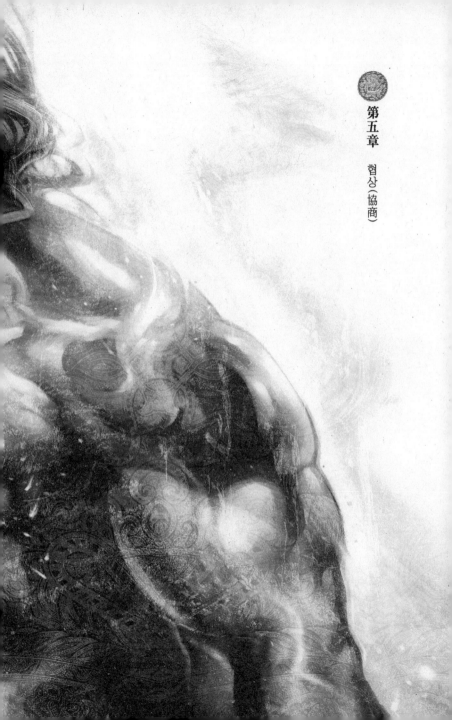

第五章

협상（協商）

탁!

찻잔이 탁자에 소리를 내며 떨어지고, 순우연의 미간에 골이 파였다.

"죽이기는커녕 그의 사지 하나 자르지 못하고 모두 죽었다고?"

날이 선 목소리다.

아마 순우무궁이 반쯤 미쳐서 돌아왔을 때 이후 처음일 것이었다.

"그자의 곁에 고수들이 워낙 많아서, 몇 군데 자상을 입혔을 뿐, 심각한 타격은 주지 못한 듯 보였다 합니다."

엎드린 채 보고를 하던 요옹은 감히 머리를 들지도 못한 채 그의 말이 이어지기만을 기다렸다.

순우연은 한참 동안 턱만 만지작거리더니 고개를 왼쪽으로 돌렸다.

그의 좌우에는 네 사람이 앉아 있었는데, 그의 눈이 고정된 곳에는 오십대 초반의 무표정한 흑의중년인이 앉아 있었다.

"어떻게 생각하나, 가은?"

그는 순우연의 질문을 받고, 입에 대었던 찻잔을 천천히 내려놓았다.

천외천가에서 순우연 옆에 앉아 그 정도의 담담한 자세를 취할 수 있는 자는 손으로 꼽을 정도였다. 즉, 그가 그 정도의 인물이라는 말.

찻잔을 내려놓은 그가 입을 열었다.

"뜻밖이군요. 신양으로 간 아이들이 비록 최고는 아니라 하지만, 그래도 다섯이면 일파의 장문인도 처리할 수 있는 실력인데……."

"내가 놈을 너무 가볍게 판단했나?"

"어찌 가주의 판단이 잘못되었겠습니까? 그 아이들이 상대를 너무 가볍게 여겼거나, 주위의 고수들을 미처 생각지 못한 것이겠지요."

다시 고개를 돌린 순우연이 찻잔을 노려보며 중얼거리듯 입을 열었다.

"으음, 내가 알아서 하겠다고 했는데 실패했으니, 천해의 노야가 그 말을 들으면 비웃지나 않을지 모르겠군."

그때 우측에 앉아 있던 노인이 까칠한 목소리로 말문을 열었다.

"노야께서 천해에 맡기라 하셨다는데, 그때 맡기는 게 나았지 싶습니다, 가주."

가은의 눈초리가 미미하게 치켜졌다.

자존심이 상한 듯했다.

"제가 다시 한 번 아이들을 보내보겠습니다, 가주. 삼요라면 놈의 심장에 구멍을 낼 수 있을 것입니다."

"아니, 아니야. 묵령천의 잔당들을 추적하는 일만 해도 바쁠 텐데, 굳이 놈을 당장 죽이겠다고 잠사령에서도 최고의 실력을 지닌 아이들을 빼낼 필요가 있겠나?"

"잠사령의 자존심이 걸린 일입니다. 한 번 더 맡겨주시지요."

잠사령(潛邪嶺).

천외천가의 진정한 힘이 숨어 있는 삼령(三嶺) 중 하나.

그곳에서 키운 삼백 살수는 천외천가가 암중의 계획을 실행하는 데 가장 큰 역할을 하고 있다 해도 과언이 아니었다.

그중 특급으로 구분되는 여섯이 있으니, 그들이 바로 삼혼(三魂)과 삼요(三妖)였다.

"흠, 삼요라……."

"아시다시피 삼혼과 함께 최고의 아이들입니다. 그 아이들 셋이라면 혁련무천이라 해도 쉽게 벗어날 수 없을 것입니다."

"정말 자신있나?"

"물론입니다, 가주."

"이번에도 실패하면 천해에 맡기는 수밖에 없네. 그것이 무슨 뜻인지 자네도 알겠지?"

"제가 어찌 모르겠습니까?"

가은의 옆에 앉아 있던 회의노인이 가은의 손을 들어주었다.

"삼요라면 충분히 적당한 기회를 노려 놈을 죽일 수 있을 것입니다, 가주. 이제 이십대 중반이라는 놈이 설마 당대 제일을 다툰다는 오제 육기 구마보다 강하겠습니까?"

순우연은 천천히 고개를 끄덕였다.

"좋아, 그 일은 그렇게 하기로 하지."

그러고는 맞은편에 앉아 있는 중년 문사를 바라보았다. 순우연의 팔촌 동생이자, 천외천가의 군사 역할을 하는 천유각주 순우기정이 바로 그였다.

"기정, 정한궁의 계집들이 자양(紫陽)까지 기어올라 왔다는데, 행적은 발견이 되었나?"

"예, 가주. 작은 장원에 모이고 있다 합니다. 아마 대공자께서 곧 그녀들을 칠 것입니다."

"무종이가 잘해낼지 모르겠군. 무당조차 그녀들에게 상당한 피해를 입었다 하던데 말이야."

"호릉하가 자신의 수하들을 데리고 직접 나설 거라 했으니 너무 염려 마시지요."

"흠, 그래?"

아직 자신들에게 해가 되는지조차 판단이 되지 않는 정한궁이다.

그럼에도 정한궁을 제거하려는 데는 이유가 있었다.

그녀들을 침으로써 무림맹에 빚을 지우고, 자신들의 위치를 확고히 하겠다는 것.

그 정도만으로도 정한궁을 칠 이유는 충분했다.

2

육부경 등이 이끄는 삼백 무사는 흩어져서 무창으로 가게 했다. 그곳에서 장강만 건너면 황파까지 백오십 리 거리다.

최악의 경우, 만월평의 총지부를 힘으로 눌러야 할 일이 생기면 본대와 합류하기에 적절한 곳이 무창이었다.

그리고 또 한 가지, 무창 일대 제일의 세력인 신검장을 접수하기 위함이었다.

아마 시기가 되면 구포방에서도 이백여 명의 지원 무사가 무창으로 향할 터였다.

그들이 떠나자 좌소천은 패천단의 사 개 대를 잠강에 남겨 놓은 채 자신의 직속 호위무사만을 데리고 천문으로 갔다.

태양이 온 대지를 태워 버릴 듯 불길을 뿜어내는 유월.

좌소천이 불길을 짊어지고 천문에 들어선 그날, 태양보다 더 뜨거운 의지의 불길이 서서히 호북을 달구기 시작했다.

"왔군."

문 앞에까지 마중 나온 악청백이 한마디로 좌소천을 반겼다.

많은 말이 필요없었다. 환한 얼굴, 입가에 매달린 잔잔한 미소. 그의 얼굴에 그의 마음이 다 드러나 있었다.

"별고없으셨습니까?"

"별일이 왜 없겠나? 노인네들 성화에 살이 다 빠질 판이네. 자네의 서신을 받고 겨우 말리기는 했네만, 입이 한 자는 나와서 매일 죄없는 무사들만 닦달한다네."

악청백의 말이 끝나기도 전에 코웃음이 터져 나왔다.

"흥! 악가야! 우리가 언제 애들을 닦달했다는 거냐? 놈들이 먼저 가르쳐 달라니까 한 수 가르쳐 주느라 그런 것이지. 그런데 뭐라? 고마워하지는 못할망정, 닦달?"

등소패가 악청백을 흘겨보고는 좌소천을 향해 빙그레 웃었다.

"안 그러냐?"

좌소천이 넌지시 물었다.

"혹시 부상을 입거나 한 사람은 없습니까?"

등소패가 움찔하며 고개를 슬그머니 돌렸다.

"갈비뼈 부러진 애들이 두어 명 있긴 하다만, 그 정도야 곧 나을 것이야."

"그럼 별것 아니군요. 저는 쓰러져서 정신까지 잃었는데요."

등소패의 얼굴이 다시 환해졌다.

"그렇지? 별것 아니지?"

동천옹이 그런 등소패를 바라보며 혀를 찼다.

"쯔쯔쯔, 어째 갈수록 애처럼 구는 것인지……."

그러더니 동그란 눈으로 좌소천을 바라보았다.

"등가는 갈비뼈를 몇 개나 부러뜨렸지만, 나는 팔뼈를 하나밖에 부러뜨리지 않았다네. 흘흘흘."

사람들이 어이없는 눈으로 동천옹을 바라보았다.

그거나 저거나. 도대체 누가 더 애처럼 구는 것인지 모를 판이다.

하지만 누구도 소리 내어 웃지 못했다. 웃었다가는 자신의 팔뼈가 부러질지도 모르니까.

좌소천은 웃음이 나오려는 것을 꾹 참고 허리를 숙이며 손을 앞으로 내밀었다.

"들어가시지요, 어르신."

안으로 들어가 자리에 앉자, 등소패가 장난기 가득한 표정을 지우고 좌소천을 신중하게 쳐다보았다.

"정말 궁주와 갈라설 결심이 섰더냐?"

오면서 각오하고 왔던 터다.

지난날, 용수선에 놀러 가서 지나가는 이야기처럼 자신의 뜻을 내비쳤다.

하늘은 넓고, 자신은 저 넓은 하늘의 주인이 되고 싶다고.

그때만 해도 듣지 못한 척 히히덕거리며 술을 마시던 분들이다. 자신 역시 더 깊은 것은 말하지 않고 웃음으로써 이야기를 마무리했다.

한데 마침내 물어온다.

좌소천은 담담한 표정을 지은 채 조용한 목소리로 대답했다.

"그렇습니다, 스승님."

"소문은 들었다. 하나 그것 말고도 다른 이유가 있을 거라 생각한다만."

무겁게 가라앉은 고요한 눈빛의 위지승정이다.

등소패도 노인답지 않은 강렬한 눈빛으로 노려본다.

뭐가 어찌 되든 상관없다는 듯 딴짓을 하고 있지만, 동천옹도 귀는 좌소천의 입을 향해 열어놓은 상태다. 천장에 누워 있는 무영자 역시.

좌소천은 잠강에서 이야기했던 모든 사실을 다 털어놓았다.

천외천가와의 관계, 사공은환이 시도한 암살미수에 대한 일. 그리고 새로운 하늘을 위한 발걸음이 시작되었다는 것까지, 모조리!

네 노인의 마음을 얻을 수 있다면, 가슴의 심장을 꺼내 보여 주고 싶은 좌소천이다. 무엇인들 말을 못할까.

좌소천의 이야기가 끝난 것은 일각가량이 지나서였다.

모두 입을 꾹 다문 채, 시비가 가져다 놓은 찻잔만 만지작거렸다.

얼마나 지났을까, 등소패의 얼굴이 서너 번에 걸쳐 변하더니 한숨이 길게 터져 나왔다.

"하아, 답답하군, 답답해. 사공은환, 그 미친놈의 농간 때문에 제천신궁이 쪼개질 판이라니……."

이마를 잔뜩 찌푸린 동천웅이 코웃음을 쳤다.

"흥, 혁련 애송이가 누군데 그런 놈의 농간에 넘어간단 말이냐? 이건 내 생각이다만, 아마 암살은 사공은환이라는 그 미친놈이 혼자 생각한 것일 것이고, 천외천가와 손을 잡은 것은 혁련 애송이의 욕심 때문일 것이다."

위지승정이 동천웅을 바라보았다.

"암살에 대해 궁주가 모르고 있었을 거라는 것입니까?"

"혁련 애송이가 다른 것은 몰라도 간덩이 하나는 크다. 만일 그가 소천이를 제거하려 했다면, 암살 따위를 지시하지 않고 직접 손을 썼을 것이야."

그때 천장에서 무영자의 목소리가 들렸다.

"그건 나도 애늙은이와 같은 생각이다. 혁련 꼬마가 그렇게 좀생이는 아니거든."

좌소천은 두 사람의 말에 묵묵히 생각을 정리했다.

자신 역시 그럴지 모른다 생각했다.

전마성과의 대전을 생각해야만 하는 혁련무천이 암살 지시를 내렸다는 것은 이치에 맞지 않는다. 그에게는 자신의 목숨 하나보다, 전마성과의 대전 결과가 더 중요했을 테니까.

자신을 제거하는 것은 나중에라도 얼마든지 가능하다 생각할 사람. 그게 바로 혁련무천이 아니던가.

그러나 분명한 것은, 그러한 사실이 도도히 하늘의 흐름을 바꿀 수는 없다는 것이었다.

"네 분이 어떤 결과를 내시든 원망하지 않을 것입니다. 다만 한 가지, 제 뜻을 막지만 말아주셨으면 합니다."

순간 등소패가 무슨 소리냐는 듯 눈을 동그랗게 떴다.

"그게 무슨 말이냐? 제자가 하늘이 되겠다는데, 스승이 왜 막아?"

"날이 더워서 소천이가 잠시 다른 생각을 했나 봅니다. 이래서 스승이 옆에 있어야 제자가 잘못된 생각을 하지 않는 법이지요. 뭐, 두 어르신은 어떠실지 모르지만 말입니다. 험!"

근엄한 자세로 입을 연 위지승정의 말이 끝나기 무섭게, 동천웅이 의자에 올려놓은 다리를 긁으며 중얼거렸다.

"글쎄, 제천신궁에만 있으면 심심하다니까? 나는 이렇게 돌아다니는 것이 더 좋아."

동시에 천장에서도 무영자가 음산한 목소리로 주절댔다.

"암살자가 노린다면, 당연히 내가 옆에 있어야 하지 않겠어? 근데 너를 노린 놈이 누구지? 어떤 간덩이 부은 놈이 감히……!"

이미 도도히 흐르고 있다. 막는다고 막을 수 있는 상황이 아니다. 그렇다면 좀 더 좋은 쪽으로 흐르도록 돕는 것이 나을 것이었다.

전날 저녁, 네 노인이 머리를 맞대고 신중한 토론 끝에 낸 결론이었다.

비록 결론을 내기 위해 말을 나눈 시간은 일각에 불과하고, 멋진 결론을 냈다며 술잔을 부딪친 시간은 세 시진이 넘었지만.

좌우지간, 좌소천은 네 노인의 대답만으로도 이미 하늘을 얻은 기분이었다.

'이제 그와의 담판만 남았군.'

3

안개가 자욱한 새벽 무렵.

좌소천은 직속무사 열 명만 대동한 채 사양(沙陽)으로 가기 위해 한수를 건넜다.

백리도운이 십여 명을 데리고 미리 마중을 나와 있다가, 좌소천과 그의 일행을 사양에서 오 리가량 떨어진 작은 장원으로 안내했다.

장원은 그리 크지 않았다. 건물이라고 해봐야 대여섯 개에 불과한 소규모 장원이었다.

정문을 통과한 좌소천 일행이 정원을 지나 가운데 건물로 다가가자 방에서 사람들이 나왔다.

좌소천은 한 사람에게 시선을 고정시켰다.

'정말 사도진성과 닮았군.'

살만 조금 빠지고 수염만 없으면 영락없이 사도진성인 자가 혼자서 천천히 걸음을 옮긴다.

그다, 철혈마제 사도철군.

거리가 가까워지자 사도철군이 묘한 표정을 짓는다.

동시에 백리도운의 얼굴에도 쓴웃음이 떠오른다.

일 장의 거리. 좌소천이 걸음을 멈추고 먼저 포권을 취했다.

"좌소천입니다."

사도철군도 손을 들어 올리며 입을 열었다.

"사도철군이라 하네."

그가 포권을 취한 손을 가볍게 미는 찰나! 묵직한 기운이 해일처럼 밀려들었다.

'훗, 그래서 백리도운이 그런 표정을 지었나?'

좌소천도 담담한 표정으로 마주 기운을 밀어냈다.

후우웅!

사람들이 멈칫한 순간, 바람도 없는데 옅은 안개가 둥글게 구(球)를 만들더니 점점 부푼다.

뒤늦게 상황을 짐작한 공손양 등이 뒤로 급히 물러섰다.

두 사람을 둘러싼 구는 일 장 정도 커지더니 더는 커지지 않았다.

대신 두 사람의 옷이 잘게 떨리며 웅웅거리는 소리가 사람들의 고막을 진동시켰다.

절대의 경지에 달한 두 사람의 기운이 정면으로 부딪친다.

일반 사람은 상상할 수조차 없는 가공할 기운의 충돌!

내력이 약한 몇 사람은 뒤로 이 장 이상을 더 물러나고,

퍼버벅!

안개의 구 바로 옆에 있던 바위가 가루로 변해 주저앉는가
싶더니, 수목이 누렇게 마르며 스러진다.

예상치 못한 격돌에 양쪽의 사람들이 모두 초조한 눈으로
두 사람을 바라보았다.

특히 백리도운은 사정을 짐작하고 긴장을 늦추지 않았다.

'어지간히 하시지……'

사실 시험만 하고 끝날 일이었다. 한데 상황이 급박하게 변
한 것은 순전히 오기 때문이었다. 사도철군의 오기.

그도 처음에는 한계를 팔성까지 정해놓고 시험을 하려 했
다. 그 정도면 좌소천을 누를 수 있을 거라 봤으니까.

한데 팔성을 끌어올리고도 좌소천을 누르지 못하자, 구성
이상을 끌어올린 것이다.

옆에서 제지하기에는 이미 늦은 상황이었다.

막상막하!

사도철군은 눈을 부릅뜨고, 좌소천은 거꾸로 눈을 가늘게
좁힌 채 두 손을 내밀고 있다.

먼저 상황을 직시한 것은 좌소천이었다.

조금만 더 계속되면 두 사람 다 내상을 입을 게 분명한 상
황.

이를 지그시 깨문 좌소천은 왼발을 천천히 뒤로 뺐다. 여차
하면 약간의 손해를 보더라도 물러서기 위해서다.

계속한다면 지지는 않을 것이다. 그러나 자신은 싸우러 온 것이 아니다. 시험은 시험으로써 끝나야 한다.

이겨도, 져도 좋을 게 없지만, 그보다 더 안 좋은 것은 두 사람이 심각한 부상을 입는 것이다.

'성질 하나는 듣던 대로군.'

한데 좌소천이 반걸음 정도 발을 뺀 순간이었다.

가공할 역도가 밀려들며 전신을 짓누른다. 미처 좌소천의 뜻을 파악하지 못한 사도철군이 끝내 십성의 기운을 끌어올린 것이다.

'이, 이런!'

터져 나갈 듯한 압력에 비명을 지르며 요동치는 혈맥!

포권을 취하고 있는 두 손에 툭툭 불거진 핏줄기!

그 모든 것들이 당장이라도 피화살을 뿜으며 터질 것 같았다.

'이 양반이! 정말 끝장을 보자는 건가?!'

좌소천의 얼굴이 딱딱하게 굳어졌다.

이 상태가 지속되면 약간의 손해로 끝나지 않을 것이었다.

혼자만 심각한 부상을 입으면 죽도 밥도 아닌 상황.

까짓것 하자면 못할 것도 없었다.

결국 좌소천도 남겨놓았던 내력을 더욱 강하게 끌어올려 사도철군의 내력에 대항했다.

바로 그때다. 품 안에서 원인 모를 따뜻한 기운이 퍼져 나간다.

그러던 어느 순간!

투두두두두.

몸 깊숙한 곳에서 뭔가가 터지는가 싶더니, 손끝 발끝을 비롯해 온몸의 구석구석에서 쾌감에 가까운 짜르르한 충격이 느껴진다.

그간 전혀 움직이지 않아 있는지조차 몰랐던, 세맥 깊숙이 숨은 기운들이 서서히 잠에서 깨어나 요동치는 혈맥 속으로 스며들기 시작한 것이다.

영허 진인이 죽기 직전, 세맥을 타통시키며 남겨놓은 기운이었다.

하나하나는 낙엽에서 떨어지는 미미한 낙숫물에 불과했다. 그러나 수만 줄기의 낙숫물이 도랑을 타고, 골짜기로 흘러들더니, 강으로 모여든다.

그리 오랜 시간도 필요없었다. 숨을 몇 번 쉬는 사이 낙숫물이 모여 거대한 물줄기로 변했다.

고오오오!

서서히 들끓던 혈맥이 안정을 되찾고, 창백하던 안색도 정상을 회복하기 시작했다.

한편 그 광경을 코앞에서 지켜보던 사도철군은 부릅뜬 눈을 파르르 떨며 이를 악물었다.

조금 전, 상대는 더 할 뜻이 없어 물러서려는 듯 보였다.

자신도 물러서야 했지만, 그와 동시에 기운을 더 끌어올린 터라 물러서지도 못했다.

아니, 어쩌면 그놈의 자존심 때문이었는지도 몰랐다.

기왕이면 우세를 보이고 물러서자는 알량한 자존심.

한계에 가깝게 끌어올린 기운으로도 애송이 하나를 누르지 못하다니! 하는 자존심 말이다.

한데 일이 이상하게 변해 버렸다.

밀릴 것 같던 애송이가 오히려 자신의 내력을 밀어낸다.

'제기랄! 뭐 이런 놈이 다 있어?

좀 전에 그냥 함께 물러섰으면 이런 일은 없었을 텐데!

후회막심했다. 하지만 때늦은 후회였다.

밀려드는 가공할 기운이 자신의 내력을 석 자 앞까지 밀어낸 터다.

그때 좌소천이 보일 듯 말 듯 고개를 젓는 게 보였다.

사도철군도 그것이 무슨 뜻인지 모를 정도로 우둔하지는 않았다.

살짝 고개를 끄덕인 사도철군이 슬쩍 손을 당겼다.

동시에 좌소천도 내민 손을 당기며 내력을 조금씩 회수했다.

반 각.

두 사람이 인사를 나눈 지 반 각 만에 안개의 구가 서서히 사라지기 시작했다.

쏴아아아!

안개의 구가 완전히 사라짐과 동시 갑자기 강한 바람이 두 사람 사이를 쓸고 지나갔다.

사도철군이 얼굴을 씰룩이더니, 첫인사의 말을 마저 이었
다.

"만나서 반갑군."

이름을 밝힌 지 무려 반 각 만이었다.

왠지 퉁명한 목소리. 좌소천은 그 마음을 알기에 담담하게
입을 열었다.

"좀 소란스럽긴 했습니다만, 오늘의 일을 잊지 못할 것 같습
니다."

단순히 사도철군과 내력을 겨루었기 때문이 아니다.

십성의 내력을 끌어올린 덕분에 영허 진인이 남겼던 기운의
일부를 얻었다.

그것도 상대가 자신에게 거대한 충격을 주지 않았다면, 위
기 본능을 느끼지 못했다면 결코 얻을 수 없었을 것이었다.

하거늘 어찌 오늘의 일을 잊을 것인가.

그제야 십 장이나 떨어져 있던 양편의 사람들이 어이없는
표정을 한 채 두 사람 뒤로 다가왔다.

소란스런 인사.

그건 그랬다. 인사 한번 한 것치고는 엄청난 결과가 남았다.

두 사람을 중심으로 삼 장 안에 있던 것이 아무것도 남지 않
고 가루로 변해 버렸으니까.

'두 번만 인사를 나누었다가는 장원이 통째로 없어질지도
모르겠군.'

공손양은 주위를 둘러보며 고개를 저었다.

천하제일을 다툰다는 오제 중의 한 사람, 철혈무제와 대등한 내력 대결을 펼쳤다.

천하의 누가 이 사실을 믿을 것인가!

주먹을 움켜쥔 공손양의 눈빛이 깊게 가라앉았다.

좌소천은 이미 하늘이 되어 있었다.

'하늘 바로 옆에 있다는 것만으로도 너는 행복한 놈이다, 공손양.'

그뿐이 아니다.

도유관이나 능야산 등 패천단의 무사들뿐만이 아니라, 전마성의 사람들조차 경이의 눈빛으로 좌소천을 바라보았다.

아마도 좌소천이 자신들의 적이 아닌 것만도 다행이라는 마음일 터였다.

마주 앉은 두 사람의 눈빛은 정반대였다.

한 사람은 담담하고, 한 사람은 상대의 속을 다 꿰뚫어 보겠다는 듯 강렬하다.

강렬한 눈빛의 주인, 사도철군이 먼저 입을 열었다.

"내 아들을 곱게 보내줘서 고마웠네."

"저야말로 한 달의 기간을 주셔서 고마웠습니다."

"원래 빚지고는 못사는 성미지."

'그걸 알기에 돌려보낸 것이라오.'

좌소천은 속으로 그런 생각을 하며 화제를 돌렸다.

"뛰어난 군사를 두셨더군요. 제 속을 빤히 보는 것 같아서 뜨끔한 것이 한두 번이 아니었습니다."

"자네에게 반한 도운이 말인가?"

뜻밖의 말에 백리도운이 황급히 소리 질렀다.

"주군!"

"왜? 반했다며? 사실이라며? 진성이 놈도 그렇고, 자네까지 마음이 넘어갔으니 이제 전마성을 어떻게 꾸려가야 할지 모르겠군. 크흠!"

좌소천은 의외의 모습을 보이는 사도철군을 보며 조용히 미소 지었다.

"아주 간단하게 해결될 방법이 있습니다, 성주."

사도철군이 미간을 찌푸리며 좌소천을 흘겨보았다.

"방법이 있다고? 그것도 간단하게 해결될 방법이?"

"그렇습니다."

"그래? 어디 한번 말해보게. 어떤 방법인지."

"성주께서도 제게 마음을 주시면 됩니다."

사도철군의 표정이 굳어졌다.

"마음을 달라? 그럼 자네는 나에게 뭘 주겠나?"

좌소천이 사도철군을 직시한 채 천천히 입술을 떼었다.

"저도 제 마음을 드리지요."

"훗, 나에게 자네 마음이 무슨 소용이 있단 말인가?"

"소용이 있지요, 그것도 아주 큰 소용이. 곧 천하가 소용돌이에 휘말릴 텐데, 그때 손을 잡아줄 사람이 있는 것과 없는 것은 아주 큰 차이가 아니겠습니까?"

사도철군의 굳어진 표정에 싸늘한 기운이 흘렀다.

"전마성이 소용돌이에 빠지면 자네가 내 손을 잡아주겠다는 건가? 홋, 우습군. 천하사패 중 하나라는 전마성이 어쩌다 이렇게 된 것이지? 도운, 어떻게 생각하느냐? 정말 우리 전마성이 남의 힘을 빌려야 할 정도로 약해졌다고 보느냐?"

백리도운이 조심스럽게 입을 열었다.

"아닙니다, 주군."

"그래? 정말 아니란 말이지?"

"하나, 손을 잡을 사람이 하나 정도 있다고 해서 나쁠 것도 없다고 봅니다."

"왜 그렇게 생각하지?"

"난세에는 친구가 많을수록 좋은 것 아니겠습니까?"

"친구라……."

사도철군이 눈살을 찌푸리고는 좌소천을 바라보았다.

"나는 아주 단순한 생각을 가진 사람이네. 하기에 위기 속에서 손을 잡아줄 친구라면, 그 정도의 힘이 있어야 한다는 것이 내 생각이지. 물론 자네의 무공이 강하다는 것은 아니네만, 전마성과 함께하려면 혼자의 힘만 강하다고 되는 것은 아니거든. 묻겠네, 일개 단의 주인인 자네에게 내 친구가 될 정도의 힘이 있다고 보나?"

좌소천이 담담한 표정으로 되물었다.

"어느 정도의 힘이 있어야 한다고 생각하십니까?"

"도운의 말에 의하면, 일단 우리에게 뺏은 지부를 먼저 거둘 거라 하더군. 친구가 될 것인지는 그 일이 끝나고 나서 결정해도 늦지 않을 것 같네만."

좌소천의 입가에 가느다란 미소가 번졌다.

"그거라면 이미 끝난 일입니다."

사도철군의 짙은 눈썹이 바늘에 찔린 송충이처럼 꿈틀거렸다.

백리도운도 놀란 눈으로 좌소천을 바라보았다.

아무리 좌소천이 강하고 패천단의 무력이 강력하다 해도, 네 곳의 지부 역시 약하지 않다. 설령 좌소천의 힘이 절대적이라는 천문 지부를 뺀다 해도 세 곳의 지부가 남아 있다.

특히 잠강 지부의 주력은 제천무제의 손발이나 다름없는 무천단과 제천단이 아니던가.

하기에 한바탕 큰 싸움이 일어날 거라 생각했다.

한데 아직 아무런 징조도 느껴지지 않았거늘, 좌소천은 벌써 그 일이 마무리되었다 한다.

백리도운이 참지 못하고 물었다.

"좌 단주, 설마 잠강 지부까지 손에 넣었단 말이오?"

좌소천은 백리도운의 질문에 돌려서 대답했다.

"열흘 안에 제천신궁의 호북 세력이 모두 저를 지지하게 될 것입니다."

담담한 목소리다.

그러나 그 뜻은 결코 담담하게 들을 수 있는 것이 아니었다.

코앞에 벼락이라도 떨어진 듯, 사도철군과 백리도운을 비롯해 전마성의 사람들이 경악한 표정으로 좌소천을 쳐다보았다.

"제천신궁의 호북 세력…… 전체라 했나?"

좌소천이 천천히 고개를 끄덕였다.

믿을 수 없다는 표정을 감추지 못하고 사도철군이 다시 물었다.

"설마 황파까지?"

"열흘 후면 아시게 될 겁니다. 오늘의 결정을 그때까지 미루고 싶으시다면 그렇게 하지요. 단, 그때가 되면 친구가 되는 조건이 조금 달라질지도 모릅니다."

"끄응……."

끝내 사도철군이 끙 소리를 내며 의자에 등을 기댔다.

'제길! 도운이 말대로 그냥 순순히 협상을 할 걸 그랬나?'

힘으로 억누르고 좀 더 자신들에게 유리한 방향의 협상을 하려 했다. 한데 그것이 거꾸로 되었다.

힘의 대결에서 좌소천이 천하의 철혈무제와 비겼다는 것. 그것만으로도 전마성의 사람들조차 좌소천을 달리 보고 있다. 한마디로 상대만 높여준 꼴이 되고 만 것이다.

거기다 이제는 세력의 득세도 별것이 없게 되어버렸다.

그것 보라는 듯 자신을 바라보는 백리도운의 눈빛이 얄밉게 생각될 정도다.

그러나 사도철군은 결코 아집을 피우는 자가 아니었다.

그는 단순한 성격답게 자신의 잘못을 헛기침 한 방으로 날려 버렸다.

"허험! 그거 대단하군!"

그러고는 그간에 무슨 일이 있었냐는 듯 태연한 표정으로 좌소천을 바라보았다.

"친구라, 그것도 좋지! 그래, 자네가 생각하는 것을 말해보게나."

4

사도철군과의 협상을 무사히 끝내고 돌아온 지 사흘이 지났다.

달도 없는 밤. 좌소천은 유등잔 아래 앉아 손에 들린 묵령기환보를 바라보았다.

그동안 아무것도 알아내지 못해 거의 관심을 끊고 지냈던 물건이다.

어머니와의 연을 잇는 물건만 아니라면 놓고 다녔을지도 몰랐다.

한데… 처음으로 반응을 보였다.

가슴에서 전해졌던 따뜻한 기운. 그것은 분명 묵령기환보에서 전해진 기운이었다.

대체 무엇이었을까?

천천히 쓰다듬는 손길에 차가운 기운만 느껴진다.

내력을 주입해도 별다른 변화가 없다. 심지어 당시의 상태를 유지하기 위해 구성의 내력을 집어넣었는데도 마찬가지다.

벌써 사흘째. 묵령기환보는 자신의 모습을 드러내지 않고 자신의 애간장만 태울 뿐이었다.

'아직 때가 아닌 걸까? 아니면 나와 연이 닿지 않는 물건인 걸까?'

그러나 아직 포기할 수는 없었다. 한번 기운을 드러냈으니 언젠가는 자신의 모습을 보일 것이었다.

"단주, 안에 계십니까?"

좌소천이 아쉬워하고 있는데 밖에서 능야산의 목소리가 들렸다.

"들어오시오."

좌소천은 묵령기환보를 한쪽에 놓고 능야산을 맞이했다.

의자에 앉은 능야산이 힐끔 묵령기환보를 보고는 고개를 살짝 갸웃거리더니, 좌소천이 묻자 다시 눈을 돌렸다.

"무슨 일입니까, 능 형?"

"드릴 말씀이 있어서 왔습니다."

능야산의 말투는 잠강 지부를 떠나면서부터 변해 있었다.

그러지 않을 수가 없었다. 이제 좌소천은 단순히 패천단의 단주가 아니었다. 천하를 도모하는 하늘인 것이다.

그는 진심으로 감복하여 좌소천을 따를 생각이지만, 그전에 한 가지 문제를 해결해야만 했다.

"전에 저에 대해 물었을 때를 기억하십니까?"

어릴 때부터 이십사 년을 쫓겨 다녔다 했다.

하지만 자신의 신세 내력에 대해선 묻지 않기를 바랐다.

"아직 말할 수가 없다 했지요."

"그렇습니다."

좌소천은 그가 왜 찾아왔는지를 알고 조용히 그의 입이 열리기만을 기다렸다.

능야산이 좌소천의 눈을 직시한 채 입을 열었다.

"아주 오래전부터 저희 선조들은 당신들도 모르는 사이 어떤 세력으로부터 견제를 받고 있었습니다. 그래도 제법 큰 힘을 이루고 있었기에 그들은 자신들을 드러내지 않고 바라보기만 했지요."

생각지도 못했던 말에 좌소천의 눈이 커졌다.

숨을 크게 몰아쉰 능야산이 말을 이었다.

"한데 어느 날 우리의 세력이 약화되자 그들이 마침내 모습을 드러내고 우리를 쳤습니다. 생각지도 못했던 그들의 공격에 우리는 속수무책으로 당해야만 했습니다. 그리고 결국 뿔뿔이 흩어지고 말았지요. 한데도 놈들은 악착같이 우리의 뒤를 쫓아 형제들을 죽이기 시작했습니다. 무려 이십사 년 동안 말이지요."

참으로 지독한 추격이었다.

그들의 추격에 살아남았던 백여 명의 사람 중 반 이상이 죽었다.

문제는 그 추격이 아직 끝나지 않았다는 것에 있었다.

능야산이 좌소천을 찾은 이유도 그 때문이었다.

"그들이 누굽니까?"

좌소천이 침중한 표정으로 물었다.

왠지 남의 일 같지가 않았다. 어머니도 십수 년간이나 천외천가의 추격을 받지 않았던가.

그때 능야산이 입술을 씹으며 대답했다.

"바로… 천외천가입니다."

이십사 년의 추격. 천외천가.

좌소천은 가슴에 커다란 돌이 하나 얹어지는 기분이었다.

'혹시……?'

한데 미처 좌소천이 입을 열기도 전이었다. 능야산이 신광을 번뜩이며 말을 이었다.

"단주께서도 천외천가와 원한이 있다 하니 한 가지만 묻겠습니다."

함께 좌소천의 직속무사로 있는 사람들에게 자세한 이야기를 들었다.

태부인인 은선향이―그들이 알고 있는 이름은 은선향이었다. 하기에 능야산이 알고 있는 좌소천의 어머니 이름도 은선향일 수밖에 없었다―천외천가의 무사들에게 중상을 입고 얼마 지나지 않아 돌아가셨다고 했다. 그렇다면 자신의 오늘 결심이 헛되지는 않을 것이었다.

"천외천가를 치실 것입니까?"

"물론이오."

"그럼 제 부탁을 들어주십시오."

"뭡니까?"

"그들을 칠 때 우리를 선봉에 세워주십시오."

'내'가 아닌 '우리'다. 자신 혼자가 아니라는 말.

아니나 다를까, 능야산이 말한다.

"그리만 해주신다면, 형제들을 설득해 데려올까 합니다."

능야산의 형제들.

좌소천의 눈이 능야산을 직시했다.

"선봉에 서기 위해서는 그만한 실력이 있어야 할 것입니다."

"숫자는 그리 많지 않습니다만, 개중에는 저보다 뛰어난 사람도 있습니다. 실망시켜 드리지는 않을 것입니다."

아마 구포봉이 들었다면, 손짓도 안 했는데 봉이 날아든다고 했을 일이었다.

좌소천의 마음도 크게 다르지 않았다.

묵령기환보로 인해 답답했던 마음이 싹 달아나는 기분이었다.

"좋습니다. 그 일에 대해선 약속하지요."

좌소천은 때가 되었다 생각하고 대왕채의 무사들이 머물고 있다는 경산 북쪽 응암산의 산채를 찾아갔다.

뜻밖에도 응암산에는 북리환이 직접 수하들을 데리고 내려와 있었다. 이유는 단 하나였다.

"나, 북리환이 결코 불의한 사람이 아님을 보여줄 작정이네."

뜻밖이긴 했지만, 마다할 것도 아니었다.

"모두 몇 분이나 오셨습니까? 백 명이 넘을 것 같습니다만."

"대홍산에서 힘 좀 쓴다는 사람들 반을 끌고 왔네. 아마 이 백 정도 될 거야. 마음 같아서는 모조리 끌고 왔으면 싶은데, 그곳도 먹고살아야 하지 않겠나?"

그중 반이 일류 이상의 고수들이고 절정의 고수도 네 명이나 된다. 능히 제천신궁의 지부 두어 곳과 맞먹는 무력. 거대 문파들이 왜 대홍산의 녹림산채를 그대로 놔두고 있는지 짐작이 갔다.

"내가 뭘 해주었으면 좋겠나?"

북리환이 나름 자신있는 표정으로 물었다.

좌소천은 손가락으로 찻물을 찍어 탁자에 대충 지도를 표시하며 말했다.

"제가 천문 지부에 있는 패천단을 이끌고 황파로 가면, 총표파자께서는 하남에서 내려오는 관문인 평정관(平靖關)과 무승관(武勝關)을 감시하면서, 혹시라도 남하하는 제천신궁의 무사들이 있거든 그들을 견제해 주십시오."

"흠, 두 관문에서 멀지 않은 곳에 산채가 있으니 그리 어려운 일은 아니네. 한데 내려오는 족족 다 때려잡아야 하나?"

녹림왕이니 뭐니 해도 산적은 산적이다. 주먹을 휘두르며 말하는 것이 말단 산적이나 별다르지 않은 행동이며 말투다.

좌소천은 웃음이 나오려는 것을 참고 고개를 저었다.

"굳이 죽자사자 막을 필요까진 없습니다. 단지 그들에게 호북으로 내려가는 것이 쉽지 않다는 것만 알려주고, 이후 그들의 이동 경로만 파악하시면 됩니다."

북리환이 이상한지 고개를 갸웃거렸다.

"그거야 그리 어렵지 않은 일이네만, 요즘 한수 일대에 전마성의 무사들이 집결했다는 말을 들었네. 전마성과의 싸움이 목전인데 제천신궁의 무사들을 왜 막고, 황파에는 무엇 때문에 간단 말인가?"

좌소천이 북리환의 눈을 보며 짧게 대답했다.

"전마성과의 싸움은 없을 겁니다."

"무슨 소린가?"

"사도 성주와 담판을 지었습니다. 그들은 내일모레 사이 이런저런 이유를 대며 철수할 겁니다."

"뭐라고?!"

북리환이 눈을 휘둥그렇게 떴다.

좌소천이 사정을 설명했다. 황파에 가려는 목적까지.

그의 이야기가 끝나자, 북리환은 경악한 표정을 가라앉히기는커녕 입까지 반쯤 벌리고 말았다.

"그러니까, 제천신궁과 갈라지고 전마성과 한배를 타기로 했다, 이 말인가? 그것도 거의 동등한 입장에서?"

"비슷하게 보시면 됩니다."

어이가 없어 말이 나오지 않는 북리환이었다.

배신이라는 생각은 아예 들지도 않았다. 좌소천의 어머니 문제는 차치하고라도, 제천신궁이 친우인 선우궁현을 죽인 천외천가와 손을 잡았다는 것만으로도 분노가 치밀었으니까.

오히려 단호한 결정을 내리고 제천신궁과 결별하려는 좌소천의 뜻이 백번 옳다는 게 그의 생각이었다.

문제는 그 이후의 행동이었다.

그에게는 눈앞에 있는 좌소천이 사람처럼 보이지 않을 지경이었다.

단 세 달. 그사이에 천하의 판도를 바꾸어놓았다.

사람들이 인식도 못하는 사이에 말이다!

북리환은 자신도 모르게 피가 끓었다.

좌소천이 이룬 일이야말로, 언젠가는 이루고야 말 거라며 자신 역시 이십여 년간 꿈속에서조차 다짐했던 일이 아니었던가.

북리환이 호안을 번뜩이며 벌게진 얼굴로 물었다.

"호북 동북부에 만족할 자네가 아닌 것 같은데?"

굳이 긴말이 필요없었다.

"천하는 넓습니다."

좌소천의 단 두 마디 대답에 북리환이 입술을 깨물었다. 그의 입술이 어렵게 열렸다.

"그럼 나도 거기에 끼어줄 수 있나?"

좌소천이 한없이 깊은 눈으로 북리환을 바라보았다.

"천하가 넓은 만큼 많은 사람이 필요하지요. 게다가 총표파자는 저와 함께 천외천가를 쳐야 할 의무가 있지 않습니까?"

벌게진 얼굴로 뚫어지게 좌소천을 바라보던 북리환이 씨익 웃었다.

그는 당장 가슴이 터질 것 같은 표정으로 소리치듯 말했다.

"아마 실망하지는 않을 것이네! 내가 누군가? 녹림왕이 아닌가?!"

야망과 꿈이 있는 사람치고 '천하'라는 말에 가슴이 뛰지 않을 자 뉘 있을까!

그 대열에 합류하는 것을 싫어할 자 어디에 있을까!

북리환도 그랬다.

그저 꿈처럼 여기며 가슴속에만 묻어놨던 일이 현실로 다가오려 한다. 그 주역이 될지도 모른다.

그는 피가 끓어 참을 수 없었다.

"평정관이나 무승관 일은 걱정 말게. 내 다른 놈들은 몰라도, 제천신궁 놈들이 내려오면 한 놈도 놓치지 않고 살펴보겠네!"

북리환이 합류한 이상 잠강, 천문 지부와 대홍산이 이어졌다.

황파만 손에 넣으면 한수 동부와 장강의 북부가 좌소천의 세력이 되는 것이다. 천하를 아우르는 세력들이 눈치조차 채지 못하는 사이에.

거기에 무창 일대만 손에 들어오면 호북 동부가 완전하게 하나가 된다.

좌소천의 얼굴에 조용한 미소가 떠올랐다.

이제 첫 번째 계획이 완성 직전이었다.

하나가 완성되면 두 번째 길을 달려갈 것이다.

'어머니, 아버지, 백부님. 하늘에서 즐겁게 지켜보십시오. 아들이, 조카가 어떻게 하늘이 되어가는지!'

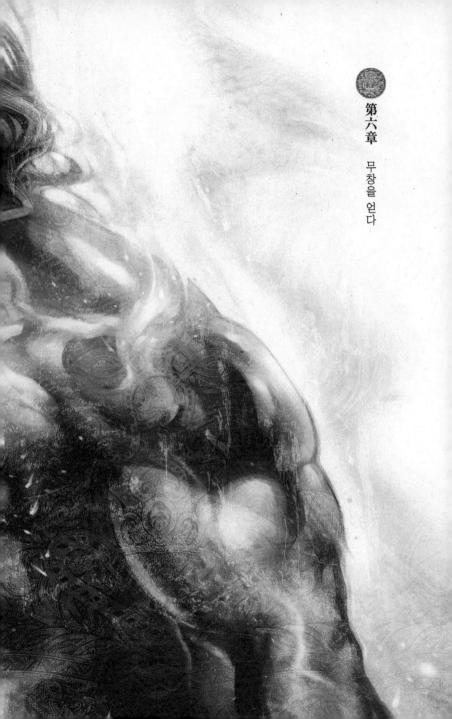

第六章

무창을 얻다

한수를 가득 메우다시피 했던 전마성의 이천 무사가 형주로 돌아간다는 소문이 돌았다.

갑자기 철혈무제 사도철군의 몸이 안 좋아진데다가, 형주의 전마성에 급한 일이 생겨 할 수 없이 돌아간다는 소문이었다.

어떤 자는 사도철군이 자리를 비운 사이 반역의 조짐이 있었다고도 하고, 어떤 자는 여름철 괴질에 성주의 가족들까지 걸렸다는 말을 하기도 했다.

어떤 것도 확실한 것은 없었지만, 분명한 것은 사도철군이 전마성의 무사들을 데리고 형주의 총단으로 돌아간다는 것이었다.

그날 늦은 밤, 한 사람이 동호장에 연기처럼 스며들었다.

기천승이었다.

그는 아무도 몰래 좌소천의 방으로 들어갈 생각이었다. 그러나 좌소천의 방이 있는 건물에 올라서자마자 그럴 생각을 접어야만 했다.

흐릿한 그림자가 앞을 가로막더니 묻는다.

"너도 좌가 꼬마를 죽이려고 왔냐?"

기척을 느끼기는커녕 상대가 누군지 얼굴도 확인하지 못한 기천승으로선 어이가 없었다.

"아니오."

"아니기는? 딱 보니 자객이 분명하구만."

본업이 자객이니 아니라 할 수도 없었다.

"그건… 그렇소만, 그래도……."

"이 자식, 자객이 말이 많기는."

순간 흐릿한 그림자가 갑자기 덮쳤다.

기천승도 은근히 화가 났다.

자신이 누군가! 천하의 귀영천살이 바로 자신이 아니던가!

한데 무작정 '이 자식, 저 자식' 하며 덤벼드는 상대다.

그런 상대에게 자비를 베풀 만큼 마음씨 좋은 그가 아니었다.

"그대가 자초한 일, 후회하지 마라."

그가 싸늘히 외치며 허리의 연검을 뽑았다.

상대가 흑살신 무영자라는 것을 알 리 없는 그로선 당연한 반응이었다.

하지만 무영자는 그런 기천승의 마음을 이해해 줄 마음이 전혀 없었다.

"이런 건방진 놈이 감히……!"

오히려 자객이면서 자신에게 대드는 기천승이 더욱 괘씸할 뿐이었다.

더구나 두 사람이 말다툼하는 사이 사람들이 방을 나와 지붕을 바라본다.

무영자의 어깨에 힘이 들어갔다.

"너 잘 만났다. 그러잖아도 애늙은이 때문에 요즘 기를 못 폈는데, 네가 좀 내 속을 풀어줘야겠다."

순간 짙어진 먹구름이 기천승을 덮었다.

동시에 먹구름 속에서 소리없는 번개가 번쩍였다.

"어쭈? 이 자식 봐라? 제법인데?"

제법 정도가 아니었다.

오 초의 손속을 나누는 동안 하마터면 기천승의 검에 어깨를 다칠 뻔하기도 했다.

"오냐 오냐 봐줬더니 이게!"

결국 무영자도 전력을 다해 기천승을 상대해야만 했다. 그래야 겨우 우세를 유지할 수가 있었으니까.

한편 좌소천도 자신의 거처 지붕에서 벌어지는 싸움을 알고 있었다.

사실 좌소천이 그들의 싸움을 말리려면 몇 마디면 족했다.

그러나 '그'에게 하늘의 높음을 알려주는 것도 괜찮을 듯싶어 그냥 놔둔 것이었다.

무영자가 죽이지만 않는다면 말이다.

다행히 '그'의 실력도 뛰어나서 금방 당하지는 않을 것 같았다.

그렇게 얼마나 지났을까, 좌소천이 허공에 대고 말했다.

"무영자 어르신, 너무 심하게 야단치지는 마십시오. 제가 불러서 온 사람이니까요."

그 직후였다.

지붕에서 빡! 소리가 들렸다.

"하아, 이 자식. 정말 대단한데? 하마터면 옷이 또 찢어질 뻔했잖아?"

지붕에서 기천승을 들고 내려온 무영자가 정말로 놀랐다는 듯 고개를 저었다.

사실 옷만이 아니라, 휘어져 들어오는 연검에 가슴까지 갈라질 뻔했다. 하지만 그 말은 하지 않았다.

좌소천이 빙그레 웃었다.

"전에 저도 당할 뻔했지요."

"근데, 이놈이 누군지 아나?"

"아직 이름을 듣지 못했습니다."

그사이 동천웅과 등소패와 위지숭정이 들어왔다. 직속무사들은 고개만 슬쩍 들이밀었을 뿐 들어오지는 않았다.

자신들의 경계망이 완벽히 뚫렸다. 들어가 봐야 네 노인에게 구박받기밖에 더 하겠는가.

그때 위지승정이 기천승을 보더니 눈을 크게 떴다.

"헛, 귀영천살 기천승?"

그 말에 무영자가 다시 기천승을 바라보았다.

"요놈이 내가 없는 사이 살수계에서 이름 좀 날린다는 그 천하제… 이살?"

"천하제일살이라 불릴 만한 자 중 하나지요."

"홍! 내가 아직 살아 있는데 제일살은 무슨!"

자신의 사문인 흑옥의 아이들을 제치고 살문제일이라는 말을 듣는 놈이다. 확 죽여 버릴까 하는 생각이 들었다.

하지만 동천웅이 가만두지 않았다.

"곧 늙어 죽을 놈이 별걸 다 따지네. 너, 혹시 몰래 그놈 죽일 생각 하는 거 아니야?"

"홍!"

무영자는 코웃음을 치며 고개를 돌렸다.

아직 동천웅의 약점을 건드린 것이 마음에 남아서 지고 들어가는 수밖에 없었다.

'멍청한 놈들! 다 망해 버린 귀영문의 꼬마에게 제일의 자리를 넘겨주다니. 내 이놈들을 그냥……!'

그사이 위지승정이 물었다.

"그가 어떻게 이곳에 온 것이냐? 한동안 보이지 않던 자인데. 소문에 의하면 본 궁에 들어왔다는 말도 있긴 있었다만……."

"앞으로 제 일을 해주기로 했습니다. 당분간은 아무에게도 이자의 정체를 알리지 말았으면 합니다."

그때다. 동천옹이 귀신같이 눈치 채고 물었다.

"혹시… 그놈이 저번에 너를 공격했다는 놈 아니냐?"

좌소천은 조용히 웃으며 살짝 고개를 끄덕였다.

네 노인은 좌소천과 기천승을 번갈아 보고는 알 수 없다는 듯 고개를 저었다.

자신을 죽이려 한 자를 끌어들인 좌소천에, 죽이려 했다는 자를 따르기 위해 찾아온 기천승이다.

"끄응, 도대체 뭐가 뭔지……."

기천승이 깨어난 것은 네 노인이 나가고도 한참이 지나서였다.

"끄응……."

그는 깨어나자마자 재빨리 몸을 가누고는 방어 자세를 취했다.

"이제 괜찮습니다. 이리 앉으시지요."

기천승은 엉거주춤한 자세로 한숨을 내쉬었다.

살문제일의 살수 귀영천살. 이제 그 이름도 버려야 할 때가 다 된 듯한 기분이었다.

"대체 그 노인은 누구요?"

기천승이 힘없이 물었다.

"생각해 보시면 아실 겁니다. 오래전부터 강호에 모습을 보이지 않으셨던 분이니까요."

눈살을 찌푸린 기천승이 기억을 더듬었다.

그리 오랜 시간도 필요없었다. 점점 커진 기천승의 눈이 좌소천을 향했다.

"흑살신… 무영자?"

좌소천이 미소를 머금고 고개를 끄덕였다.

"그분이 그러시더군요. 하마터면 명대로 못 살 뻔했다고 말입니다."

"어떻게 그분이……?"

"심심하다고 이곳에 와 계십니다."

전대의 절대고수, 팔신(八神) 중에 한 사람인 흑살신 무영자가 심심하다고 와 있단다. 그 말에 뭐라 답한단 말인가.

"……."

기천승의 입술이 딱 달라붙은 채 떨어질 줄을 모르자 좌소천이 물었다.

"수하들은 괜찮습니까?"

그제야 정신을 차린 기천승이 굳은 얼굴로 답했다.

"다행히 목숨은 건졌소. 둘은 두어 달만 지나면 평소의 몸을 되찾을 것이고, 한 사람만 무공을 제대로 펼치지 못할 것 같소."

"다른 두 사람의 죽음에 대해서는 이해하시기 바랍니다."

"어찌 모르겠소, 그게 살수의 운명인데. 그나마 그대와 같은 고수에게 고통없이 죽임을 당했으니, 그것도 그 아이들의 복이 아니겠소."

생포되면 온갖 고문에 시달리다 고통스럽게 죽어가는 살수들이 태반이다. 고통없이, 그것도 절대고수에게 죽었다는 것도 복이라면 복이었다.

"그리 생각하신다니 이야기하기가 편하군요. 한 가지 묻겠습니다. 사공은환의 수하가 아니라 하셨지요?"

"그렇소."

"그럼 어떠한 조건이 있기에 살행을 수락했을 터. 그 조건을 말씀해 보십시오. 제가 들어드리지요."

기천승이 마음을 가라앉히고 좌소천을 직시했다.

자신이 자결하지 않고 이곳에 온 이유이기도 했다.

"나의 사문인 귀영문은 무림맹에 공적으로 몰리면서 설 땅을 잃고 말았소. 물론 그 일이 나의 살행으로 인해 벌어진 일이기는 하오만, 나는 본 문을 다시 재건하고 싶소. 나의 조건은 그것이 다요. 본 문의 재건."

"다시 재건한다 해도 무림맹에 의해 공격을 받을 겁니다."

"그건…… 그때 가서 생각할 일이오."

"차라리 이러면 어떻겠습니까?"

기천승이 입을 열려다 멈칫했다.

좌소천의 눈빛이 그런 기천승의 눈동자에 꽂혔다.

"곧 새로운 하늘이 열릴 것입니다. 그때 한 축을 맡으십시오. 그리되면 무림맹조차 귀영문을 건드릴 수 없을 겁니다."

기천승의 눈꺼풀이 잘게 떨렸다.

"물론 귀영문이라는 문파의 재건을 전제로 한 조건입니다."

무림맹조차 안중에 두지 않는 좌소천이다.

말을 잇는 좌소천의 몸이 갑자기 커 보이는가 싶더니 일순간에 자신을 짓누른다.

기천승은 이를 악물고 대답했다. 어차피 한 번 죽은 목숨, 선택의 여지가 없는 그였다.

"그리만 해주신다면… 따르겠소."

좌소천이 두 손을 들어 올려 맞잡았다.

"고맙습니다. 제가 모든 것을 이끌어가는 한 약속은 지켜질 것입니다."

기천승이 자리에서 일어나 무릎을 꿇는다.

"귀영문의 기천승이 좌 공자께 충의를 맹세하오이다!"

좌소천은 포권을 취한 손에서 기운을 뻗어 기천승의 구부러진 무릎을 세웠다.

"우선적으로 한 가지 처리해 줄 일이 있습니다."

2

기천승이 모종의 임무를 띠고 떠난 다음날 저녁.

좌소천은 공손양과 두 시진에 걸쳐 계획을 점검하고는 도유관과 능야산만을 대동한 채 천문 지부를 나섰다.

나머지는 군사나 다름없는 공손양을 보필토록 했다.

당연하다는 듯 따라나선 네 노인은 그냥 따라오는 대로 놔두었다.

장강 쪽으로 간다고 하자, 마치 유람 가는 아이처럼 미리부터 설치며 정문 앞에서 서성이던 노인들이다. 말린다고 들을 분들이 아니었다.

그리고 사실 좌소천도 네 노인의 힘을 필요로 했다.

무력만 해도 네 노인을 어떻게 할 수 있는 사람은 천하에 열도 안 될 것이지만, 그러한 무력보다 더한 것이 네 노인에게 있었다.

네 노인의 이름. 그리고 신분.

그것은 네 노인이 지닌 무공보다도 더 큰 위력을 지닌 힘이었다. 이번 길에 그 '힘'이 필요했다.

조금이라도 피를 줄이기 위해서.

좀 더 완벽한 계획을 위해서!

좌소천이 떠나고 아침이 밝자 공손양도 패천단의 일부와 함께 동호장을 출발했다.

잠강과 천문 지부에서 뽑은 패천단의 숫자는 삼백여 명에 불과했다. 하지만 그들은 패천단 최강의 정예. 능히 패천단의 칠 할에 달하는 무력이었다.

공손양은 그들을 각 조별로 일이십 명씩 움직이도록 했다.

신경이 곤두선 관병들과 마찰을 일으킬지도 모르는 일. 불

필요한 상황은 최대한 피하는 것이 나을 거라는 생각에서였다.

게다가 패천단의 대대적인 움직임이 알려져 봐야 좋을 것이 없었다.

그렇게 공손양이 동호장을 출발할 즈음, 좌소천은 무창이 바라다 보이는 장강가의 구산(龜山) 아래에 도착했다.

장대한 강물 저편, 사산(蛇山) 서쪽에 우뚝 솟은 황학루가 눈에 들어왔다.

강 양편으로 솟은 두 산으로 인해 근처에서는 이곳만큼 장강을 건너기 좋은 곳이 없었다. 하기에 오랜 옛날부터 이곳을 쟁탈하기 위한 싸움이 끊이지 않은 곳이기도 했다.

좌소천이 일행과 함께 강가의 선착장으로 가자 수십 척의 배가 늘어서서 짐을 내리고 손님을 태우며 북적였다.

도강(渡江)하는 배를 찾아 승선하자 사람들의 눈이 좌소천 일행을 향했다.

젊은 무사 세 명에, 노인들 넷이라는 조합도 그렇고, 알게 모르게 풍기는 기운이 그들의 시선을 잡아끈 것이다. 특히 무영자는 모자를 썼는데도 사람들의 시선을 가장 많이 끌었다.

좌소천은 하는 수없이 일행들과 함께 선미 구석 쪽에 자리를 잡았다.

그때다. 두 손을 옷소매에 넣은 채 구석에 앉아 있던 한 사람이 슬쩍 고개를 들더니, 눈이 마주치자 슬그머니 고개를 돌린다.

오십대의 나이. 흐트러진 머리카락 사이로 날카로운 눈빛이 광기처럼 일렁인다.

그때 동천옹이 그를 힐끔 쳐다보고 중얼거렸다.

"그놈, 눈빛 한번 사납군."

"킁, 그래 봐야 저 죽을 줄 모르고 설치다 죽을 놈이지 뭐."

무영자마저 비꼬듯 말하자 그가 다시 고개를 돌렸다.

바람에 흔들리는 거친 수염이 들썩인다.

뭔가 입을 열려던 그가 목에 힘줄이 돋아날 정도로 힘을 주고는 참는다.

일순간 좌소천의 눈빛이 반짝였다.

어디선가 본 듯한 얼굴이다. 비록 머리카락으로 인해 자세한 모습은 보이지 않았지만, 기억 속에 아스라이 남아 있는 그런 얼굴.

좌소천은 기억을 더듬으며 강바람에 몸을 맡겼다.

그렇게 배가 강안에 도착하자 사람들이 하선하기 시작했다.

거의 모든 사람들이 내린 후에야 좌소천 일행도 배에서 내렸다.

한이 서린 눈빛을 지닌 중년인은 맨 마지막이 되어서야 절룩거리며 내려오더니, 좌소천 일행의 뒤를 스쳐 장강을 따라 올라갔다.

좌소천은 물끄러미 그의 뒤를 바라보고는 무창성문을 향해 걸음을 옮겼다.

"아는 사람이냐?"

등소패의 질문에 좌소천이 미간을 좁혔다.

"기억이 나지는 않습니다만, 언젠가 봤던 사람 같습니다."

"뭔가 맺힌 것이 많은 자 같던데."

광기가 일렁이던 눈빛. 그것은 한이 서린 눈빛이었다.

'장하경도 저자와 같은 눈빛이었지.'

그랬다. 그도 저 중년인과 비슷한 눈빛으로 객잔에서 제갈세가의 고수들을 죽이기 위해 기다렸었다.

저자는 어떤 한이 있기에 저런 눈빛을 지닌 걸까?

좌소천이 미간을 좁힌 채 이런저런 생각을 하며 일행과 함께 성문으로 다가가자 한 사람이 옆에서 접근했다.

키가 커서 말라 보이는 체격. 그래서 조금 긴 얼굴이 어울려 보이는 그는 무창으로 떠났던 삼백 무사의 수장 중 한 사람인 북궁창이었다.

그는 이 장의 거리에서 고개를 가볍게 숙이며 눈짓을 주고 전음으로 인사를 했다.

"저를 따라오시지요."

그러고는 좌소천 일행을 모르는 사람처럼 스쳐 가더니, 성문 안으로 들어가지 않고 성벽을 따라 남쪽으로 내려갔다.

북궁창이 일행을 안내한 곳은 무창 남쪽 외곽의 제법 큰 장원이었다.

대나무에 둘러싸인 장원은 가꾸지 않아 그렇지, 한때 잘살았던 사람의 장원인 듯 운치있게 꾸며져 있었다.

좌소천이 일행과 함께 안으로 들어가자, 육부경과 수장들이 정원에 모두 나와 일행을 맞이했다.

개중에는 처음 보는 자도 다섯이나 있었는데, 악양에서 새로 온 자들인 듯했다.

"어서 오시지요."

육부경을 비롯해 잠강에서 만났던 자들이 먼저 나서서 포권을 취한다.

좌소천이 마주 인사를 받고 옆에 서 있는 사람을 바라보자, 육부경이 그들을 소개했다.

수염이 호랑이처럼 까칠한 자가 칠살권(七殺拳) 조공인.

옆에서 동천옹이 먹다 버린 대추 같다고 했다고 눈을 부라린 자가 팔상마조(八相魔爪) 염상적.

한 자루 벼린 칼처럼 생긴 턱수염을 기른 자가 귀도(鬼刀) 무등혁.

검을 등에 멘 채 석상처럼 무뚝뚝한 자가 철주검(鐵柱劍) 임자군.

각진 얼굴에 단창 두 자루를 등에 메고 있는 자가 단벽쌍창(斷壁雙槍) 황보격이라고 했다.

그중 조공인과 염상석은 신월맹의 사람들이었고, 나머지 세 사람은 구포봉이 끌어들인 자들이었다.

특히 황보격은 선우궁현과 친분이 있는 자로 무위가 절정에 달한 고수였다.

'구 아저씨가 얼마나 동분서주하며 사람들을 끌어들였는지

알 만하군.'

그때 몸을 돌리려던 육부경이 뒤쪽에서 어슬렁거리는 노인들 중 한 사람을 보고 몸이 굳었다.

"귀하…… 는?"

그의 눈길 끝에는 뒷짐 진 위지숭정이 조용히 웃으며 서 있었다.

"오랜만이군."

"검왕께서 왜 여기에……?"

그의 말이 흘러나오는 순간, 장원 안에 있던 모두가 경악한 표정을 지었다.

검왕 위지숭정!

이제 은퇴하다시피 했지만, 십 년 전만 해도 제천신궁에서 열 손가락 안에 든다는 삼왕(三王) 중 한 사람이 바로 그다.

설마 그가 이곳에 나타날 줄은 꿈에도 생각지 못한 사람들이었다. 그러나 경악은 시작에 불과했다.

위지숭정이 옆을 바라보며 입을 연다.

"좌 단주는 바쁜 몸이 아닌가. 하여 세 분 어르신을 돌봐 드릴 만한 사람이 없어서 내가 모시고 왔다네."

그러자 옆에서 세 노인이 앞 다투어 핀잔을 준다.

"나는 아직 혼자 다녀도 끄떡없다니까? 걱정 말고 자네 걱정이나 해."

"썩을 놈, 내가 애냐? 돌봐주게?"

"네 목이나 걱정해, 위지 꼬마야."

순간, 한여름인데도 찬바람이 횡 하니 불더니, 열다섯 개의 굳어버린 석상을 쓸고 지나갔다.

"······!"

좌소천이 피식 웃으며 안으로 걸음을 옮겼다.

"들어가시지요."

네 노인이 졸졸 그 뒤를 따라갔다.

"어? 그래. 가자구."

"뭐 해? 가자니까. 좌 단주 가잖아."

석상들이 그 뒤를 따라 어정쩡하니 걸음을 옮겼다.

탁자 위에 지도가 펼쳐졌다.

구포방의 방도들이 만든 지도는 그야말로 상대의 속을 다 들여다볼 수 있을 정도로 상세했다.

삼십여 개의 건물군과 장원의 형태가 완벽하게 그려진데다, 어디에 어느 정도의 경비가 있는지까지 숫자로 표시되어 있었다.

한데 생각보다 경비의 숫자가 많았다.

"무엇 때문인지 신검장의 경비가 강화된 상탭니다. 평소보다 두 배 정도라 합니다."

북궁창의 설명에 사람들이 지도에 눈을 고정시켰다.

육부경이 눈살을 찌푸린 채 물었다.

"원인에 대해선 알아내지 못했나?"

"자세한 걸 알아내지 못했습니다만, 분명한 것은 저희 때문이 아니라는 것입니다."

무심한 눈으로 지도를 바라보던 좌소천이 조용히 입을 열었다.

"상관없소. 이미 수레바퀴는 굴러가기 시작한 상황이오. 오늘 밤 계획대로 신검장을 접수할 거요."

이미 예상했던 일이기에 별다른 반대는 나오지 않았다.

"아시다시피 우리가 원하는 것은 신검장의 멸망이 아닌 합병이오. 대항하는 적은 무력화시키되, 꼭 죽여야 할 상황이 아니라면 죽이지 마시오. 단, 그들 속에 스며 있는 제천신궁의 비찰들, 그들만큼은 철저히 색출해서 제거해야 하오."

좌소천의 눈이 구포봉을 향했다.

"그들이 누군지 알아내셨습니까?"

구포봉이 씩 웃었다.

"두 명 있더군. 골머리를 앓긴 했지만, 다행히 찾아냈다네."

그때 한쪽에서 따로 놀고 있던 네 노인 중 무영자가 불쑥 물었다.

"이번에도 따라가려면 복면을 써야 하냐?"

동천옹이 당연하다는 듯 말했다.

"너만 쓰면 될 거야."

"흥! 쓰려면 같이 써야지. 만일 나만 쓰라고 하면, 내가 너희들의 정체를 다 말해 버릴 것이야."

좌소천이 쓴웃음을 지으며 고개를 젓고 말했다.

"복면을 쓰지 않으실 거면 이곳에 계셔야 합니다. 처음부터 우리의 정체를 드러내면, 자칫 저들이 신양으로 전서구를 날릴지 모릅니다. 그리되면 문제가 복잡해집니다. 물론 나중에는 모든 것을 알게 되겠지만, 그전까지는 저들이 우리를 구포방의 무사 정도로 알아야 합니다."

"흐흐흐! 그럼, 그럼!"

무영자의 얼굴에 어른거리던 검은 안개가 출렁였다. 아마도 즐거워서 웃는 듯했다.

한데도 좌소천만 조용히 웃을 뿐, 다른 사람들은 웃고 싶어도 웃을 수가 없었다.

이제는 그들이 누군지 알기 때문이다. 특히 동천웅과 무영자의 정체는 그들로 하여금 눈도 마주치기 힘들게 했다.

3

신검장(神劍莊).

과거 신월맹의 제일지부였으며, 신월맹이 멸망한 이후로는 독자적인 세력을 구축한 무창제일의 세력.

하나 십 년이 지난 지금, 그들이 신월맹의 지부였다는 것을 떠올리는 사람은 거의 없었다.

비록 그들이 신월맹의 지부였다고는 하지만, 그전부터 그들은 무창제일의 힘을 지닌 독자 문파였던 것이다. 그래서인지 그들은 신월맹이 멸망한 것에 분노를 표하지도 않았다.

오히려 신월맹을 멸망시킨 제천신궁과 거래를 터서 과거의 영광을 되찾기까지 한 터였다.

　해시 초.

　밤이 깊어지자 좌소천은 도유관과 능야산만 대동한 채 신검장의 정문으로 다가갔다.

　살짝 깎인 만월이 드넓은 장원을 비춘다.

　저 멀리 검은 호수를 향해 치달리는 기다란 담장은 끝도 보이지 않는다.

　담장 안에 들어선 신검장의 주 건물 숫자는 삼십여 채. 건물은 하나하나가 크고 웅장했다.

　'신검장만 손에 넣으면 제천신궁의 남쪽 세력은 완전히 무력화된다.'

　그랬다. 그것이 바로 좌소천이 신검장을 합병시키려는 이유였다.

　한데 어느 순간, 신검장을 향해 다가가던 좌소천의 얼굴에 의아한 표정이 떠올랐다.

　신검장의 안쪽에서 소란스런 소리가 들리는 것이다. 결코 자신들 때문이 아니었다.

　간간이 들리는 비명, 고함 소리!

　또 다른 누군가가 신검장을 침입한 듯했다.

　"선객이 있나 봅니다, 단주."

　도유관이 눈살을 찌푸리고 좌소천을 바라보았다.

　고개를 살짝 끄덕인 좌소천의 걸음이 빨라졌다.

많은 사람이 침입한 것은 아닌 것 같다. 기껏해야 한두 명이
다.

좌소천이 두 사람과 함께 정문으로 다가가자, 그들을 발견
한 네 명의 위사가 굳은 표정으로 앞을 가로막았다.

"정지! 무슨 일로 본 장을 찾아온 것이오?"

"장주를 뵙고자 하오."

"지금은 아무도 본 장에 들어갈 수 없소! 꼭 볼일이 있다면
내일 아침에 다시 오지오!"

네 명의 위사 중 수장으로 보이는 자가 강경한 목소리로 거
부했다.

그때 도유관이 앞으로 나섰다.

"지금 들어가야겠다면?"

창!

위사들이 검을 뽑더니 도유관을 가리켰다.

"다치기 전에 순순히 물러가라!"

순간이었다. 도유관의 도끼가 품에서 빠져나와 위사들의 검
을 후려쳤다.

따다다당!

"흡!"

"허억!"

강한 충격을 견디지 못한 위사들이 뒤로 다급히 물러섰다.

그들을 향해 한 걸음 다가간 도유관의 입에서 차가운 목소
리가 흘러나왔다.

"다 죽이고 들어갈 수도 있어. 그러길 바라나?"

위사들 중 수장으로 보이는 자의 얼굴에 망설임이 떠올랐다.

도유관의 말이 허언이 아님을 본능적으로 느낀 것이다.

"자, 잠시만 기다리시오. 안에 기별을 넣겠소."

바로 그때였다. 장원 안에서 비명과 호통이 동시에 터져 나왔다.

"으악!"

"이놈, 소광섭! 네놈이 감히……!"

순간 좌소천의 뇌리에 두 사람의 얼굴이 떠올랐다.

오래전 포봉객잔에서 봤던 중년인과 아침에 봤던 흐트러진 머리의 중년인.

서서히 두 사람이 하나로 합해진다.

'그래, 그였어! 세운산장의 소광섭! 영령의 숙부!'

그가 신검장에 들어가 소란을 피울 이유가 복수! 그것 말고 또 뭐가 있을까.

더 생각할 것도 없었다. 좌소천은 몸을 훌쩍 날려 정문을 그대로 타넘었다.

"머, 멈추시오!"

위사들이 대경해서 소리치는 사이 도유관과 능야산도 좌소천을 따라 정문을 넘어갔다.

두 개의 건물을 지나는 사이 몇 사람이 좌소천의 앞을 막왔다.

"웬 놈이냐?"

그러나 좌소천은 대답 대신 그들의 복부와 가슴에 일권을 선사하고는 태연히 걸음을 옮겨 안으로 깊숙이 들어갔다.

그렇게 두 채의 건물을 돌아갔을 때다. 수십 명의 무사들에게 둘러싸인 사람이 보였다.

흐트러진 머리가 반쯤 얼굴을 가린 중년인. 수십 명에 둘러싸여 있으면서도 정면을 바라본 채 눈을 빛내는 그는 소광섭, 바로 그였다.

일단 몸을 날려 지붕 위로 올라간 좌소천은 전체적인 상황을 살펴보았다.

몰려든 무사들의 숫자가 순식간에 백여 명으로 늘어난다. 이대로 일각만 지나면 신검장의 무사들이 전부 몰려들 것 같은 상황이다.

한데 기이한 것은, 소광섭을 둘러싼 자들이 삼 장의 거리를 둔 채 더 이상 접근을 하지 않는다는 것이다.

소광섭의 손에는 길이가 두 자밖에 되지 않는 작은 활이 들려 있었는데, 무사들의 눈은 모두 그 활을 향하고 있었다.

하긴 소광섭 주위에 쓰러져 있는 십여 명이 모두 가슴이나 목, 또는 이마에 가느다란 화살이 꽂혀 있다.

한 발의 화살에 하나의 목숨.

'대단하군.'

은은히 푸른빛이 도는 활의 몸체는 그리 두껍지도, 크지도 않았다. 활의 아귀에서 오금 사이에 파여 있는 몇 개의 톱날 같은 깊은 골이 조금 남다르게 보일 뿐이다.

한데도 모두가 소광섭의 손에 들린 활을 두려워하고 있다.

웅크린 호랑이처럼 당겨진 시위에 걸쳐진 화살은 기껏 해봐야 한 푼 정도의 굵기. 어쩌면 그것이 더 상대로 하여금 두려움을 느끼게 할지도 몰랐다.

게다가 활 전체에 어른거리는 아지랑이 같은 기운. 시위를 힘으로 당긴 것이 아니라 내력으로 당겼다는 뜻이다.

시위를 내력으로 당겨야 할 만큼 탄력이 강하다는 말. 그렇다면 위력 역시 일반적인 궁과는 비교할 수 없을 것이었다.

"모두 저 활에 당한 것 같군요."

옆에 내려선 도유관이 속삭이듯 말했다.

그때 소광섭이 광기마저 느껴지는 웃음소리를 흘렸다. 자신의 몸 여기저기에 나 있는 상처쯤은 아랑곳없다는 태도였다.

"흐흐흐. 설위진, 설마 오늘 같은 날이 있을 줄은 몰랐을 거다."

설위진. 장주인 설학진의 아우이며 신검장의 총관인 자.

그는 소광섭을 노려보며 이를 으드득 갈았다.

하마터면 죽을 뻔했다. 소광섭의 손에 들린 활이 무엇인지 몰랐다면, 앞에 쓰러져 절명한 수하와 같은 꼴이 되었을 것이었다.

다행히 그는 소광섭의 손에 들린 활에 대해 알고 있었다. 하기에 미리 대비할 수 있었고, 소광섭의 활이 자신을 향한 순간 재빨리 몸을 날려 심장이 뚫리는 것은 피할 수 있었다.

그래도 어깨가 뚫리는 것은 피하지 못했다.

불로 지진 것 같은 통증!

신검장의 총관인 자신이 일개 광인의 손에 당하다니!

분노가 치민 그는 소광섭을 때려죽이고 싶었지만, 당장은 소광섭의 손에 들린 활의 방향을 바꾸는 것이 우선이었다.

"활을 내려라! 복수를 하려면 광한방으로 갈 것이지, 왜 본장에 와서 설친단 말이냐?"

"물론 광한방의 섭정산도 죽일 놈이지. 세운산장의 사람들이 거의 다 그놈의 수하들에게 죽었으니까. 그러나 그전에, 한낱 보물에 눈이 어두워 친구를 친 네놈을 먼저 죽일 것이다."

"헛소리하지 마라, 소광섭! 내가 뭐가 아쉬워서 그까짓 물건 하나 때문에 세운산장을 친단 말이냐?"

"후후후, 다른 사람을 몰라도 나는 네놈의 버릇을 알지. 복면을 썼다고 못 알아본 줄 알았다면 오산이다, 설위진. 봐라! 이것이 바로 네놈이 그렇게 욕심내던 것이니까!"

설위진의 눈빛이 흔들렸다.

소광섭의 말대로 그에게는 사십여 년간 고치지 못한 버릇이 있다. 긴장하거나 흥분하면 자신도 모르게 손이 코를 비트는 것이다. 아마 그때도 복면을 의식하지 못한 채 코를 비튼 것 같다.

'죽일 놈. 네놈이 죽음을 재촉하는구나.'

그때다. 소광섭이 활을 들어 올린다.

탈혼궁(奪魂弓)!

저 작은 활이 고금팔대신기 중 하나인 탈혼궁이다.

잘하면 놈이 지닌 보물이 자신에게 굴러들어 올지도 모르는 일. 그는 탐욕에 가득 찬 눈으로 소광섭을 노려보았다.

때마침 수하 둘이 자신의 앞을 가로막는다.

"총관, 저자는 저희에게 맡기고 물러서시지요."

설위진은 슬쩍 옆으로 한 걸음을 옮겨 소광섭의 활이 노리는 동선을 벗어났다. 동시에 수하들을 향해 소리쳤다.

"뭐 하느냐? 허튼소리나 하는 저놈을 죽여라!"

찰나였다.

퉁! 쉬익!

짧은 파공성이 일더니 앞을 가로막았던 두 명의 수하가 목을 움켜쥐고 쓰러진다.

대경한 설위진은 어깨의 통증을 무시한 채 급히 일 장가량 더 뒤로 물러났다.

"모두 놈을 쳐라!"

이를 악문 무사들이 일시에 달려들었다.

순간, 빙글 몸을 돌린 소광섭이 번개처럼 활을 튕겼다.

어느새 시위에 걸었는지 네 개의 화살이 한꺼번에 튕겨진다.

투두두둥!

한 바퀴 도는 사이 세 번에 걸쳐 탈혼궁이 튕겨지고, 칠팔 명의 무사가 벼락에 맞은 것마냥 힘없이 쓰러졌다.

"헉!"

"끄윽!"

가공할 속사! 소름 끼치는 위력이다.

달려들려던 무사들이 주춤했다.

찰나간, 한 바퀴 휘돈 소광섭이 전면을 향해 활을 튕겼다.

투두둥!

줄지어 날아간 세 발의 화살이 세 사람의 가슴과 목에 꽂힌다.

"허엇!"

설위진의 입에서 다급성이 터져 나왔다.

눈에 보이지도 않는 화살에 세 명의 무사가 무너지자, 앞이 훤히 뚫린 것이다.

"이, 이런!"

경악한 그가 급히 뒤쪽으로 몸을 날리려 할 때다.

쉬익!

짧은 소음이 자신에게 날아드는가 싶더니 가슴에서 화끈한 느낌이 전해졌다.

"허억!"

설위진은 뒤로 물러서지도 못한 채 가슴을 내려다봤다.

한 푼 두께나 될 것 같은 화살이 깃만 남긴 채 가슴에 박혀 있었다.

화살의 깃을 타고 뚝뚝 떨어지는 선혈이 유난히 붉다.

심장이 그대로 뚫린 듯 전신이 불에 타는 듯한 느낌이다.

"너… 네놈이……."

"우흐흐흐. 어떠냐, 설위진. 네놈이 그렇게 욕심냈던 활에 죽는 기분이."

하지만 설위진은 더 이상 입을 열 수 없었다.

화살을 타고 시뻘건 선혈이 앞으로 뿜어진다.

스르르 무너지는 설위진의 입이 몇 번 달싹거리다 멎었다.

쿵!

소광섭은 설위진이 쓰러지는 걸 바라보며 눈을 번들거렸다.

"후후후, 죽고 싶은 놈은 언제든 와라. 아직 화살은 백 개도 넘게 남았으니까."

화살이 가느다란 만큼 그가 소지할 수 있는 양도 많았다. 그가 가져온 백오십 개의 화살 중 아직 백여 개가 등과 허리에 꽂혀 있었다. 허언이 아닌 것이다.

한편, 좌소천은 소광섭의 손에 들린 작은 활의 위력과 궁술에 놀람을 금치 못했다.

그야말로 벼락이 튀어나가는 것 같았다. 그리 힘껏 당기는 것 같지 않은데도 눈에 보이지 않을 정도의 빠름이다.

가공할 탄력!

어디 그뿐인가. 활이 작은 만큼 쏘는 동작도 작다 보니 다음 화살을 쏘는 것이 그만큼 빠를 수밖에 없다. 또한 화살이 가늘어서 한 번에 몇 개씩 절피(시위의 화살 꽂는 곳)에 걸 수가 있다.

그제야 활의 몸체에 톱날 같은 골이 파인 이유를 알 것도 같왔다. 몇 대의 화살을 시위에 걸면 끝이 흔들릴 수밖에 없는 법, 아마도 화살이 제멋대로 날아가지 않게끔 그리 만든 듯했다.

그러나 제아무리 좋은 활이라도 그걸 소유한 자가 제대로 사용하지 못한다면 무용지물일 뿐이다.

번개와 같은 속사(速射)와 연사(連射).

지난 칠 년간 소광섭이 얼마나 피눈물 나는 고련을 하며 궁술을 익혔을지 짐작할 수 있을 듯했다.

문제는 둘러싼 사람이 너무 많다는 것이다. 더구나 시간이 갈수록 소광섭의 몸에 난 상처가 그의 움직임을 제어할 것이었다.

좌소천은 급히 소광섭에게 전음을 보냈다.

"소 대협, 지붕으로 몸을 피하시오. 뒤는 우리에게 맡기고."

광기 어린 눈을 번들거리던 소광섭이 움찔했다.

"시간이 없소. 소영령을 아신다면 내 말에 따라주시오."

그러다 소영령의 이름이 나오자 놀란 눈을 크게 떴다.

하지만 더는 머뭇거릴 여유가 없었다.

"소광섭! 네놈이 감히 내 아우를 죽이다니! 모두 뭐 하느냐! 놈을 잡아라!"

둘러싼 무사들 뒤쪽에서 분노에 찬 목소리가 터져 나온다.

신검장의 장주인 설학진의 목소리다.

상황이 쉽게 해결되지 않자 마침내 그가 나온 것이다.

이판사관.

투두두두둥!

소광섭은 전면과 후면을 향해 열 발의 활을 더 쏘고는 땅을 박찼다.

"놈이 도망친다! 쫓아라!"

황급히 몸을 피하던 자들이 소광섭을 따라 몸을 날렸다.

바로 그때였다.

콰콰광!

굉음이 일며 소광섭의 뒤를 따라 몸을 날린 자들이 일제히 떨어져 내렸다.

"웬 놈이냐?!"

"지붕에 놈과 한패가 있다! 그놈들도 잡아라!"

여기저기서 외침이 터지는가 싶더니 신검장의 무사들 중 수십 명이 지붕으로 올라왔다.

좌소천은 그들이 올라오는 것을 바라보지도 않고 아래쪽을 향해 소리쳤다.

"어느 분이 신검장주요?!"

"웬 놈이 감히 나를 찾는 것이냐?!"

무사들이 쫙 갈라지며 백의 비단 장포를 입은 중년인이 십여 명의 중년 무사와 함께 모습을 드러냈다.

그가 바로 신검장의 장주인 신검대협 설학진이었다.

"두렵지 않다면 내려와서 말하라!"

이미 소광섭은 지붕을 타고 뒤쪽으로 사라진 상태. 좌소천은 망설이지 않고 지붕에서 내려갔다.

그가 도유관과 능야산을 대동한 채 땅에 내려서자 신검장의 무사들이 세 사람을 에워쌌다.

"네놈은 누구냐? 누군데 감히 본 장에 침입한 것이더냐? 소광섭이라는 놈과 한패더냐?"

"내가 그와 한패인지 아닌지, 지금 중요한 것은 그것이 아니오."

"내 아우가 죽었거늘, 그것이 중요하지 않다고? 흥! 그럼 뭐가 중요하단 말이냐?"

"신검장의 존폐. 귀하는 그걸 걱정해야 하오."

"건방진 놈! 네깟 놈이 감히 본 장의 존폐를 논하다니!"

그때였다. 사방에서 당황한 목소리가 들려왔다.

"적이다!"

"적이 쳐들어왔다!"

곧이어 병장기 부딪치는 소리와 비명이 터져 나왔다.

"놈들을 막아!"

"으악!"

"크억!"

차창! 챙!

격전음이 점점 가까워진다. 적을 막는 사람이 없는 게 아닌가 하는 생각이 들 정도의 빠른 속도다.

"뭐 하느냐? 가서 막아!"

누군가가 신검장의 무사들에게 호통을 쳤다.

그러자 주위를 둘러싸고 있던 무사들 중 반 이상이 몸을 돌려 비명이 터진 곳을 향해 달려갔다.

난데없는 상황이 혼란스러운지, 설학진이 굳어진 얼굴로 좌소천을 노려보았다.

"네놈들이 감히……!"

좌소천이 무심한 목소리로 입을 열었다.

"신검장의 무사들로는 저들을 막을 수 없소. 대항하면 신검장 무사들의 피로 장강이 붉게 물들 것이오."

그때 설학진의 옆에 서 있던 삼십대의 무사 중 세 명이 좌소천을 향해 몸을 날렸다.

동시에 도유관과 능야산이 앞으로 나서며 손을 휘둘렀다.

쩡! 퍽!

쉭!

검을 튕겨낸 도끼가 이마를 가르고, 일곱 치 비수가 목에 작은 구멍을 내고서 능야산의 손으로 돌아왔다.

눈 깜짝할 틈도 없이 세 명의 무사가 무너져 내린다.

너무나 어이없는 세 사람의 죽음에 설학진의 눈이 파르르 떨렸다.

좌소천은 그런 설학진을 직시한 채 무심한 목소리로 말을 이었다.

"시간이 흐르면 더 많은 피가 흐를 터. 나와 이야기를 나눌 것인지, 아니면 싸울 것인지 둘 중 하나를 선택하시오."

"네놈들은 대체 누군데 본 장을 공격하는 것이냐?"

"그렇게도 모르겠소? 지금 중요한 것은 그것이 아니오."

"흥! 너희 몇이서 이곳에 있는 우리를 모두 이길 수 있다고 생각하느냐? 다른 사람들이 오기 전에 네놈이 먼저 죽을 것이다."

설학진의 몸에서 삼엄한 기운이 흘러나왔다.

호남의 십대고수 중 한 사람인 그다. 더구나 신검장에는 절정에 달한 고수가 일곱이나 있다.

적들이 아무리 강하다 해도 쉽게 신검장을 무너뜨리지는 못할 것이라는 것이 그의 생각이었다.

그가 기운을 일으키자, 그의 마음을 알아챈 신검장의 장로 네 사람이 앞으로 나섰다.

"장주, 저희가 저자들을 상대하겠습니다."

좌소천의 무심한 눈이 그들을 향했다.

"안타깝군요. 그래도 신망이 있는 분이라 해서 말을 먼저 나누려 했거늘."

그때 단정한 흑염을 기른 중년인이 검을 뽑아 들었다.

"너는 우리가 상대하겠다. 칼을 뽑아라!"

좌소천이 그를 향해 나직이 입을 열었다.

"기회는 한 번뿐이오. 전력을 다해야 할 것이오."

그러고는 딸깍, 도를 밀어 올렸다.

도를 뽑지 않아도 충분히 이길 수 있는 상대다. 그러나 싸움을 빨리 끝내기 위해서는 최대한의 충격을 주어야 한다.

그것이 전양검 이정관에게는 불행이었다.

"참으로 건방진 놈이로다!"

노성을 내지른 이정관이 검기가 일렁이는 검을 앞세운 채 좌소천을 향해 몸을 날렸다.

절정의 고수답게 검끝에 맺힌 연푸른 검기가 일순간에 푸른 빛을 더한다.

찰나였다!

쉬이익!

무진도가 묵선을 그리며 어둠을 길게 갈랐다.

묵빛 벼락이 뻗친 순간,

쩡!

중동이 부러진 검날이 허공으로 튕겨지고, 이정관의 몸이 달려들던 자세 그대로 힘없이 꼬꾸라졌다.

털썩!

동시에 반쯤 갈라진 목에서 분수처럼 솟구치는 핏줄기가 진한 혈향을 풍긴다.

갑자기 침묵이 장내를 뒤덮었다.

외곽에서 벌어지는 싸움 소리조차 침묵에 눌려 들리지 않는 듯했다.

절정에 달한 고수, 전양검 이정관이 일 초도 받아내지 못하고 죽었다.

그 사실이 묘한 침묵과 함께 사람들의 가슴을 짓눌렀다.

"하늘이 되기 위해 만인의 피도 마다하지 않겠다고 작정한 나요. 대항한다면…… 모두 죽을 것이오."

좌소천의 음울한 목소리가 얼어붙은 침묵을 깨고 흘러나

온다.

둘러싼 백여 명의 무사는 안중에도 없다는 말투다. 오히려 덤비면 모두 죽을 거라는 듯 말한다.

설학진은 그제야 정신을 차리고 눈을 부릅떴다.

이정관은 자신에 비해 그리 약하지 않는 사람이다. 승부를 내려면 적어도 수십 초를 허비해야 할 터였다. 한데 그런 이정관이 단 일초를 받아내지 못한 것이다.

입 안에서 상대를 공격하라는 말이 맴돈다.

한데 밖으로 나오지가 않는다.

하단으로 내린 무진도의 도신. 그 속으로 어둠조차 빨려 들어가는 듯하다.

자신이 초절정의 경지 초입에 들어섰기에, 그는 좌소천의 칼이 얼마나 무서운지를 본능으로 느끼고 있었다.

'그의 말대로 덤비면 다 죽을지도……'

죽음을 각오하고 싸울 수도 있다. 이길지도 모른다.

그러나 딸린 식구들이 너무나 많다. 일천오백의 목숨을 걸고 모험을 하기에는 자신이 없다.

결국 그의 입에서 억눌린 목소리가 새어 나왔다.

"그대는… 누군가?"

만 장 깊이의 심해처럼 깊어진 좌소천의 눈빛이 설학진의 눈에 꽂혔다.

"하늘이 되고자 하는 사람."

순간 설학진은 입술을 깨물어 아득해지려는 정신을 억지로 붙잡고, 핏물이 흐르는 입술을 겨우 뗴었다.

"뭘 바라고…… 본 장을 핍박하는 것이냐?"

"내가 아는 어떤 분이 귀하를 평하길, 함께하기에 괜찮은 사람이라 하더이다."

그때였다.

"아직도 손 안 들었냐? 우리가 여기 있는 놈들 다 쓸어버릴까?"

동천옹의 맑은 목소리가 들리더니, 하늘에서 복면을 쓴 사람들이 훌훌 날아들었다.

모두 넷. 겉모습은 가지각색인데, 마치 바람도 없는 하늘에서 떨어지는 깃털처럼 천천히 내려서는 그들이다. 그들의 신법을 본 설학진은 기운이 빠져 대항할 마음조차 사라졌다.

"그냥 다 죽이면 깨끗하게 정리될 것 같은데……."

특히 검은 안개가 일렁이는 것처럼 보이는 복면인의 신법은 평생 듣도 보도 못한 것이어서 간담이 서늘해졌다.

'어디서 저런 고수들이……'

위지승정이 그런 설학진을 물끄러미 바라보더니 좌소천에게 말했다.

"싸움을 중단시키는 것이 어떻겠나?"

좌소천의 눈이 설학진을 향했다.

"결정은 설 장주가 내리시지요."

휘이이이익!

휘파람이 길게 울렸다.

곧이어 여기저기서 격전을 중단하라는 외침이 신검장에 울려 퍼졌다.

"신검장의 무사들은 대항하지 말고 뒤로 물러서라!"

장원이 워낙 넓어 싸우는 소리가 잦아드는 데 한참이 걸렸다.

상황을 제대로 알지 못하는 사람들은 싸움이 중단되자 어리둥절한 표정을 지었다.

다행이라는 표정을 짓는 사람이 있는 반면, 자신의 동료가 적에게 당했다는 것에 분노를 삭이지 못하는 사람들도 있었다.

그러나 장주의 명이 떨어진 이상 싸움을 멈추지 않을 수는 없었다.

웅성거림도 잠시, 사방에서 구포방의 고수들이 쫙 갈라진 신검장 무사들 사이를 걸어 중앙의 연무장 쪽으로 걸어왔다.

설학진이 그들 중 육부경을 알아보고 경악한 표정을 지었다.

"육… 단주?"

신월맹 초혈단의 단주였던 육부경을 그가 모를 리 없다.

육부경도 설학진을 잘 알기에 차가운 표정으로 마주 인사를 건넸다. 신월맹의 멸망에도 곧바로 제천신궁에 달라붙은 그가 탐탁지 않은 것이다.

"오랜만입니다, 설 장주."

"그대가 어떻게?"

"얼마 전부터 저분을 모시고 있소이다."

설학진의 표정이 딱딱하게 굳어졌다.

"이제 이야기를 나눌 때가 된 것 같습니다만."

좌소천이 입을 열자 설학진이 터진 입술의 피를 닦아내며 몸을 돌렸다.

"따라오시오."

마주 앉은 사람은 모두 열 명이었다.

좌소천의 옆에 구포봉과 육부경이 앉고, 설학진의 옆에 신검장의 원로 둘이 앉았다.

좌소천이 예상했던 임무(?)를 다한 네 노인은, 한쪽에서 신검장의 원로 둘을 앉혀놓고 자기들끼리 이런저런 이야기를 나누었다. 칠십이 넘은 신검장의 두 원로가 절절매는 모습에 신검장 사람들은 최대한 그곳을 보지 않았다.

그들도 이제 아는 것이다. 네 노인이 어떤 사람들인지.

그때 도유관과 능야산이 들어왔다.

두 사람은 좌소천을 향해 가볍게 고개를 숙였다.

"해결했습니다, 단주."

"밖으로 날아가던 비둘기는 모두 네 마리였는데, 다행히 한 마리도 놓치지 않았습니다."

그제야 좌소천이 설학진을 바라보았다.

"이제 이야기를 나누어보지요."

좌소천이 육부경을 비롯한 구포방의 무사들만 남겨놓은 채 신검장을 나선 것은, 신검장에 들어선 지 두 시진 만이었다.

소광섭은 신검장의 외곽 서쪽의 송림에 숨어서 몸을 돌보고 있었다.

그는 좌소천이 도유관과 능야산, 네 노인을 대동한 채 신검장을 나서자 몸을 일으켜 송림을 나섰다.

좌소천도 그를 보고 방향을 돌려 그에게 다가갔다.

여전히 피 묻은 옷을 입고 있는 그였지만, 두 시진 정도의 시간이 지나서 그런지 그의 움직임은 전보다 나아 보였다.

절룩거리며 다가온 소광섭에게 좌소천이 먼저 인사를 건넸다.

"오랜만입니다, 소 대협."

흐트러진 머리를 쓸어 올린 소광섭은 곤혹스런 표정을 감추지 못하고 좌소천을 올려다보았다.

"자넨 누군데 나를, 영령이를 아는 것인가?"

"악양의 포봉객잔을 기억하십니까?"

소광섭이 눈살을 찌푸렸다.

도주하던 중 식사를 하기 위해 들어간 객잔의 이름을 기억한다는 것 자체가 무리였다.

"처음 들어보는군."

그때 좌소천이 몇 개의 단어를 꺼내었다.

"광한방의 무사들, 홍백쌍사, 형산의 제자들. 그리고 검은 연기."

순간 소광섭의 눈이 커지고 좌소천을 뚫어지게 바라보았다.

"설마 자네가… 그 중년인과 함께 앉아 있던 그 소년?"

당시의 중년 무사를 잊을 수 없는 소광섭이다. 그가 아니었다면 자신은 그곳에서 한 많은 생을 마쳤을 테니까.

좌소천이 고개를 끄덕였다.

"그렇습니다."

"영령이는, 영령이는 어떻게 되었나?"

소광섭이 다급히 물었다.

수많은 난관을 뚫고 살아남는 동안 마음이 굳어버린 그다. 하지만 하나 남은 조카의 안위는 그의 굳어버린 마음조차 흔들고 남았다.

문제는 좌소천조차 그 일에 대해 확실한 답변을 해줄 수 없다는 것이었다.

"일단 자리를 옮기시지요. 제가 아는 대로 말씀드리겠습니다."

무창의 객잔에 들어가 마주 앉은 지 일각.

좌소천의 이야기가 끝나자 소광섭의 표정이 암울해졌다.

"허어! 그분이 바로 선우 대협이었단 말인가? 우리 영령이가 선우 대협의 제자가 되고 말이지?"

"그렇습니다. 한데도 제가 령 매를 지켜주지 못했으니 그저 죄송할 뿐입니다."

"무슨 말을……. 목숨 던져 그 아이를 구하려 한 자네가 왜 나에게 미안해한단 말인가? 오히려 나만 살겠다고 도망친 내가 죄인이지. 게다가 아직 살아 있을지 모른다 하지 않았는가?"

"제가 아는 한, 분명히 살아 있을 것입니다."

확신은 없다. 그러나 그 어떤 것보다 확신에 찬 말이다. 그만큼 절박한 소원이었다.

소광섭 또한 그러한 마음이었다.

"그래, 분명 그 아이는 살아 있을 거네. 분명히!"

한참 동안 아무도 입을 열지 못했다.

네 노인도 그저 술잔이나 홀짝이며 묵묵히 안주나 집어 먹었다.

한탄곡이라면 백 장도 넘는 절벽이 있는 곳이다. 그곳에서 뛰어내렸단다. 죽을 거라는 것을 알면서도 사매를 구하기 위해서!

사람들이 제각각의 눈빛으로 좌소천을 힐끔거렸다.

그중에는 '미쳤지!' 하는 눈빛도 있었지만, 대부분은 가슴이 뜨거워진 눈빛이었다.

먼저 입을 연 것은 좌소천이었다.

"이제 어떻게 하실 겁니까?"

술잔을 내려놓은 소광섭이 좌소천을 바라보았다.

"광한방으로 갈 것이네."

좌소천의 눈빛이 찰나간 반짝였다.

"그럼 그곳으로 가기 전에 악양을 먼저 들르십시오."

"악양?"

"그곳에 가서 구포방을 찾아가십시오."

"구포방이라… 처음 듣는 이름이군. 뭐 하는 곳인가?"

고개를 갸웃거리는 소광섭이다.

좌소천이 담담한 목소리로 사정을 이야기했다.

"이번에 신검장을 친 무사들이 그곳의 무사들입니다."

소광섭이 눈이 한껏 커졌다. 그러다 짐작 가는 것이 있는지 좌소천에게 물었다.

"혹시 자네도……?"

"구포방주가 바로 포봉객잔의 주인입니다. 저의 숙부 되시는 분이니 광한방을 상대하려 한다면 충분한 도움이 될 것입니다."

객잔의 주인이 구포방의 방주고, 그 구포방이 신검장을 쳤단다.

누가 들으면 혀를 차며 미친놈 취급할 말이다.

하지만 이미 신검장이 무너지는 것을 멀리서나마 지켜본 소광섭이 아닌가.

더구나 광한방은 신검장의 두 배 이상 전력을 지닌 곳. 혼자서 그 안으로 들어가 복수를 한다는 것이 목숨이 열 개라도 힘든 일이라는 것을 그도 잘 알았다.

다만 하지 않을 수 없어 달려가려는 것뿐이었다.

그게 자신이 살아야 하는 이유니까.

그때 동천옹이 좌소천을 빤히 바라보고 물었다.

"너 혹시… 광한방도 칠 생각을 하는 것 아니냐?"

좌소천이 손에 들린 술잔을 천천히 입으로 가져갔다.

"못할 것도 없지 않겠습니까?"

목구멍을 타고 넘어간 한 잔의 술이 가슴을 태웠다.

'어차피 세운 목표. 강하고, 넓은 하늘을 만들 생각이지요.'

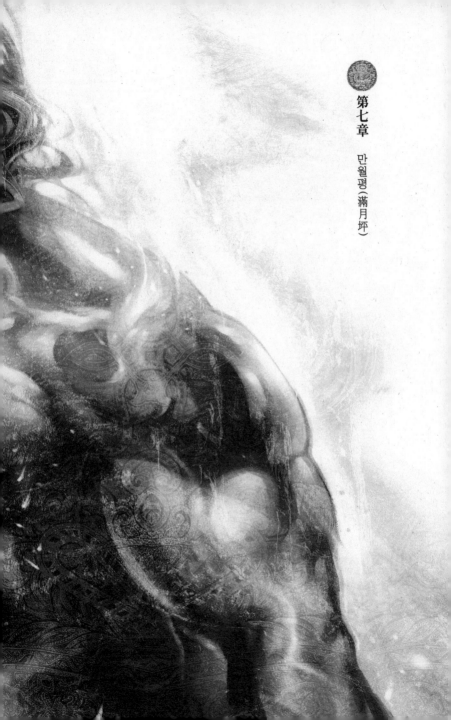

第七章

만월평(滿月坪)

絶對天王

바람에 날린 낙엽 하나가 달빛을 타고 만월평 중앙의 삼층
전각 지붕 위에 내려앉는다.

　츠르르······.

　바람에 쓸린 낙엽이 지붕을 구르고, 그림자 하나가 낙엽이
구르는 소리에 섞여 지붕 위를 치달리는가 싶더니, 낙엽이 처
마 끝에 걸려 버둥거리는 사이 전각 안으로 사라졌다.

　그리고 잠시 후.

　한 사람이 잠자던 그대로 백회혈에 검이 꽂힌 채 죽임을 당
했다.

　그의 죽음이 알려진 것은 날이 환하게 밝은 후였다.

　평소 술을 많이 마신 날은 늦게 일어나는 그이기에, 시비는

전날 유난히 술을 많이 마신 그를 떠올리고 식사 준비가 다 될 때까지 기다렸다.

하지만 식사 준비를 마친 시비가 그의 방으로 들어갔을 때, 그는 영원히 식사를 할 수 없는 몸이 되어 싸늘히 굳어 있었다.

머리맡을 흥건히 적신 핏물을 본 시비의 입에서 비단 자락 찢어지는 소리가 터져 나왔다.

"아악! 지부장님!"

일각도 되지 않아 만월평이 발칵 뒤집히고, 황파 총지부의 주요 간부들이 식사를 하다 말고 일제히 진월각으로 모여들었다.

혁련무성의 몸을 살핀 끝에 그들이 찾아낸 것은 오직 하나, 폭이 좁고 얇은 검이 백회혈에 꽂혔다 빠져나왔다는 것이었다.

그리고 반 시진. 십여 마리의 전서구가 만월평의 하늘을 수놓으며 사방으로 날아갔다.

그날 오후.

좌소천은 육부경 등을 신검장에 남겨놓고 일행과 함께 장강을 건너 공손양과 합류했다.

"앙축드립니다, 단주."

공손양의 인사에 좌소천은 마주 포권을 취했다.

"모두가 염려해 준 덕분이오."

순간 공손양의 전음이 귓속을 파고들었다.

"오늘 오전에 만월평에서 십여 마리의 전서구가 날았습니다."

그 말에 좌소천의 입가에 잔잔한 웃음이 번졌다.

"그곳의 상황은 누가 주도하고 있습니까?"

"청호가 응성 지부에 가 있는 사이 서열 이위인 장만학과 사위인 관악이 주도권 다툼을 하는 듯 보입니다."

많은 사람이 주시하고 있다. 아직은 그 일을 자신이 주도했다는 게 알려져서 좋을 게 없었다.

'지금쯤은 사공은환도 전서구를 받아봤겠군.'

천천히 가도 저녁이 되기 전에 황파에 도착할 터였다.

너무 빨라도 안 되고, 너무 늦어도 좋을 게 없었다.

"패천단은 지금 어디 있소?"

"현재는 각자 흩어져 있습니다만, 신시 말까지 황점 북쪽 지점에 모일 것입니다."

그쯤 되는 곳에 있다면 황파 총지부까지 삼십 리 정도. 언제라도 상황에 대처할 수 있는 적당한 거리였다.

좌소천은 몸을 돌려, 좌판에서 파는 노리개를 뒤적거리고 있는 네 명의 노인을 바라보았다.

"가시죠, 어르신들."

네 노인이 모두 노리개를 하나씩 집어 들고 뒤를 따라왔다.

좌소천이 노인들의 손에 들린, 조개로 만든 노리개를 보고 조금은 어이없는 표정으로 물었다.

"어디에 쓰려고 그러십니까?"

"알 것 없다. 예쁜 아이가 하나 있는데, 그 아이에게 주려는 거니까."

"혼자 남아서 투덜대고 있을 시비 주려고."

"그냥 저 늙은이가 사기에 나도 하나 샀지 뭐."

"방에 하나 걸어놓았으면 싶어서 샀다네."

2

와락 구겨진 서신이 손 안에서 으스러져 가루로 변했다.

"젠장!"

사공은환의 비틀린 입에서 욕설이 튀어나왔다.

"그 개자식들을 믿은 내가 잘못이지."

좌소천은 멀쩡히 잠강에 이어 천문에 도착한 반면, 기천승과의 연락은 두절되었다.

그것이 뜻하는 바는 한 가지밖에 없었다.

암살 실패!

암살이 무리임을 알고 그냥 물러선 것일 수도 있지만, 그렇다면 그들이 돌아오든지, 아니면 연락이라도 와야 했다.

한데 아무런 연락도 없다.

진짜 젠장할 일이었다.

천하제일의 살수라는 기천승의 위명을 믿고 일을 맡겼는데, 긁어 부스럼을 만들 꼴이 되어버렸다.

더구나 잠강 지부와 천문 지부에 심어놓았던 밀천단의 비찰 넷이 흔적도 없이 사라지더니, 얼마 전부터는 다른 지부의 비찰들도 연락이 두절되었다.

골이 지끈거렸다.

'혹시 이놈이, 내가 암살을 지시했다는 걸 알아챈 것이 아닐까?'

그런 생각에 식욕도 나지 않았다.

만일 그게 사실이라면 단순한 문제가 아니었다.

궁주는 여전히 좌소천을 주머니 안의 구슬 정도로 생각하고 있다. 하지만 자신의 생각은 궁주와 달랐다.

호북에서 수상한 기미가 포착된 것이 며칠 전의 일이다. 문제는 결정적인 증거가 없다는 것이었다. 증거가 없이 궁주에게 놈을 쳐야 한다고 해봐야 씨알도 먹히지 않을 것은 뻔한 일.

그런데 거기다 대고, 자신이 허락도 없이 암살을 시도했다는 것을 궁주가 안다면, 결국 불똥은 자신에게 떨어질 것이 분명했다.

'당분간은 무슨 수를 써서라도 놈을 호북에 묶어놔야 돼. 자세한 것을 알기 전까지는.'

한데 그가 막 돌아서려 할 때였다.

전서구 한 마리가 창문을 통해 들어왔다. 밀천단의 비찰들이 이용하는 전용 전서구였다.

사공은환은 재빨리 전서구의 다리에서 전서통을 떼어냈다.

전서통의 표식을 보니 호북에서 온 것이 분명했다.

마개를 빼고 서신을 펼친 사공은환의 눈이 깨알만 한 글자들을 향했다.

굳이 끝까지 읽을 필요도 없었다. 단 몇 줄을 읽는 사이 그의 눈이 튀어나올 듯이 커졌다.

"이, 이, 이 자식들이 대체 무슨 짓을……!"

황파의 호북 총지부장 혁련무성 사망. 초특급살수에 의해 당한 것으로 보임. 사인은…….

서신을 다 읽은 사공은환의 몸이 부들부들 떨렸다.

천하에 초특급살수가 몇이나 될까. 거기다 사인으로 밝혀진 얇은 검에 의한 흔적. 그 흔적의 넓이가 한 치 닷 푼이라 했다.

자신이 잘못 알고 있는 게 아니라면, 그것은 기천승이 주무기로 쓴다는 연검에 의한 상흔이었다.

"아냐, 아닐 거야. 그놈이 미치지 않고서야……."

하지만 부정하면 부정할수록 기천승의 짓처럼 여겨졌다.

갑자기 울화가 치밀었다.

"미친놈! 죽이라는 놈은 죽이지 않고 엉뚱한 사람을 죽이다니!"

중얼거리며 서성거리는 사공은환이다. 평소의 그라면 보일 수 없는 모습이다.

그러나 연이은 충격이 그의 몸과 마음을 동시에 흔들자, 부동심을 자랑하는 그조차 흔들리지 않을 수 없었다.

한데 어느 순간이었다. 입술을 깨물고 주위를 서성거리던 그가 고개를 번쩍 쳐들었다.

'그래, 상황이 그렇게 되었다면, 흐르는 대로⋯⋯.'

사공은환이 자신의 집무실을 나와 제천전으로 향한 것은 서신을 받은 지 한 시진이 지나서였다.

사공은환은 제천전에서 반 시진을 기다린 후에야, 운공조식을 마치고 지하 연무관을 나선 혁련무천을 만날 수 있었다.

혁련무성의 죽음이 전해지자 혁련무천의 고함이 제천전을 뒤흔들었다.

"뭐야?! 무성이가 죽어? 어느 놈이 감히! 자세히 말해봐라!"

"방금 들어온 소식에 의하면, 어젯밤 침실에서⋯⋯. 아침에서야 시비가 발견했사온데⋯⋯."

보고를 받는 동안 혁련무천은 입을 꾹 닫고 아무런 말도 하지 않았다. 그러더니 점차 표정마저 별다른 변화를 보이지 않았다. 처음의 외침이 과연 그의 입에서 나왔나 싶을 정도였다.

사공은환은 고개를 숙인 채 조심스럽게 말을 이었다.

"한 시진마다 소식이 오고 있으니, 시간이 지나면 좀 더 자세한 것을 알 수 있을 것이옵니다, 주군."

그제야 혁련무천의 입에서 억눌린 목소리가 흘러나왔다.

"무성이가 죽은 게 확실하단 말이지?"

분노가 뭉뚱그려진 기이한 목소리였다.

"예, 주군."

혁련무성이 사촌 아우라 하나 특별한 정이 있는 사이는 아니었다. 그래도 막상 죽었다는 말을 듣자 마치 친형제가 죽은 것처럼 분노가 끓어올랐다.

어쩌면 그간 알게 모르게 쌓인 분노가 숨구멍을 찾아 터져 나온 것일지도 몰랐지만, 지금은 그런 이유를 대서라도 쌓인 분노를 터뜨리고 싶었다.

"범인에 대해선 밝혀졌느냐?"

"조사 중이니 곧 밝혀질 것이옵니다."

"꼭 밝혀내라. 어느 놈이 감히 본좌의 아우를 죽였는지!"

"예……."

사공은환은 좌소천에 대한 자신의 생각을 목구멍 밑으로 밀어 넣었다.

혁련무천의 분노가 쉬이 식지 않는다. 지금은 때가 좋지 않았다.

혁련무천은 냉철한 사람. 아마 시간이 지나면 아우의 죽음을 다른 각도로 바라보게 될 것이었다. 그때쯤 말을 꺼내도 충분할 터였다.

'내일 아침까지 별일이야 없겠지.'

3

혁련무성이 자객에게 당했다는 소문은 천리마보다 더 빠르게 호북 전체에 전해졌다.

그리고 하루해가 지기도 전에 각 지부의 지부장들이 황파로 달려왔다.

공손양과 합류한 좌소천이 패천단을 이끌고 황파에 도착한 것은, 그날 지부장들이 모두 도착한 직후였다.

"비켜라! 패천단의 좌소천 단주시다!"

이자광의 커다란 목소리가 만월평에 울렸다.

정문을 막고 있던 무사들은 패천단이라는 말에 재빨리 옆으로 비켜났다.

그들로서는 감히 패천단의 앞을 막을 배짱도 없었고, 막을 이유도 없었다.

거침없이 만월평의 성문 안으로 들어가는 좌소천의 뒤를 패천단 삼백의 무사가 따랐다.

패천단의 갑작스런 출현은 만월평을 뒤집어놓고도 충분했다.

더구나 이어진 좌소천의 일성에 만월평이 뒤흔들렸다.

"총지부장의 죽음에 대한 사건이 해결될 때까지, 오늘부터 누구도 개별 행동을 해서는 안 된다!"

그리고 한 시진 후.

만월평의 대전에 황파 총지부를 관리하는 중견 간부들과 잠강, 천문, 응성, 선도 지부의 지부장을 제외한 각 지부에서 달려온 일곱 명의 지부장이 모였다.

그 숫자는 모두 서른여섯 명. 두 줄로 길게 늘어선 탁자 양편에는 그들과 패천단의 간부들이 앉아 있었다.

제일 상석에 앉은 좌소천은 천천히 그들을 둘러보고 자리에서 일어났다.

"당분간 패천단이 총지부를 관리할 것이오."

좌소천의 입에서 선언에 가까운 말이 흘러나온 순간, 서너 사람이 벌떡 일어나더니 경쟁하듯 소리쳤다.

"말도 안 되는 소리외다! 지부장께서 돌아가셨다고 모든 것을 패천단에 넘길 수는 없소이다!"

"그렇소! 황파 총지부는 나름대로 운영 방식이 있소이다! 이곳은 본 성에서 새로운 지부장이 올 때까지 우리가 맡아서 관리할 것이오."

"우리를 너무 무시하는 것이 아니오?!"

반면에 좌소천의 생각에 동조를 하는 자들도 있었다.

"당분간이라지 않소?"

"좌 단주보다 지위가 높은 분도 없는데, 그럼 어떻게 하자는 말인가?"

"비상시에 지위가 높은 사람이 지휘하는 것은 당연한 일이 아니던가?"

예상했던 반응.

찬반이 갈려 설전이 벌어진다.

반대하는 자들은 제천신궁에서 파견된 사람들이 대부분이었고, 찬성하는 자들은 외부에서 유입된 고수들이 대부분이었다.

관악과 연관된 자들은 좌소천을 지지하고, 장만학을 따르는 자들은 반대의 입장을 보였다.

그렇게 설전이 한참 벌어질 때 벽수양이 일어섰다.

"나는 좌 단주의 뜻에 따르겠소."

단순한 그의 말 한마디가 설전을 벌이던 사람들에게 찬물을 끼얹었다.

엽평이 미간을 찌푸리며 반문했다.

"벽 지부장, 경험도 없는 좌 단주가 총지부를 이끌어 나갈 수 있다고 보시는 거요? 총지부는 무공만 높다고 끌어나갈 수 있는 곳이 아니외다."

"웅성과 천문 지부를 단 이틀 만에, 그것도 피해를 최소화하며 점령한 좌 단주요. 누가 좌 단주에게 경험을 운운할 수 있단 말이오?"

"그거야……."

"지금은 말싸움할 때가 아니라, 어떻게 하면 총지부를 안정시키는가 하는 것이 더 중요한 때요. 나는 좌 단주야말로 그일에 가장 적임자라 보고 있소. 아니 그렇소?"

반대하던 사람들도 그 말에는 토를 달지 못했다.

그때 묵묵히 앉아 있던 관악이 묵직한 저음으로 좌소천의 손을 들어주었다.

"나 역시 좌 단주가 이끄는 게 옳다고 보오. 반대하시는 분들도 어디 좌 단주보다 더 적임자라 생각하시는 분이 있으면 말해보시오."

"……"

"허엄!"

여기저기서 나직한 헛기침이 터져 나왔다.

바로 그 순간, 전각의 문이 부서질 듯 거세게 열리고, 반대파들의 심장에 마지막 비수를 꽂기 위한 주인공들이 등장했다.

"어떤 놈들이 좌가 꼬마에게 지휘를 맡기지 못하겠다는 거지?!"

"설마 소천이가 상급자인 걸 몰라서 그랬겠습니까? 아무래도 나이들이 있다 보니 나이 어린 소천이에게 밀리기 싫은 거겠지요."

"아하! 나이로 하자 이건가? 그럼 나보다 나이 많은 놈 나와봐!"

"뭘 그리 귀찮게 나오라 마라 하는 거야? 그냥 죽여 버리면 되는데."

유령처럼 날아간 무영자가 엽평의 위아래를 훑어보았다.

"좌가 꼬마를 우습게본 놈이 너냐?"

"그, 그게……"

엽평은 갑작스런 상황에 상대가 누군지도 모른 채 어찌할 바를 몰랐다.

그나마 장만학이 정신을 차리고 소리쳐 물었다.

"당신들은 누군데 이곳에 와서 엉뚱한 소리를 하는 거요? 이곳이 어딘지나 알고 오신 거요?!"

다행히 장만학은 상대의 나이가 많다는 것, 이곳까지 들어

왔을 때는 그만한 이유가 있을 거라는 생각에 함부로 말하지
는 않았다.

"저놈은 또 누구냐?"

동천옹이 장만학을 동그란 눈으로 바라보며 물었다.

"장만학이라고, 제가 조금 압니다, 어르신. 저 친구는 제가
해결하지요."

뒤쪽에 서 있던 위지승정이 점잖은 말투로 대답하고는 앞으
로 나와 장만학에게 다가갔다.

상황이 괴이하게 흐르자 사람들은 입을 다물고 위지승정을
바라보았다.

위지승정은 장만학을 보고 담담한 미소를 지었다.

"십여 년 만에 보는데, 나를 기억할지 모르겠군."

동천옹의 '저놈'이라는 말에 분노한 표정을 짓고 있던 장만
학의 표정이 기이하게 이지러졌다. 그러다 어느 순간, 눈이 점
점 커지더니 입이 슬쩍 벌어졌다.

"거, 검왕, 위지 선배?"

의자에 앉아 있던 사람들이 벌떡벌떡 일어섰다.

위지승정이 조용히 웃으며 동천옹을 슬쩍 바라보았다.

"저 어르신의 말에 너무 기분 상해하지 말게나. 나에게도 그
리 말하는 분이니까."

"예?"

장만학의 표정이 하얗게 탈색되었다.

그러자 동천옹이 위지승정을 흘겨보며 입을 삐죽였다.

"좀 놔두지 그러나? 데리고 놀기 딱 좋게 보이는데."

엽평의 앞에 서 있던 무영자가 씨익 웃었다.

"나는 이놈이면 되네."

그가 웃자 온몸에서 어른거리던 검은 아지랑이가 덩실거리며 출렁였다.

순간 어렴풋이 무영자의 정체를 눈치 챈 엽평의 얼굴이 불쌍해 보일 정도로 하얗게 변했다.

"흐, 흑살신… 어르신?"

"우흐흐흐……."

소란이 일순간에 잠잠해졌다.

검왕에 이어 무영자가 출현했다. 거기다 아직 두 노인의 정체는 밝혀지지도 않은 상태다.

하지만 두 노인 역시 검왕이나 무영자에 못지않은 신분이 확실해 보인다.

누가 감히 그들 앞에서 이러쿵저러쿵할 수 있단 말인가!

좌소천의 입가에 보일 듯 말 듯 잔잔한 미소가 맺혔다.

'훗, 확실히 제 역할은 해주시는군.'

따로 부탁하지도 않았고, 굳이 부탁할 것도 없었다. 알아서 나서주니까. 덕분에 신검장에 이어 황파의 일도 큰 마찰 없이 해결될 듯하다.

네 분의 연로함이 걱정되긴 해도 동행을 한 보람은 충분했다.

좌중이 쥐 죽은 듯이 조용해지자, 그제야 좌소천이 다시 입을 열었다.

"더 이상은 소란을 용납하지 않겠소. 방금 벽 지부장님과 관대협의 말씀도 있었소만, 총지부를 안정시키기 위해서라면 피를 보는 것도 서슴지 않을 것이오. 누구든, 그것이 불만이면 본궁에서 명령이 떨어질 때까지 기다리든지, 이곳을 떠나든지 하시오."

호북 총지부의 모든 지휘권이 좌소천의 손에 들어오는 순간이었다.

4

어스름이 깔린 새벽녘.

암흑에서 튀어나온 듯 묵빛 장포를 입은 중년인이 철탑처럼 우뚝 서서, 아무런 감정도 없는 눈으로 한곳을 바라본다.

언뜻 보기로는 평범한 장원에 불과한 곳이다. 전체 넓이는 사오천 평 정도. 건물은 열 개가 조금 넘을까 싶을 정도다.

한데도 그곳을 바라보는 눈에서 서서히 피어오르는 기운은 살기, 바로 그것이었다.

"몇이나 된다고 했지?"

옆에 공손한 자세로 서 있던 장한이 즉시 대답했다.

"이백 정도로 추산하고 있습니다."

"혼천단의 도착 예정 시간은?"

"일각 안에 도착할 것입니다, 부령주."

"일각이라… 그럼 모두 오백인가?"

"솔직히 속하의 생각으로는, 그렇게 많은 인원을 동원할 필요가 있을까 싶습니다."

중년인의 눈이 옆을 향했다.

"판단과 결정은 네가 내리는 것이 아니다. 너는 따르기만 하면 된다."

장한이 황급히 고개를 숙였다.

"속하가 그만 실수를……."

"경각심을 가지라는 뜻에서 한 번만 말해주겠다. 저기에 있는 계집들에 의해 죽은 사람만 일천에 이른다. 비록 중소문파라 하나 그 숫자는 그냥 넘길 수 있는 것이 아니다. 더구나 무당이 당했다. 비록 반 시진 만에 물러섰다지만, 그 사이 장로 급 고수들조차 계집들을 막지 못해 세 명이 죽고 십여 명이 부상을 당했다고 한다. 너는 우리 오백이 무당을 칠 경우 어느 정도의 성과를 올릴 수 있다고 보느냐?"

장한은 땀만 뚝뚝 흘리며 아무런 말도 못했다.

그때 중년인의 목소리가 이어졌다.

"본인이 굳이 만사령에서 서른의 아이들을 데리고 나온 것은 그 때문이다. 명심해라. 이기지 못하면 모두 죽는다."

"예, 부령주."

*　　　　*　　　　*

그 시각.

장원 안에서도 두 여인이 마주 앉았다.

"천외천가인가요?"

"그럴 것이오, 신녀."

"일이 이상하게 되었군요. 우리의 목표인 한중의 양가장은 천외천가에 무릎을 꿇고, 천외천가는 우리를 치려는 상황이 되어버렸으니……."

"차라리 돌아가는 것이 어떻겠소, 신녀?"

신녀의 눈이 한령파파를 직시했다. 면사 속에서 흘러나오는 눈빛인데도 한령파파는 한기가 느껴져 눈이 절로 내려갔다.

"이미 늦었어요. 저들은 절대 우리를 순순히 보내주려 하지 않을 거예요."

"저들도 막대한 손해를 입을 텐데, 굳이 막으려 하겠소?"

"아마 좋은 기회라 생각할지도 몰라요. 우리를 이긴다면 적어도 두 가지를 얻게 되니까요. 하나는 자신들의 힘을 과시함으로서 섬서의 한수 이남을 힘들이지 않고 얻을 수 있다는 것. 또 다른 하나는, 무림맹이 공적으로 선언한 본 궁을 친 대가로 자신들이 태백산에서 나온 명분을 확보할 수 있다는 것이에요."

물론 부수적인 이득이 더 있을 테지만, 그것은 모두가 그들이 정한궁을 이긴다는 전제하에서의 이야기였다.

"잊지 마세요. 피해가 많아지면 당분간 정한의 발걸음도 멈춰질 수밖에 없다는걸."

"어찌 그걸 모르겠소, 신녀."

신녀의 고개가 살짝 들렸다. 마치 천하를 내려다보는 듯 오연한 태도다.

"나는 오히려 이 기회에 본 궁의 위엄을 천하에 알릴 생각이에요. 우리가 무당에 이어 천외천가의 공격을 물리친다면 누구도 감히 본 궁을 업신여기지 못할 거예요."

승리의 이득은 천외천가에만 있는 것이 아니었다. 정한궁이 이길 경우, 정한궁도 최소한 한 가지 이득은 얻을 수 있었다.

하지만 그녀가 무리라는 것을 알면서도, 천외천가와의 정면 대결을 마다하지 않으려는 것은 꼭 그러한 이유만이 아니었다.

이상했다.

천외천가라는 말을 들을 때마다 알 수 없는 분노가 솟구친다. 불꽃조차 얼려 버릴 정도의 분노가!

'전생에 천외천가와 철천지원수지간이 아니었을까? 아니면……?'

신녀의 몸에서 극한의 한기가 흐르자, 한령파파는 급히 내력을 끌어올려 대항했다.

'설마 신녀가 천외천가와의 일에 대해 기억을 한 걸까?'

하지만 표정이나 말하는 것을 봐선 아닌 듯했다. 다만 본능으로 뭔가를 느끼고 분노하는 듯 보였다.

'하긴 어차피 나 역시도 천외천가와는 같은 하늘을 이고 살 수 없는 운명이 아니던가?'

아직은 힘이 되지 않는다는 걸 알기에 참고 있을 뿐, 그녀의 마지막 목표가 바로 천외천가다. 언젠가는 피로써 원한을 갚아야 할 곳.

하기에 한령파파는 신녀의 마음을 이해할 수 있었다.

그러나 지금은 신녀의 기운을 잠재우는 것이 먼저, 이를 지그시 악문 한령파파는 혼신의 힘을 다해 입을 열었다.

"으음. 알겠소, 신녀. 그 일에 대해선 너무 걱정 마시구려."

잠시 후 면사가 흔들리고 한숨처럼 느껴지는 숨소리가 뒤를 이었다.

"하아아……."

순간 서서히 한기가 가라앉는가 싶더니 신녀의 입이 다시 열렸다.

"본 궁의 제자들은 모두 모였나요, 파파?"

"거의 다 모였소이다."

"제가 지시한 대로 이동했겠죠?"

언뜻 한령파파의 주름진 입가에 웃음이 번졌다.

그 말을 듣고서야 뭔가를 깨달은 듯했다.

"물론이오. 이백의 제자는 신녀의 명대로 철저히 모습을 감추고 움직였지요."

신녀의 입에서도 한기가 조금은 가신 목소리가 흘러나왔다.

"그렇다면 적들은 우리의 인원을 정확히 모르고 있을 거예요. 그 차이가 크면 클수록 승부의 결과도 확실해질 것인 만큼, 놈들과 격전이 벌어지면 그 차이를 철저히 이용하세요."

"과연, 과연 신녀시오."

이각 후, 어스름이 거의 다 물러간 시각.

"계집이라 생각하지 마라! 칼에 인정을 두지 말고 철저히 죽여라! 가자!"

흑의중년인의 명령이 떨어진 순간, 오백수십 명의 무사가 장원을 향해 바람처럼 치달려갔다.

일순간에 장원에 접근한 그들은, 고요함에 묻힌 장원의 담장을 소리없이 넘어갔다.

그리고 곧이어 나직한 비명과 신음과 병장기 부딪치는 소리가 새벽의 대기를 가르고 흘러나오기 시작했다.

어느 전장에서나 터져 나오는, '적이다! 적들을 죽여라! 막아라!' 하는 그 흔한 외침은 한마디도 들리지 않았다.

장원 전체를 짓누르는 살기에 장원의 쥐새끼들도 구멍을 찾아 고개를 처박았다.

처음에는 만사령과 혼천단으로 구성된 천외천가의 무사들이 정한궁의 여인들을 몰아치는 듯했다.

그러나 일각이 지나기도 전에 상황이 거꾸로 흐르기 시작했다.

천외천가의 무사들이 장원에 모두 진입하자, 마침내 신녀가 한령파파와 함께 나타난 것이다.

신녀의 한천빙백소수공은 너무도 가공할 위력을 발휘했다.

그녀의 일 장 곁에 접근한 무사들은 제대로 공격도 못한 채 혈맥이 얼어붙어 몸이 굳었다.

회오리처럼 밀려가는 하얀 백색 기운에 비명도 지르지 못한 무사들이 얼음기둥 무너지듯이 쓰러진다.

문제는 직격당한 무사들만 당하는 것이 아니라는 것이었다.

신녀의 손길이 한 번 휘둘러질 때마다 서리가 내리고, 뿌연 서리가 전면 삼 장을 가공할 한기로 뒤덮는다.

갑작스런 대기의 변화는 천외천가 무사들의 움직임을 제어했다.

일류고수들도 움직임이 둔해지면 삼류무사나 마찬가지였다.

일순간에 수십 명이 정한궁 여인들의 손에 죽어간다.

"모두 신녀의 곁에서 멀어져라!"

대경한 만사령의 부령주 호릉하가 소리치고 몸을 날리려 했다. 그러나 한령파파가 그를 놔주지 않았다.

"클클클, 너는 노신과 놀아보자꾸나!"

한령파파의 무공도 호릉하에 못지않았다. 아니, 오히려 한 단계 더 높은 경지였다.

호릉하는 네 명의 만사령 수하와 합공을 하고서도, 한령파파의 지팡이를 겨우 막아내며 평수를 이룰 수 있을 뿐이었다.

'설마 이 정도였다니! 본 가에서 이들을 너무나 몰랐구나!'

후회는 아무리 빨라도 늦었다.

이제는 신녀를 어떻게 막느냐 하는 것이 피해를 최소화하는 것이었다.

호룽하는 뒤로 물러서며 만사령의 수하들을 향해 소리쳤다.

"너희들이 이 노파를 막아라! 내가 신녀를 막겠다!"

그의 외침에 다시 다섯 명의 만사령 무사가 한령파파를 향해 달려들었다.

그 틈에 몸을 뺀 호룽하가 신녀를 향해 몸을 날렸다.

하지만 신녀의 한천빙백소수공은 그가 막을 수 있는 것이 아니었다.

더구나 원인 모를 분노로 인해 구성의 내력을 쏟아내는 신녀였다.

후우우웅!

하얀 서리가 휘돌며 백색 창날처럼 날아들자 호룽하의 얼굴이 새파랗게 질렸다.

'마, 맙소사!'

태양이 모습을 보이기 시작할 무렵.

소음이 잦아들고 천외천가의 무사들이 장원을 빠져나오기 시작했다.

들어갈 때는 오백이 넘는 숫자였다. 그러나 마지막 무사가 나와 서쪽을 향해 달려갈 즈음, 그들의 숫자는 백이 조금 넘는 정도에 불과했다.

호룽하는 보이지 않았다.

그는 수하들의 탈출을 돕기 위해, 신녀의 한천빙백소수공을 단신으로 막다가 정원 한가운데 뻣뻣이 굳은 채로 죽었다.

그날, 섬서를 진동시키는 싸움의 서막이 올랐다!

또 하나의 폭풍이 불기 시작한 것이다!

5

아침이 되자 공손양이 한 장의 종이를 내밀었다.

그곳에는 삼십여 명의 이름이 빽빽이 적혀 있었다.

"이자들만 해결하면 황파는 저희 손에 들어온 것이나 다름
없습니다."

좌소천은 종이에 적힌 이름을 하나하나 읽어보았다.

적힌 이름 중 십여 명은 저녁 회의 때 나왔던 자들로, 거의
모두가 자신의 말에 반대했던 자들이었다.

"현재 우리 쪽 무사의 배치 상태는 어떻소?"

"저희 패천단이 주요 전각의 경비를 맡고 있습니다. 단주께
서 지휘권을 잡았다는 것이 알려진 터라 누구도 패천단의 움
직임을 막지 못하는 상황입니다."

"밀천단의 비찰에 대한 조사는?"

"놈들이 다급해지면 비공식적으로 전서구를 날릴 거라는
게 제 생각입니다. 해서 전서구 관리하는 곳을 철저히 감시하
면서, 패천단의 무사들에게 몰래 성 밖으로 날아가는 전서구
에 대한 것을 주시하라 일러두었습니다."

묵묵히 고개를 끄덕인 좌소천은 이름이 적힌 종이를 내려놓
고 공손양을 주시했다.

"총지부의 무사들 반응은 어떻소?"

공손양이 조용히 웃었다.

"본래 황파의 호북 총지부 전체 무사들 중 제천신궁에서 파견 나온 사람은 총 삼백 정도에 불과합니다. 대부분이 각 지부에서 모여든 자들이거나, 외부에서 영입된 사람들이지요."

그나마도 제천신궁에서 파견 나온 무사 중 반 가까이가 잠강과 천문으로 가 있는 상황이다. 그렇다면 현재 만월평에 남은 제천신궁의 무사는 백오십 정도에 불과하다는 말.

언뜻 말을 잇는 공손양의 표정에 가벼운 웃음이 떠올랐다.

"한데… 그들이 그동안 제법 위세를 부린 모양입니다. 지부의 무사들과 외부에서 영입된 무사들이 그들을 그리 좋게 생각하지 않고 있습니다. 그래서 그런지 이제 막 외부의 무사들로 구성된 저희 패천단을 오히려 반기는 눈치입니다."

"단원들에게 그들을 절대 홀대하지 말고, 동화돼라 이야기를 해놓으시오."

"당연한 말씀입니다. 이미 각 대주와 조장들에게 철저히 일러두었습니다."

"오늘 중으로 본 궁의 명이 전해질 거요. 혁련무성의 시신이 부패하지 않도록 하라 이르고, 언제든 떠날 수 있도록 준비를 해놓도록 하시오."

"예, 단주."

＊　　　＊　　　＊

아침에 다섯 번째 서신을 받아 든 사공은환의 눈이 번들거렸다.

'무슨 꿍꿍이인 줄은 모르지만, 덕분에 말하기가 쉽겠군.'

서신은 길지 않았다. 내용도 간단했다.

어젯밤 만월평에 입성한 좌소천이 황파의 지휘를 맡게 되었다는 것.

찝찝한 마음이 없는 것은 아니지만, 오히려 잘된 일일지도 몰랐다.

사공은환은 서신을 차곡차곡 접어 서랍에 집어넣고, 입가에 웃음을 매단 채 혁련무천을 만나기 위해 밀천단을 나섰다.

세 번째 보고를 올린 지 일각.

혁련무천의 입은 열릴 줄을 몰랐다.

사공은환은 묵묵히 혁련무천이 입을 열기만 기다렸다.

그러나 한참이 지나도 감은 눈을 뜨지 않는 혁련무천이다.

이각, 더 이상 참지 못한 사공은환이 조심스럽게 고개를 들었다.

그때 혁련무천이 눈을 감은 채 입을 열었다.

"살수의 정체는 아직 밝혀지지 않았나?"

"아직……. 사인에 대해 자세한 보고가 올라온 만큼 곧 알아낼 수 있을 것이옵니다."

혁련무천의 입에서 나직한 질책이 떨어졌다.

"바보 같은 놈……."

사공은환을 향한 것이 아니었다. 사촌 동생인 혁련무성을 향한 것이었다.

무인이 싸움터도 아닌 안방에서, 그것도 초절정의 경지에 도달했다는 고수가 일개 살수에게 죽다니!

하나 질책에는 또 다른 의미도 있었다.

혁련무성의 죽음은 단순히 그 하나의 죽음으로 끝나지 않는다. 그의 빈자리만큼 자신의 힘이 약해진다는 것과도 같았다.

대업을 향해 전력질주를 하려는 판에 제동이 걸린 느낌, 혁련무천은 스멀거리는 그 느낌에 더 화가 났다.

"총지부의 상황은 어떤가?"

마침내 혁련무천의 입에서 황파에 대한 이야기가 나온다.

기다렸다는 듯 사공은환이 입을 열었다.

"호북 지부의 모든 지부장들이 모이고, 패천단주까지 만월평에 입성했다 합니다."

그 말에 혁련무천의 눈이 천천히 뜨였다.

"소천이가?"

"예, 주군. 사도철군이 전마성의 무사들을 이끌고 형주로 퇴각한 것을 알고 일부 수하들과 함께 황파로 달려왔다 합니다."

눈을 뜬 혁련무천의 이마에 골이 파였다.

전마성의 퇴각 소식은 그도 들은 터였다.

격전이 벌어지지 않아 패천단의 힘이 그대로인 것이 못마땅했다. 아니, 그보다는 그로 인해 좌소천의 위명이 더욱 솟구치는 것 같아 속이 끓었다.

어제, 그 소식이 전해지자 간부들이 앞 다투어 말했다.

"철혈마제도 좌 단주와 싸우기가 껄끄러웠나 보군."

"흥! 설령 이겨도 엄청난 손해를 볼 수밖에 없을 텐데, 그가 돌지 않는 한 전면전을 할 리가 없지."

"혹시 아나? 저번 일만 해도 그렇고, 붙었으면 좌 단주가 이겼을지?"

그런 말을 하는 사람이 있을 정도였으니까.

그러나 그들 역시 제천신궁의 무사들. 혁련무천은 불만이 있어도 삭이지 않을 수 없었다.

문제는 좌소천이었다.

'손에 쥐고 있기에는 너무 컸어.'

그가 잠시 생각에 잠긴 사이 사공은환이 입을 열었다.

"즉시 총지부장의 시신을 본 궁으로 운구할까 하옵니다, 주군."

혁련무천이 고개를 끄덕였다.

어차피 황강산의 가족묘에 묻혀야 한다. 장례도 최대한 성대하게 치를 생각이다. 살수에게 죽은 것은 불만이지만, 그간 호북 총지부를 별일없이 십여 년간 다스려 온 공이 있으니 그 정도는 해줘도 될 듯했다.

"하온데 황파의 호북 총지부를 누구에게 맡길 것이온

지…… . 지금은 전마성이 물러갔다 하나, 언제 또 검을 들이밀
지 모르는 판이옵니다. 총지부장의 죽음이 안타깝긴 하오나,
당장 급한 일인지라…… ."

사공은환이 말을 이으며 혁련무천을 바라보았다.

혁련무천의 송충이 같은 눈썹이 꿈틀거렸다.

아우가 죽은 지 하루가 지났다. 아직 아우의 죽음이 실감나
지도 않는데 후임에 대한 이야기를 해야 한다는 것이 마음에
들지 않았다.

하나 어쩔 수 없었다. 그것이 강호인 것을 어쩌랴.

"마땅한 사람이 있나?"

"현재 호북 총지부의 최고 상급자는 패천단주 좌소천입니
다. 게다가 그가 지난밤 다른 지부장들의 동의를 얻어 황파를
지휘하고 있다 합니다."

"소천이가 황파를 지휘한다고?"

조금은 불만인 표정이다. 사공은환이 재빨리 말을 이었다.

"어차피 패천단주의 위치는 총지부장의 위치와 같사옵니
다. 어찌 생각하면, 파견단의 수장으로 간 만큼 오히려 호북 총
지부장보다 반 급 정도 위라 할 수도 있는 위치이옵니다. 차라
리 이번 기회에 그를 황파 지부에 묶어두는 것이 어떨지요?"

"으음, 그 아이에게 황파를 맡긴다라…… ."

"현재 좌소천의 신망이 하늘을 찌르고 있습니다. 본 궁에 놔
두면 어떤 상황이 벌어질지 모릅니다, 주군. 소궁주님을 생각
해서라도…… ."

혁련무천이 사공은환을 노려보았다.

하지만 각오하고 입을 연 사공은환이다. 이를 한번 악다문 그가 숨을 크게 들이쉬고 마저 말을 이었다.

"어릴 때의 좌소천이 아니옵니다. 단시일 내에 제천신궁 최고의 신성으로 떠오른 자이옵니다. 더 크기 전에 눌러놔야 소궁주께서 천하를 경영하시는 데 어려움이 없을 거라는 게 속하의 생각이옵니다, 주군!"

씰룩이던 혁련무천의 턱이 잠잠히 가라앉았다.

"황파에 묶어둔다고 모든 것이 해결될 거라 생각하나?"

"멀리 떨어져 있으면, 얼마 지나지 않아 그를 향했던 마음들이 시들해질 터, 그때 불러들여도 늦지 않을 것이옵니다."

톡, 톡, 톡.

혁련무천이 태사의의 손잡이를 손가락으로 두들겼다.

뭔가 깊은 생각에 잠긴 표정.

사공은환은 입을 닫고 혁련무천의 결정을 기다렸다.

그렇게 얼마나 지났을까. 손잡이를 두드리던 손가락이 멈춘 순간, 혁련무천이 나직이 입을 열었다.

"장로들이 아직도 소천이 옆에 있느냐?"

"그 어르신들은 속하가 제지할 수 없는 분들인지라……."

혁련무천의 눈빛이 깊어졌다.

제천신궁의 원로원은 다른 곳과 조금 달랐다.

나이도 나이지만, 그만한 자격이 없으면 들어갈 수조차 없고, 궁주조차 강제로 그들을 얽매지 못했다. 봉왕 진양이 소림으로 돌아간 것이나, 검왕 위지승정이 중간 정도에 불과하다는 것을 생각하면 익히 짐작할 수 있는 일이었다.

그런 만큼 사공은환이 아니라 자신조차 억지로 막을 수 없는 사람들이 원로원의 사람들인 것이다.

'대체 그 늙은이들이 왜 소천이를 따라다니는 거지?'

위지승정이나 등소패야 좌소천을 가르쳤던 사람들이니 그러려니 할 수 있다. 하지만 원로원의 최고 원로인 동천옹과 무영자마저 좌소천을 따라다니는 것은 이해할 수가 없었다.

그들 말로는 심심해서 그런다고 하지만, 그걸 곧이곧대로 믿고 그대로 놔두기에는 두 노인이 차지하는 비중이 너무나 컸다.

'소천이를 총지부장으로 앉히면, 그 늙은이들이 더 이상 돌아다니지 않을지도……'

결심을 굳힌 혁련무천의 입이 열렸다.

"좋다. 일단 소천이에게 호북 총지부장의 지위를 내리겠다. 그 아이에게 무성 아우의 시신을 운구해서 본 궁으로 들라 해라."

사공은환의 허리가 깊게 숙여졌다.

"예, 주군!"

*　　　　*　　　　*

그날 저녁.

명령서를 쫙 펼친 좌소천의 입가에 가느다란 미소가 맺혔다.

"궁주가 결정했을 거라 생각하시오?"

이미 읽어봤는지 공손양도 따라 웃었다.

"궁주가 스스로 결정했다면 이렇게 빨리 결정되지 않았을 겁니다. 아무래도 사공은환이 애가 탔나 봅니다. 궁주를 졸라 황파를 바치다니."

"아무래도 그럴 수밖에 없었겠지요. 시신을 운구할 준비는 되었소?"

"예, 단주."

"그럼 이곳을 부탁하겠소."

"걱정 마시고 다녀오십시오. 사공은환이 이렇게 친절하게 총지부장의 자리까지 바쳤는데, 이제 누가 따질 수 있겠습니까?"

"그가 죽기 전에 술 한잔 정도는 따라줘야 할 것 같소."

두 사람의 입가에 맺힌 웃음이 짙어졌다.

공손양 곁에는 이자광과 전화련, 종리명한과 사인학, 그리고 패천단 대부분의 무사들을 남겨놓기로 했다. 그들이라면 마음이 통하니 어떤 상황이든 빠르게 대응할 수 있을 것이었다.

더구나 좌소천이 돌아올 때까지, 신망 높은 벽수양이 남아 있겠다고 한 덕에 더는 걱정할 것도 없었다.

날이 밝자 좌소천은 네 노인과 삼십여 명의 무사만을 대동하고서 만월평을 나섰다.

어차피 혁련무성의 시신을 운구하기 위해선 마차가 필요한 터, 좌소천은 마차를 한 대 더 늘렸다. 네 노인을 위한 마차였다.

"하아! 이거, 얼마 만에 타보는 건지 모르겠군."

"호오, 안에 푹신한 것이 깔려 있어서 엉덩이도 안 아프겠는데요?"

"그래? 어디?"

"등가야, 촌놈 티내지 말고 빨리 들어가."

네 노인이 희희낙락하며 마차에 오른다. 그 모습을 보니 덩달아 자신의 마음도 편해지는 좌소천이었다.

마차와 함께 가다 보니 길이 지체될 수밖에 없는 상황. 일행은 점심 무렵에서야 효창의 검인보에 도착했다.

미리 연락이 되어서인지 식사가 준비된 상태였다.

벽화웅과 벽여령이 돌아가며 좌소천에게 하루를 묵어가라 간청했지만, 그리되면 다음날 신양에 도착하지 못할지도 몰랐다. 마차를 끌고 무승관을 넘으려면 그 시간만도 한나절은 잡아야 하는 것이다.

사실 머물고 싶은 마음은 좌소천도 마찬가지였다. 그러나 상황이 안 되는 이상은 어쩔 수 없었다.

결국 검인보에 들어선 지 한 시진 만에 좌소천은 벽여령의 아쉬운 눈빛을 뒤로한 채 검인보를 나섰다. 벽여령의 가슴에서 대롱거리는 조개껍질로 만든 노리개를 보고 빙긋이 웃음 지은 채.

그리고 대오(大悟)까지 그대로 달렸다.

그렇게 대오에 이르자 석양이 지기 시작했다.

한데 좌소천 일행이 마차를 호위한 채 대오로 들어갈 때다. 저만치 앞에 사람들이 모여 웅성거린다.

단순히 사람들이 모인 것이라면 아무 상관이 없었다. 문제는 그들로 인해 길이 막혔다는 것이었다.

"저희가 가서 길을 뚫겠습니다."

관추릉과 언자홍, 홍려운이 함께 앞으로 나섰다.

사실 다른 사람이 나설 필요도 없었다. 석양을 짊어진 근육남, 홍려운이 다가가자 사람들이 알아서 피했다.

"무슨 일인데 이렇게 모여 있는 거요?"

홍려운이 다가가며 묻자 사람들이 슬금슬금 물러서며 안쪽만 힐끔거렸다.

홍려운도 그들의 눈길을 따라 안쪽을 쳐다보았다.

순간 그의 순진한(?) 눈이 역팔자로 꺾어졌다.

"저 자식들이……!"

'나 나쁜 놈이오' 란 인상을 한 장한 넷이 팔짱을 낀 채 느물거리며 웃는다. 한데 그들 앞에 흙투성이가 된 소년이 어린 계집아이 하나를 등 뒤에 둔 채 눈에서 독기를 뿜어내고 있는 것이 아닌가.

아무리 많이 봐줘도 이제 열서너 살 정도. 한데 소년의 입가에 피가 보이는 것이 이미 몇 대 맞은 듯했다.

누가 봐도 한눈에 사정을 알 수 있을 것 같은 광경.

그때 장한 중 하나가 건들거리며 소년에게 다가갔다.

"낄낄낄, 내가 열 냥 준다니까? 순순히 놓고 가면 한 달은 굶지 않고 살 수 있을 거다, 꼬마야."

소년은 터진 입술을 깨물며 손에 든 돌을 움켜쥐었다.

"누구도 내 동생을 건들 수 없어! 건드는 놈은 절대 용서치 않을 거야!"

빼빼 마른 장한이 쭉 찢어진 눈으로 소년을 노려보았다.

조그만 놈이 계집아이를 담에 붙여놓고는 앞을 막고 서서 독기를 뿜어낸다. 계집아이를 데려가기 위해선 저 새끼독사 같은 놈을 먼저 치워야 할 상황.

문제는 놈의 독기도 독기지만, 돌을 휘두르는 게 여간 아니라는 것이다. 정식으로 무공을 배운 솜씨였다.

그래 봐야 반밖에 되지 않는 몸집. 마음 같아서는 칼을 휘둘러 같잖은 놈의 목을 치고 싶었다.

그러나 워낙 많은 사람이 보고 있는 저잣거리인데다, 여간해선 물러서지 않을 듯했다. 죽이기 전까지는.

'눈 딱 감고 죽여 버려?'

하지만 최근의 강호 상황으로 인해 관에 비상이 걸린 상태였다. 당장 귀찮게 할 것이 뻔했다.

어린 계집아이 하나 품어보자고 터전을 떠날 수는 없는 일.

"쪼그만 놈이 성깔은 있어서……. 이놈아, 누가 네 동생을

잡아먹는다고 했냐? 그냥 하루만 데리고 놀다 돌려준다고 했
잖아?'

소년은 이를 악다문 채 빼빼 마른 장한을 쏘아보았다.

"나를 죽이기 전까지는 못 데려가!'

그때 홍려운이 얼굴을 붉게 물들이고서 그들에게로 성큼성
큼 다가갔다.

뒤늦게 홍려운의 등장을 눈치 챈 장한들이 눈살을 찌푸렸
다.

"거, 어지간하면 그냥 가쇼."

얼굴에 곰보 자국이 가득한 장한이 고개를 삐딱하게 틀고
두툼한 주둥이를 열었다.

순간 홍려운의 발걸음이 빨라지는가 싶더니, 넓적한 도면이
도집째 곰보장한의 주둥이를 후려쳤다.

퍽!

"쿠윽!'

뭐가 어떻게 된 것인지도 모른 채 곰보장한이 괴상한 비명
을 지르며 뒤로 나가떨어졌다.

그제야 장한들이 홍려운 뒤쪽 저만치에 서서 마차를 호위하
고 있는 무사들을 발견하고 주춤주춤 물러섰다.

마차에 조기(弔旗)가 꽂혀 있고, 모든 무사들이 조의(弔衣)인
듯 보이는 흑의를 입고 있다.

척 보기에도 예사 일행이 아닌 듯 느껴진 것이다.

그때 홍려운이 소년에게 물었다.

"꼬마야, 이놈들에게 몇 대나 맞았냐?"

소년은 홍려운을 올려다보고는 입술에 묻은 피를 쓱 닦았다.

"저와 동생을 도와주셔서 감사합니다. 하지만 오늘 제가 맞은 것은, 훗날 저에게 힘이 생겼을 때 제가 직접 갚아줄 것입니다. 협사께선 거기까지 신경 쓰시지 않아도 됩니다."

눈에선 독기가 흐르는데 말투는 정중하다. 제대로 배웠다는 말.

하지만 홍려운도 그냥 물러서지는 않았다.

"그래? 그럼 이제부터 너와 상관없는 일이니 저만치 가서 동생을 돌봐주어라."

이자광만 아니라면 어디에 가서도 빠지지 않는 덩치의 홍려운이다. 거기다 조금 전의 전광석화 같은 손놀림은 간담이 서늘할 정도다.

그런 홍려운이 고개를 돌리자 장한들이 잔뜩 긴장한 채 무기에 손을 얹었다.

관추룽과 언자홍이 뒤를 막고 있어서 도망갈 수도 없는 상황.

뺨에 커다란 점이 박힌 자가 발악하듯이 소리쳤다.

"우린 흑사문의 무사들이오! 당신이 누군지는 몰라도 우리를 건드려 봐야 재미없을 것이오!"

홍려운이 눈을 동그랗게 뜨고 어깨를 들썩였다.

"그래?! 미처 몰랐군!"

동시에 대뜸 칼을 들어 세 장한을 향해 휘둘렀다.

휘이잉!

빡! 빠박!

"아이고!"

"우리는 흑사문……. 허걱!"

차라리 잘못했다고 빌었으면 몇 대로 끝났을 일이었다.

하지만 듣도 보도 못한 흑사문의 이름을 꺼내 위협하려 한 덕에 홍려운의 타작은 한참 동안 이어졌다.

거기다 도망치려 하면 관추릉과 언자홍이 엉덩이를 차서 밀어 넣는다. 홍려운은 그저 가만히 서서 그들을 후려치기만 하면 되었다.

"뭐? 하루만 가지고 놀아? 이놈의 새끼들, 평생 그 짓을 못 하게 만들어주마!"

한편 마부석 옆에 앉아 있던 좌소천은 물끄러미 상황을 지켜보며 눈을 가늘게 떴다.

소년이 돌을 들고 대항하는 것을 보자 아련히 옛날 생각이 났다.

'나도 정 급하면 그랬지.'

정당하지 못한 일일 수도 있었다. 그러나 지켜야 할 것이 있는 사람에게는 정당함이 최선이 되지 않았다. 그 어떤 것보다 지켜야 할 것이 우선이었다.

그때 자신은 아버지의 명예를 지키고 싶어 돌을 들었다.

그리고 저 소년은 동생을 지키고자 돌을 들었다.

"홍 위사."

마차가 그들과 가까워지자 좌소천이 홍려운을 불렀다.

씩씩거리며, 바닥을 박박 기는 장한들을 두들겨 패던 홍려운의 손길이 멎었다.

홱 돌아선 홍려운이 도를 거꾸로 쥔 채 허리를 꺾었다.

"예, 단주!"

"두 사람은 저 쓰레기들을 치우고, 홍 위사는 그 소년과 소녀를 데려오시오."

좌소천의 말에 소년이 고개를 들어 마차를 바라보았다.

조기가 내걸린 마차의 마부석에 청년이 앉아 있다. 한데 그의 한마디에 무지막지하게 보이는 홍려운이 극상의 예를 취하는 것이 아닌가.

나이는 어리지만 무가에서 자란 그다.

자신이 아는 한, 홍려운이나 조용히 서서 장한들의 엉덩이를 걷어차던 두 사람 모두 일류고수들이다.

그런 사람들을 말 한마디로 부리는 청년이 자신을 부른다.

소년은 뒤에 앉아 있는 동생을 바라보았다.

"가자, 연홍아."

소녀가 엉거주춤 일어서며 소년의 옷자락을 잡았다.

모든 결정을 소년에게 맡긴 듯한 모습이었다.

소년과 소녀는 멀리서 온 듯했다. 옷이 지저분한데다 여기저기 찢긴 것이 상당한 고생을 한 것처럼 보였다.

하지만 조금 전의 말투나 찢긴 옷이 좋은 옷감인 걸로 봐서 제법 사는 집안의 자식 같았다.

"이 근처에 사는 것 같지는 않은데, 어디서 왔지?"

좌소천의 담담한 질문에 소년의 눈빛이 흔들렸다.

소녀가 슬며시 소년의 옷을 잡아당기더니, 소년이 고개를 돌리자 슬쩍 고개를 끄덕였다.

소년이 눈살을 찌푸리고는 하는 수 없다 생각했는지 입을 열었다.

"무당산 근처에서 왔습니다."

"일행은?"

"저희 둘이 왔습니다."

어린 소년과 소녀가 단둘이서 천 리도 넘는 길을 왔다는 말에 사람들의 눈이 커졌다.

뒤의 마차에서 고개를 내밀고 쳐다보던 네 노인도 놀란 듯했다.

좌소천의 눈이 소년을 직시했다.

어린 소년과 소녀가 집을 떠나 천 리 길을 갈 일이 뭐가 있을까. 집안이 그만한 일을 당했기 때문일 것이 아니겠는가.

"어디를 가던 길이냐?"

소년이 머뭇거리자, 소녀가 소년의 옷을 다시 한 번 잡아당겼다. 왠지 간절한 눈빛이었다.

"갈 곳은 있느냐?"

못 본 척 좌소천이 마저 물었다.

소년이 찢어진 입술을 질겅거리며 잇새로 대답했다.

"강서 남창에 가려고……."

그런데 소녀가 모기 날갯짓만 한 소리로 중얼댄다.

"거기 가도 숙부가 계시는지 모른다면서……."

"어쩔 수 없잖아. 친척이라고는 그분뿐인데."

소년과 소녀의 대화를 듣던 좌소천이 담담한 목소리로 물었
다.

"그곳까지 가려면 온 만큼 더 가야 할 것이다. 어린 여동생과
함께 가기에는 무리인 거리지. 거기 말고는 갈 곳이 없느냐?"

소년이라고 해서 모르지 않았다.

어찌 보면 이곳까지 온 것만도 천행이었다. 거기다 이제는
떠나올 때 가지고 왔던 패물까지 다 떨어져 구걸을 하든지 일
을 해서 벌어야 할 판이었다.

혼자라면 끝까지 남창으로 갈지 몰랐다. 하지만 여동생과
함께 가기에는 너무 멀고 험한 길이었다.

힘없는 목소리가 소년의 입에서 새어 나왔다.

"없… 습니다."

"그래, 남창으로 갈 것이냐?"

소년의 고개가 처음으로 숙여졌다.

"잘… 모르겠습니다."

그때였다. 기다렸다는 듯 뒤의 마차에서 고개를 내밀고 있
던 노인들이 소리쳤다.

"소천아, 그 아이들을 우리 마차에 태우면 어떻겠냐?"

좌소천이 가만히 웃으며 소년을 향해 물었다.

"어떠냐. 우리와 함께 가겠느냐?"

"어디로⋯⋯?"

마차에는 제천신궁의 표기 대신 조기만 걸려 있다. 게다가 운구를 하는 터라 모두가 흑의를 입고 있는 상태. 모를 수밖에 없었다.

"우리는 지금 제천신궁으로 가는 중이다. 저 뒤에 있는 마차에 동생과 함께 타거라."

소년이 한껏 커진 눈으로 좌소천을 올려다봤다.

그러고는 체념한 듯 작은 손을 들어 포권을 취했다.

"저는 단리운강이라 합니다."

"좌소천이다."

소녀가 기어들어 가는 목소리로 이름을 말했다.

"소녀는 단리연홍이에요."

인사를 하고 쭈뼛거리며 마차로 가는 단리운강과 단리연홍이다.

두 사람의 뒷모습을 바라보는 좌소천의 눈빛이 기이하게 빛났다.

무당 근처에서 왔다 했다. 거기다 집안이 혈겁을 당한 듯 보인다.

'단리 성의 두 아이⋯⋯. 설마 청봉에서⋯⋯?'

第八章

술 한 잔, 진실, 그리고 죽음

절대천왕 絕對天王

제천신궁의 거대한 정문이 활짝 열렸다.

드르르륵.

두 대의 마차를 앞세운 채 흑의를 입은 무사들이 들어선다.

양편으로 늘어선 채 일제히 고개를 숙이는 무사들이다.

자객에게 당했다 해도 궁주인 제천무제의 아우인 혁련무성이기에, 호북 총지부장이기에 무사들은 예로서 시신을 맞이했다. 하지만 그들의 시선 대부분은 시신이 실린 마차보다 좌소천에게 향해 있었다.

혁련무천은 내궁의 입구에 나와 있었다.

좌소천이 마차에서 내리자 혁련무천이 앞으로 다가왔다.

"수고했다. 아우의 시신을 안으로 옮겨라."

시신이 도착하자마자 곧바로 장례 절차가 시작되었다.

수천 군웅들이 향을 피우고 사자의 명복을 빌었다.

장례는 닷새에 걸쳐 장엄하게 치러졌다.

좌소천은 첫날만 장례 의식에 참석하고, 이후에는 패천단에 박혀 지냈다.

패천단은 떠날 때와 다름없이 이백 명 정도의 무사가 넓은 패천단을 지키고 있었다.

더 이상의 단원을 뽑지 않았다는 말이었다.

좌소천도 익히 짐작하고 있었던 일이기에, 장례가 끝나기 전까지 묵묵히 자신을 가다듬으며 오랜만에 여유있는 시간을 보냈다.

좌소천의 모습이 며칠간 보이지 않는데도 혁련무천은 모른 척 그에 대해 일언반구도 꺼내지 않았다. 어쩌면 좌소천의 모습이 내궁에 보이지 않는 것을 다행으로 여기고 있었을지도 모르는 일이었다.

혁련무성의 시신이 제천신궁에 들어온 지 닷새.

무거운 분위기 속에 장례식이 끝났다.

다음날, 궁의 분위기가 조용히 가라앉자 좌소천은 패천단을 나섰다. 혁련무천이 부른 것이다.

"명령서를 읽어보았겠지만, 앞으로 네가 호북 총지부를 이 끌어줘야겠다."

웃음 띤 혁련무천의 목소리다. 혁련무성의 죽음에 대한 슬픔은 이미 안개처럼 스러진 후였다.

"예, 궁주."

"한데 패천단을 그대로 호북에 놔둘 것이더냐?"

"전마성이 잠시 물러갔다 하나 언제 검을 들이댈지 모르는 상황입니다. 당분간은 호북에 놔두는 것이 좋을 듯합니다."

사공은환이 끼어들었다.

"제 생각도 좌 단주와 같사옵니다, 주군."

"흠, 그래? 좋다. 그럼 잠시 패천단을 호북에 놔두기로 하지."

천천히 고개를 끄덕이는 혁련무천의 눈이 좌소천을 향했다.

찰나간, 눈 깊은 곳에서 정체를 알 수 없는 갈등이 일다 스러졌다.

─절호의 기회야! 후환이 될지도 모르는 좌소천을 이 자리에서 죽여라, 혁련무천!

─내가 누구냐? 천하의 제천무제가 아니더냐? 저따위 어린아이가 무서워 남에게 손가락질받을 일을 할 수는 없어!

내면에서 두 가지 마음이 순간적으로 떠올랐다 가라앉는다.

혁련무천은 자신이 그런 생각을 하고 있다는 자체에 분노가 일었다.

그렇다고 좌소천 앞에서 그런 마음을 보일 수는 없는 일. 그는 더욱 온화해진 목소리로 입을 열었다.

"태군사의 아들을 믿지 못한다면 누굴 믿는다는 말이냐? 잘하리라 믿고 맡기겠다, 소천."

"기대에 어긋나지 않도록 최선을 다하겠습니다, 궁주!"

고개를 숙이는 좌소천의 눈빛도 깊게 침잠되었다.

혁련무천의 눈빛이 찰나간 흔들렸다. 그 마음을 정확히는 모른다. 하지만 한 가지만큼은 분명하다.

갈등의 원인이 자신 때문이라는 것!

마침내 혁련무천이 자신을 꼭두각시가 아닌 상대로 여기고 있다는 것!

"언제 떠날 것이냐?"

"온 김에 몇 가지 일을 보고 사흘 후에 떠날까 합니다."

"필요한 것이 있거나 할 말이 있으면 가기 전에 말하도록 해라."

제천신궁의 주인으로서 여유를 보이려는 혁련무천이다.

마다할 이유가 없었다. 어차피 물어볼 말이 있으니까.

"예, 궁주."

짧은 만남이었다.

전이라면 많은 사람 앞에서 장황한 칭찬과 함께 총지부장 임명을 했을 것이었다. 그래야 제천신궁의 무사들이 열광하며 제천신궁의 영광을 외쳤을 테니까.

그러나 이번 임명식에는 사람들을 부르지 않았다.

혁련무성의 장례가 끝난 지 얼마 되지 않아 그랬다는 것은 핑계에 불과했다. 그렇게 해봐야 좌소천의 위명만 높여주는 셈이라는 것을 알기 때문이다.

어쨌든 상관없는 일이었다. 덕분에 혁련무천의 마음을 알았다. 그것도 소득이라면 소득이었다.

제천전을 나온 좌소천은 곧바로 원로원으로 향했다.

단리운강과 단리연홍이 동천옹과 무영자의 수발을 들고 있었다. 그 아이들에게 물어볼 말이 있었다.

전에 물어볼 수도 있는 일이었지만, 그때만 해도 두려움에 질려 가슴이 닫혀 있던 아이들이었다.

지금쯤은 마음의 문이 열어졌을 터였다.

좌소천이 등소패의 거처에서 기다리는데 동천옹과 위지승정이 두 아이를 데리고 들어왔다. 웬일인지 단리연홍만 왔을 뿐 무영자는 오지 않았다.

"떠나려고 그러느냐?"

동천옹이 눈을 반짝이며 묻는다.

좌소천이 조용히 웃으며 고개를 저었다.

"아닙니다. 사흘 정도 볼일을 보고 떠날 생각입니다."

담담히 대답한 좌소천의 눈이 단리운강을 향했다.

"잘 지냈느냐?"

"예, 좌 공자님."

전과 달리 평온해진 표정, 훨씬 맑아진 눈빛이다.

뒤에서 고개를 삐죽 내민 단리연홍의 얼굴에도 발그레하니 꽃이 피어 있다.

이제 물어봐도 될 듯했다.

"너에게 한 가지 물어볼 게 있다."

단리운강이 고개를 들고 좌소천을 쳐다본다.

좌소천은 단리운강의 눈을 빤히 바라본 채 본론을 꺼냈다.

"혹시 고향이 청봉이 아니더냐?"

단리운강의 얼굴이 순식간에 굳어졌다.

"어떻게… 아셨습니까?"

"네가 무당산 근처에서 왔다 하지 않았더냐? 성이 단리고
말이다. 그래서 생각해 봤더니 청봉에서 일어난 일이 떠오르
더구나."

입술을 살짝 깨문 단리운강이 머뭇거리며 입을 열었다.

"맞습니다. 저와 여동생은 청봉의 장원에서 살겁을 피해 도
망쳤습니다."

좌소천이 그간 가지고 있던 의문에 대해 물었다.

"정한궁의 여인들에게 당했다는 말을 들었다만, 정말 그녀
들이 너희 집안을 해하였더냐?"

한데 단리운강의 입에서 나온 말이 뜻밖이었다.

"그게…… 사람들이 잘못 알고 있는 것이 있습니다. 저희 집
안은 정한궁에 당한 것이 아닙니다."

"아니라고?"

"예, 공자님. 비록 밤인데다가 복면을 해서 얼굴을 보지는
못했습니다만 놈들의 목소리를 분명히 들었습니다. 침입한 놈
들은 여자가 아니라 남자였습니다."

남자의 목소리를 들었다 했다. 그렇다면 정한궁의 짓이 아니라는 말이다.

왠지 기이한 기분이 들었다.

찜찜한 느낌이 구석에 달라붙어 떨어지지 않는다.

'누가, 왜 무당의 코밑에서 무당의 속가제자 가문을 멸했을까?'

어쨌든 그것은 나중에 무당에 알아보라 하면 될 일.

좌소천이 입을 닫고 생각에 잠기자 동천옹이 빤히 바라보았다.

"그게 그렇게 중요한 일이냐?"

"중요하다기보다는, 사람들이 범인을 잘못 알고 있는 이상 진짜 범인은 세상에 버젓이 활개치고 다닐 것이 아닙니까? 이 아이들을 위해서도 그렇고……. 뭔가 좀 찜찜한 것이 있어서 그렇습니다."

"하긴 어떤 놈들인지 몰라도 꼭 잡아야지. 그런 놈들은 그냥 모가지를……!"

동천옹은 동그란 눈을 부릅뜨고 소리치더니 슬쩍 고개를 돌려 단리운강을 바라다보았다.

"험, 그리고 말이다. 이 아이에게 내 무공을 가르치려고 하는데, 괜찮겠지?"

예사롭지 않은 자질을 지닌 단리운강이다. 더구나 성격도 그렇고, 모든 것이 상승의 무공을 익히기에 부족하지 않다.

이미 그리될 줄 알았던 좌소천인지라 입가에 조용히 웃음이 떠올랐다.

"그거야 운강이의 복이지요. 뭐 하느냐? 어르신께서 말씀을 번복하시기 전에 빨리 인사를 올려라."

등소패의 거처를 나온 것은 한 시진가량이 흘러서였다.

좌소천은 등소패의 거처를 나오자마자 자신이 원로원을 방문한 또 다른 목적을 위해 무영자를 찾아갔다.

무영자가 단리연홍과 함께 오지 않은 것에는 이유가 있었다. 그는 보름에 한 번씩 하루 종일 암흑 지하에서 암천흑살기를 운기해야 했다. 한데 오늘이 바로 그날인 것이다.

언제 들어갔느냐는 물음에 동천웅이 대충 시간을 추정해 보더니 말했다.

"그 늙은이, 어제 이맘때쯤 들어갔으니 지금쯤은 나왔을걸?"

아니나 다를까, 무영자의 거처인 원로원 맨 뒤쪽의 음침한 건물로 다가가자 무영자가 문을 열고 나선다.

"어? 네놈이 어떻게 여기까지 왔느냐?"

"어디 가시려는 길입니까?"

"아니다. 연홍이가 보이지 않아서 동천웅 그 늙은이에게 갔나 싶어 데리러 가려던 참이다."

"아마 지금쯤은 동천웅 어르신 거처에 있을 것입니다만, 곧 이곳으로 올 겁니다."

"킁, 그놈의 늙은이. 운강이면 되었지, 혹시 연홍이까지 탐

내는 거 아냐?"

좌소천은 웃음이 나오려는 것을 참고 고개를 저었다.

"운강이에게 무공을 가르치시겠다고 하시면서도, 연홍이는 무영자 어르신 때문인지 일언반구도 하지 않았습니다."

단리연홍은 수줍음을 많이 타는 아이다. 그런데 묘하게도 무영자는 그런 단리연홍이 마음에 들었는지, 한 번도 단리운강에 대해 욕심을 내지 않는다.

언뜻 보면 거꾸로 된 선택이었지만, 두 사람은 당연하다는 듯 그렇게 두 아이를 사이좋게 나누어 시종으로 삼았다.

"그래?"

무영자가 미적거리더니, 그제야 좌소천을 의아한 눈으로 바라보았다.

"그런데… 여기까지 웬일이냐?"

"어르신께 부탁이 하나 있습니다."

"나에게?"

새삼스럽다는 눈으로 좌소천을 바라보는 무영자다.

"무슨 일인지는 모르지만, 일단 들어가자."

무영자의 방은 좌소천이 봐도 괴이하다 하지 않을 수 없었다.

방 안이 온통 검다.

검지 않은 것은 창문을 통해 들어오는 햇살뿐이다.

보고 있는 것만으로도 등골이 서늘해지는 기분이 들 만큼 음침한 분위기. 이곳에서 기거하는 단리연홍이 걱정될 정도다.

그런데도 무영자는 그런 자신의 방이 아무렇지도 않은 듯했다.

"멋지지?"

"좀… 그렇군요."

좌소천이 어색한 표정으로 대답을 하고는 방 한가운데 있는 탁자로 다가가자, 무영자가 의자에 앉으며 손으로 맞은편을 가리켰다.

"앉아라."

당연히 탁자와 의자도 검었다.

그래선지 맞은편에 앉아 있는 무영자가 더욱 흐릿하니 보였다.

"애늙은이는 이런 고상한 취미를 이해 못하고 헛소리만 지껄이지. 우리 연홍이는 좋아하는데 말이야."

솔직히 좌소천도 이해할 수가 없었다.

단리연홍이 좋아한다는 것도 진심으로 그런 것인지 의문이 들었다.

'표정이 밝아진 것으로 봐서는 진심인 것 같기도 한데…….'

그때 무영자가 물었다.

"어디 말해봐라. 무슨 부탁을 하려고 여기까지 왔단 말이냐?"

그제야 좌소천이 입을 열었다.

"혹시 사람의 정신을 제압하는 방법에 대해 아시는 것이 있습니까?"

질문이 의외인 듯 무영자의 흐릿하던 눈이 반짝였다.

"왜 그런 것을 묻는 것이냐?"

"한 가지 꼭 알아볼 것이 있는데, 그것을 알고 있는 자가 도통 알려주려 하지 않아서 편법이나마 써보려고 합니다. 나쁜 의도는 아니니 아시는 게 있으면 알려주실 수 있는지 해서 찾아왔습니다."

"흠, 그러니까, 천하를 꿀꺽하려는 좌소천이 나에게 배우고 싶은 것이 있어서 찾아왔다?"

장난기 가득한 무영자의 말에 좌소천이 피식 웃으며 대답했다.

"예, 어르신."

한데 무영자의 말이 또 의외였다.

"뭐, 내가 알고 있는 방법이 있긴 한데, 그런 것에 대해 나보다 더 정통한 놈이 하나 있다. 어떠냐? 내 소개시켜 주랴?"

자존심이라면 태산조차 아래로 내려다보는 무영자다. 그런 무영자가 서슴없이 자신보다 나은 사람이 있다고 한다.

의외였지만 그런 사람이 있다면 자신이 먼저 만나 보고 싶었다.

"원로원에 계신 분입니까?"

"바로 옆이지. 멀지 않아."

"믿을 수 없는 분이면 부탁할 수가 없는 일입니다. 그분이

승낙하실 거라 생각하십니까?'

"킬킬킬, 왜? 들어주지 않으면 입을 막기라도 할 생각이
냐?"

"비밀을 요하는 일입니다. 믿을 수 없으면 아예 만나지 않음
만 못하지요."

"걱정 마라. 내 부탁이라면 거절하지 못할 거다. 좀 괴팍하
긴 해도 사람은 믿을 수 있는 놈이지. 킬킬킬."

킬킬거리며 일어선 무영자가 헐렁한 소매를 들어 손가락질
을 했다.

"따라와라."

무영자가 좌소천을 데려간 곳은 무영자의 거처에서 그리 멀
지 않은 곳이었다. 딱 두 건물만 지나면 되었으니까.

좌소천이 보기에는 그곳 역시 무영자의 거처나 별반 차이가
없이 괴이했다.

기괴한 글자가 쓰인 수십 개의 깃발이 건물의 사면에 빙 둘
러 꽂혀 있었다. 한데 그 깃발은 아무리 봐도 어떤 기고한 기
문진을 펼치기 위해 꽂힌 것이 아닌 것 같았다.

게다가 사방이 벽처럼 보여 어디가 문인지도 알 수가 없었
다.

"저기 꽂힌 것, 귀신 쫓는 부적이라고 하더라. 남이야 믿거
나 말거나."

그랬다. 깃발은 무영자의 말대로 그저 부적일 뿐이었다.

"왜 왔수?"

무영자의 말에 안에서 짜증내는 목소리가 흘러나왔다.

"소개시켜 줄 사람이 있어서 데려왔다. 문 열어라, 이놈아."

드르륵!

좌소천이 건물을 쳐다보고 있는데, 어이없게도 바닥이 쩍 벌어지더니 아래로 내려가는 계단이 드러났다. 입구는 건물에 있는 것이 아니라 바닥에 있었던 것이다.

"들어가자."

만일 무영자가 앞장서지 않았다면 좌소천은 한참을 더 망설였을지 몰랐다.

계단은 모두 열두 개였다. 계단마다 깃발에 쓰인 것과 같은 글자들이 빼곡히 새겨져 있었다.

귀신과 극한대립을 하는 사람, 아니면 귀신과 친구처럼 지내는 사람. 좌소천이 생각하기에는 이곳에 있는 사람이 그런 사람인 듯했다.

그때 문득, 한 사람의 이름이 떠올랐다.

'귀마종(鬼魔宗) 염불곡?'

그는 아주 특이한 사람이었다.

천하제일을 다툰다는 고수는 아니었지만, 어느 누구도 그를 무시하지 못했다.

이유는 간단했다.

그를 건드리고 편안하게 죽음을 맞이한 사람이 없었다. 죽을 때에도 편안한 표정으로 죽지 못했다. 귀신들이 그의 상대를 괴롭히기 때문이라고 했다.

사람들은 그 말을 듣고 처음에는 헛소리로 치부했다.

한데 한 사람, 두 사람…….

십여 년이 지나고, 그의 손에 백여 명이 죽어갔을 즈음, 사람들은 믿지 않을 수 없었다.

그의 손에 죽은 백여 명의 시신이 한결같이 두려움과 공포에 시달리는 표정이었던 것이다.

그때부터 사람들은 그를 건드리려 하지 않았다. 또한 상대하려 하지도 않았다.

그는 언제나 혼자 다녔고, 나이 오십이 넘도록 혼자 살아야만 했다.

그러던 어느 날, 그에 대한 소문이 뚝 끊겼다. 그게 이십 년 전의 일이었다.

한데 소식이 끊겼던 귀마종 염불곡이 제천신궁의 원로원에 있었을 줄이야.

다시 계단을 올라가자 곧바로 그의 방이 나왔다.

좌소천은 그의 방에 들어선 순간, 무영자의 방에 들어갔을 때와 같은 표정이 되었다.

무영자의 방이 온통 검었다면, 염불곡의 방은 혼란스러울 정도로 오색의 깃발이 난무했다.

"그놈은 누구요?"

까칠한 목소리가 수백 개의 깃발 한가운데, 붉은 포단 위에 가부좌를 틀고 앉아 있는 사람에게서 흘러나왔다.

"패천단의 단주다. 여차하면 네놈 목쯤은 우습지 않게 딸 수 있는 아이지."

무영자의 말에 염불곡의 시선이 좌소천을 직시했다.

좌소천도 무심한 눈으로 염불곡을 바라보았다.

"좌소천이라 합니다."

눈이 마주친 순간, 염불곡의 얼굴이 괴이하게 일그러졌다.

하지만 염불곡은 곧 일그러진 표정을 펴고서 무영자에게 물었다.

"무슨 일로 왔수?"

"이 아이가 볼일이 있다고 해서 왔다. 나야 안내만 한 것이지."

"큭, 천하의 무영자 선배가 새카만 꼬마의 안내를 자처하다니. 하늘이 웃을 일이구려."

"글쎄, 웃지 않을걸? 그만한 자격이 있는 아이니까."

일순간 염불곡이 경악하며 무영자를 쳐다보았다.

마치 자신이 잘못 듣지 않았나 의문인 표정이었다.

그러든 말든, 무영자는 재미있다는 듯 웃음까지 지으며 말을 이었다.

"부탁이 있다고 하는데, 될 수 있으면 들어줘라. 아니면 뒤에 벌어지는 일은 나도 책임질 수 없으니까."

염불곡의 주름진 얼굴이 꿈틀거리더니 불쾌함이 그대로 드러났다.

"패천단주라는 지위는 나에게 아무런 위협이 안 된다는 것을 잘 아실 텐데요?"

"그건 그렇지. 하지만 내 목을 딸 수 있는 칼을 가지고 있다면 말이 달라지지."

염불곡의 얼굴이 딱딱하게 굳었다.

무영자의 목을 딸 수 있는 칼이라니!

그때 좌소천이 무심한 눈으로 염불곡을 바라보았다.

"미리 말씀드립니다만, 부탁을 들어주실 수 없다면 아예 말을 꺼내지 않겠습니다."

염불곡은 다시 좌소천의 눈을 직시했다. 그러나 그도 잠시, 그의 표정이 좀 전처럼 괴이하게 일그러졌다.

'내 아이들이 저 꼬마를 두려워하고 있다. 대체 이게 무슨 일이란 말인가? 설마 저 꼬마에게 내 아이들을 두렵게 할 천고의 법보라도 있다는 말인가?'

그럴지도 몰랐다. 아니라면 이해할 수 없는 일이었다. 인간이라면 천하제일을 다투는 고수조차 두려워하지 않는 귀령(鬼靈)들이 아니던가.

반면에 좌소천도 기이한 느낌에 의아함을 금할 수 없었다.

눈이 마주치자 뭔가가 자신을 바라보는 듯했다. 염불곡의 시선이 아닌 또 다른 무엇이.

'뭐지? 정말 귀신이란 말인가?'

그러다 보니 그런 어이없는 생각이 드는 좌소천이었다.

바로 그때, 염불곡이 입을 오므리고 들리지 않게 중얼거렸다.

동시였다.

좌소천은 자신을 향해 뭔가가 밀려옴을 느끼고는 자신도 모르게 금라천황공을 끌어올렸다.

찰나! 좌소천의 몸에서 은은히 묵빛 섞인 금광이 흘러나오는가 싶더니, 좌소천의 온몸을 뒤덮을 듯 달려들던 뭔가가 확 밀려갔다.

대기가 출렁였다.

비명이 들리는 듯했다.

'끼아아아아!'

하지만 방 안에서 울린 것은 뭔가의 비명이 아닌 염불곡의 신음이었다.

"크으으……."

손가락이 손바닥을 파고들 정도로 주먹을 꽉 움켜쥔 염불곡이 떨리는 눈으로 좌소천을 바라보았다.

불신과 경악이 가득한 눈빛!

그럴 수밖에 없었다. 천고의 법보가 있을지 모른다 생각했다.

한데 법보가 아니다.

절대상극의 기운! 바로 그것이었다.

그것은 법보보다 더 큰 충격이었다. 법보는 몸에서 떨어지면 그만이지만, 기운은 몸에서 떨어지는 것이 아니지 않는가 말이다.

다시 말해, 좌소천은 자신을 죽일 수 있지만, 자신은 좌소천을 어떻게 할 수 없다는 것이다.

그 사실을 인지한 순간, 염불곡은 허탈해지지 않을 수 없었다.

자신의 육십 년 적공을 아무런 쓸모도 없게 만드는 사람. 그런 사람이 앞에 있으니 어찌 허탈하지 않을까.

'사부께서는 본 문의 모든 것을 무용지물로 만드는 절대의 기운이 있다고 했지. 전설로만 전해지는 기운이기에 천 년이 지나도록 나타나지 않았다고 해서 반신반의했거늘, 정말로 있었을 줄이야.'

그리고 사부는 죽기 전 마지막으로 당부했다. 그러한 기운을 지닌 자를 거부하지 말라고.

'제기랄! 죽을 때가 다 되어서 이게 무슨 꼴이람?

갈등도 잠시였다.

그가 십 년은 더 늙은 것 같은 얼굴로 물었다.

"무슨 부탁인지, 일단 들어보세."

좌소천은 그를 물끄러미 바라보고는 무심한 목소리로 입을 열었다.

"누군가의 정신을 제압해서 그가 알고 있는 사실을 하나 알고자 합니다. 가능하겠습니까?"

염불곡이 안도의 한숨을 내쉬었다.

"별것도 아닌 부탁이군."

잠시 후, 그는 자신의 침상 뒤쪽에서 작은 함을 꺼냈다. 그러더니 그 안에서 몇 개의 둥근 고리를 꺼냈다.

"굳이 사법(邪法)을 사용할 필요도 없네. 이 아이들이면 될 테니까. 사용법은……."

원로원을 나서는 좌소천의 입가에 쓴웃음이 스쳤다.

'세상에 그런 사람이 있었다니…….'

그가 염불곡을 생각하며 천화원의 담장을 따라 걷는데 누군가가 천화원에서 나오며 불렀다.

"소천이 아니냐?"

언젠가 들어본 목소리. 혁련호정이다.

천천히 몸을 돌린 좌소천이 고개를 숙였다.

"오랜만에 뵙습니다, 형님."

"요즘 네 이야기로 제천신궁이 떠들썩하더구나. 하하하, 이 거 이러다 내가 밀려나는 거 아닌지 모르겠다."

화통한 웃음의 저편에 무거운 눈빛이 자리하고 있다.

혁련호승과는 비교도 안 되는 사람. 자신의 생각이 잘못되지 않았다면, 혁련무천에 버금가는 무위를 지닌 사람이 혁련호정이다.

그런 무위를 지니고도 남 앞에 드러내지 않아 제천대공자라는 별호 대신 잠룡공자라 불리기까지 하는 자.

"별말씀을. 태백산에 가셨다고 하시던데, 언제 오셨습니까?"

혁련호정의 눈빛이 기묘하게 빛났다.

"누가 그러더냐?"

"군사께서 언뜻 그런 말씀을 하셔서 그런 줄로만 알고 있었습니다."

"사공 단주가? 그가 그런 말을 했단 말이냐?"

"저에게 천외천가와의 일에 본 궁을 끌어들이지 말라며 말씀하시던 와중에……."

거짓이 아니다. 확인한다 해도 상관없었다. 아니, 어느 정도는 확인하기를 바라고 한 말이기도 했다.

"그래? 네 생각은 어떠하냐?"

"개인적인 일에 본 궁을 끌어들이지는 않겠다고 했습니다."

"흠, 잘 생각했다. 남자란 공과 사를 명백히 가려 움직여야 한다."

"한데…… 미려 누님의 혼사 날짜는 결정되었습니까?"

어정쩡한 물음이다. 상대가 누군지도 말하지 않고, 마치 다 아는 것처럼 하는 말이다.

하지만 상대가 듣기에는 이미 모든 것을 알고 하는 말처럼 들리기 쉬웠다.

혁련호정도 좌소천이 이미 알고 있는 것으로 생각하고 별생각없이 대답했다.

"아마 다음달쯤이면 서로 간에 인사가 오갈 거다."

"미려 누님이 직접 태백산으로 가시는 겁니까?"

"아니다. 일단 그쪽에서 먼저 올 것이야."

"예……."

혁련호정이 나직이 답하는 좌소천을 지그시 바라보았다.

"혹시나 해서 말한다만, 엉뚱한 생각은 하지 말거라."

"황파에 가면 당분간 올라오지 못할 것입니다."

충분한 대답은 되지 못했다. 그러나 더 이상 말하기도 어정쩡했는지 혁련호정도 그 일에 대해선 입을 다물었다.

그날 밤, 사공은환이 사람을 보내 좌소천을 청했다. 조용히 이야기할 것이 있다는 것이었다.

좌소천은 그럴 줄 알았다는 듯 차가운 미소를 짓고는, 도유관과 능야산을 대동한 채 밀천단의 수하를 따라나섰다.

밀천단은 예전의 군사부 옆에 둥지를 틀고 있는데, 지금은 밀천단이 양쪽을 다 사용하고 있었다.

좌소천은 아련한 기억을 더듬어 군사부의 건물을 바라보았다.

어둠 속에 잠긴 군사부의 건물은 전과 크게 달라진 것이 없었다. 달라진 것이라면 그 안에 사는 사람이 바뀌었다는 것뿐.

좌소천은 무심한 눈으로 군사부의 건물을 바라본 후 밀천단주의 집무실을 향해 걸어갔다.

좌소천이 도유관과 능야산을 대동한 채 입구로 다가가자 싸늘한 기운이 밀려들었다.

앞에 서 있던 위사가 고개를 숙이며 예를 취했다.

"군사의 명입니다. 좌 단주님만 들어가십시오."

좌소천은 두 사람을 입구에 남겨놓고 안으로 들어갔다.

도유관과 능야산이 입구에서 더 이상 안으로 들어가지 않자 주위에서 은근히 뿜어지던 싸늘한 기운들도 잠잠해졌다.

'열 명. 사공은환, 너도 네 목숨이 아까운 줄은 아나 보구나. 내궁에 있으면서도 호위를 열 명이나 세우다니.'

안으로 들어가자 저만치 앉아 있는 사공은환이 보였다. 뭔가 깊은 생각에 잠긴 표정이었다.

좌소천은 그를 직시한 채 걸음을 옮겼다.

거리가 이 장으로 줄어들고 나서야 사공은환이 눈을 들었다.

"부르셨습니까?"

좌소천이 자리에 앉으며 태연한 말투로 물었다.

사공은환은 뭔가 입 밖으로 나오려던 말을 집어넣고, 숨을 한번 크게 쉬더니 음울한 목소리로 입을 열었다.

"왜 내 처지를 곤란하게 하는 건가?"

"무슨 말씀이신지?"

"대공자께서 태백산에 간 것을 내가 말했다고, 좌 단주가 그랬다 하던데?"

"대공자께서 묻는데 거짓을 말할 수는 없는 일 아니겠습니까?"

태연한 말투에 사공은환의 눈썹이 치켜졌다.

"내가 언제 대공자께서 태백산에 가셨다고 했단 말인가?"

"직접 말씀하시지는 않았지만, 그런 뜻으로 하신 말씀이라 생각했지요."

"자네 정말⋯⋯!"

사공은환의 얼굴이 벌게지며 목소리에 날이 섰다. 그의 성품을 생각하면 매우 이례적인 일이었다.

바로 그때였다. 좌소천의 나직한 목소리가 사공은환의 귓속을 파고들었다.

"그건 그렇고…… 귀영천살에 대해 혹시 아십니까?"

당장이라도 삿대질을 할 것 같던 사공은환의 몸이 굳어졌다.

"무, 무슨 말인가?"

"귀영천살이 본 궁에 들어왔다고 하더군요. 한데 어디에서도 흔적을 찾을 수가 없습니다. 본 궁에서 그들이 숨어 있을 만한 곳은 정해져 있는데, 밀천단도 그중 한 곳이어서 말입니다."

슬며시 고개를 돌린 사공은환이 고개를 갸웃거렸다.

"글쎄, 잘 모르겠군."

"그래요?"

좌소천이 미간을 찌푸리고는 지나가듯이 물었다.

"아, 그리고 혹시 공령초를 어디에서 구할 수 있는지 모르십니까?"

좌소천이 말을 돌리자, 내심 안도의 한숨을 내쉰 사공은환이 표정을 풀며 대답했다.

"잘 모르겠군. 워낙 귀한 전설의 약초여서……."

"그런가요?"

더 물을 것도 없었다. 그 말만으로도 자신이 알고 싶은 것은 알았으니까.

사공은환이 공령초의 이름을 알고 있다. 그것이 얼마나 귀한 것이라는 것까지. 어쩌면 어디에 쓰는 것인지도 알지 몰랐다.

이제 마지막으로 한 가지만 확인하면 되었다.

누가 그런 생각을 했는지. 아버지의 몸을 공령초의 열매가 아니면 고칠 수 없게 망가뜨릴 생각을 한 사람이 누군지.

'사공은환, 그게 너였더냐?'

좌소천은 그런 마음이 들수록 더 담담한 표정을 지으며 입을 열었다.

"궁주라면 아시지 않을까요?"

평소의 사공은환이라면 좌소천의 질문을 한 번쯤 의심해 봤을 터였다. 아무리 십 년 전의 일이라 해도 기억해 내지 못할 그가 아니었다.

그러나 이미 평정심이 무너진 상황이었다.

거기에 귀영천살의 이름마저 나오자, 그는 자신의 표정을 관리하는 데만 신경 쓰느라 별다른 이상을 눈치 채지 못했다.

"아마 궁주께서도 모르실 거네."

"으음, 그것참."

궁주가 모를 거라는 것을 확신하듯이 말하는 사공은환이다.

그걸로 대충 상황이 그려졌다.

좌소천은 더 할 말 없다는 듯 자리에서 일어났다.

"좌우간 대공자의 일에 대해서는 뭐라 할 말이 없습니다. 더 볼일이 없다면 이만 물러가지요."

"음?"

불러서 한바탕 야단치려 했거늘, 오히려 좌소천의 말투에 끌려가고 말았다. 그렇다고 이제 와서 다시 붙잡을 수도 없는 일.

멈칫한 사공은환이 어색한 웃음을 지었다.

"허허, 알겠네. 가서 쉬게나."

돌아선 좌소천의 표정이 무심하게 가라앉았다.

'곧 다시 보게 될 거다, 사공은환. 기대하고 있어라.'

2

한중 양가장의 대전각인 응풍전.

한여름인데도 대전 안은 사흘 밤낮으로 한풍이 밀어닥친 한겨울처럼 싸늘했다.

죽 앉은 이십여 명의 간부를 바라보는 순우무종의 눈에선 금방이라도 서리가 내릴 듯했다.

"그 계집들의 위치는 파악되었소?"

"자양을 떠난 후 대파산중으로 들어간 듯 보입니다, 대공자."

대파산(大巴山)이라면 한중과 사천과 호북의 경계를 짓는 험난하기 그지없는 대산이다. 그녀들이 그곳으로 들어갔다면 찾기가 쉽지 않을 것이었다.

"빌어먹을!"

순우무종의 입에서 짜증 섞인 한마디가 튀어나왔다.

중요한 시기에 사백의 무사를 잃었다. 그중에는 천외천가의 주력 중 하나인 만사령의 부령주와 그의 수하 서른도 포함되어 있다.

물론 그 정도의 피해를 입었다고 해서 흔들릴 천외천가가 아니었다. 문제는 그로 인해 천외천가의 위상이 땅바닥으로 곤두박질쳤다는 것이었다.

곧 태백산의 본가에서 가주의 전언이 올 터. 좋지 않은 내용일 게 분명했다.

"찾으시오! 무슨 수를 써서라도 찾아내시오!"

순우무종이 신녀를 향해 이를 갈며 수하들을 독촉하고 있을 즈음, 태백산 천선곡에서는 순우연이 혀를 차며 눈살을 찌푸렸다.

"내 그토록 신중히 상대하라 했거늘, 쯔쯔쯔……."

"다른 피해야 별것이 아닙니다만, 호릉하를 잃은 것이 너무 크군요."

순우연의 맞은편에 앉아 있던 중년 문사가 담담한 표정으로 입을 열었다. 천유각주 순우기정, 바로 그였다.

순우연도 그의 말이 옳다는 것을 알기에 옅은 탄식을 토해 냈다.

"하아, 아까운 사람을 잃었어. 설마 신녀가 고금십대무공 중 하나라는 한천빙백소수공을 익혔을 줄이야……."

무당이 당했다는 말을 듣고 정한궁의 무력이 예상보다 훨씬 강할지 모른다 생각하기는 했다. 더구나 무당의 전대 장로들이 합공을 하고서야 신녀를 막아냈다 하지 않던가.

하지만 그렇다고 해서, 만사령의 부령주인 호릉하가 수하들의 탈출을 돕기 위해 스스로 목숨을 던져야 할 정도라고는 생각조차 못했다.

"어떻게 할 생각이십니까? 지금 한중에 가 있는 사람 중에는 신녀를 막을 사람이 없는 것으로 보입니다만."

"으음… 기정, 자네 생각은 어떤가?"

"솔직히 말씀드려서, 정보대로라면 본 가에서 신녀를 단독으로 상대해서 이길 수 있는 사람은 가주님과 노가주님뿐입니다. 하나, 두 분이 그녀를 상대하기 위해 나설 수는 없는 일. 이 기회에 천해의 힘을 드러냈으면 싶습니다."

순우연의 찌푸려진 눈매가 가늘어졌다.

"천해라……."

"사사(四師)가 나서면 좋겠지만 그들은 바로 나서지 않을 것입니다. 제 생각으로는 아마도 십암(十暗) 정도가 나서지 않을까 합니다만, 그들이라 해도 둘이 합공만 해준다면 신녀의 소수공을 상대할 수 있을 것입니다."

"흐음……."

"물론 본 가의 힘만으로도 정한궁을 멸망시킬 수는 있습니다. 신녀가 아무리 강하다 해도 본 가의 힘을 모두 드러낸다면 그리 어렵지 않은 일이지요. 하지만 본 가 역시 상당한 피해를 감수해야만 합니다. 본 가의 피해가 커지면 다음 일에 제약이 있을 수밖에 없지 않겠습니까?"

말인즉 옳았다. 다만 알게 모르게 거리를 두고 있는 천해에게 부탁을 해야 한다는 것이 마음에 들지 않을 뿐이었다.

순우연이 말문을 닫고 잠시 침묵에 잠겼다.

최종 결정은 가주가 내려야 하는 일. 순우기정은 더 이상 말하지 않고 조용히 찻잔을 들어 입술을 적셨다.

순우연의 입이 열린 것은 일각가량이 지나서였다.

"할 수 없군. 정한궁을 상대하자고 삼령을 모두 동원할 수도 없는 일. 좋네, 자네 말대로 천해에 도움을 청하기로 하지."

3

반쪽으로 조각난 달이 창공을 유영하며 서쪽으로 기울어지는 시각. 암천에서 그림자 하나가 바람의 결을 타고 유유히 날아 내린다.

그러더니 반달이 부유하던 구름 속으로 모습을 감춘 순간, 암천에서 날아 내린 그림자는 밀천단의 건물 속으로 안개처럼 스며들었다.

잠든 밀천단주의 방을 호위하고 있는 비밀 호위는 모두 넷.

안개처럼 스며든 그림자는 손에 든 네 개의 고리를 그들에게 던졌다.

순간 소리없이 날아간 네 개의 고리가 마치 스스로 움직이 듯 네 명의 호위 뒷머리에 달라붙었다. 동시에 네 호위의 고개 가 뚝 떨어지더니 깊은 잠에 빠졌다. 고리 안에서 잠들어 있던 망각령(忘却靈)이 그들의 뇌리에 스며든 것이다.

그림자는 그들이 고개를 푹 숙이자, 먼지조차 일으키지 않 고서 십여 장을 날아 자신이 목적했던 방으로 스며들었다.

사공은환은 이상할 정도로 멍한 기분에 눈을 떴다.

거미줄이 온몸을 칭칭 감고 있는 기분이다.

손가락도, 발가락도 움직일 수가 없고, 입도 벌어지지 않는 다.

그 무엇도 내 것 같지가 않은 느낌.

'응?'

한데 그때다. 침상 앞에 희미한 그림자가 서 있는 것이 보였 다. 막 뜬 눈으로 인해 사물이 정확히 보이지는 않지만, 긴 머 리가 늘어진 것이 어디선가 본 듯한 모습이다.

대경한 사공은환은 벌떡 일어나려 했다. 하지만 그 어떤 것 도 마음대로 움직이지 않는다.

갑자기 짜증이 몰려오면서 자신도 모르게 입에서 욕지거리 가 튀어나왔다. 아니, 욕지거리조차 목구멍까지만 올라올 뿐 입 밖으로는 뱉어지지가 않았다.

'내가 꿈을 꾸는 걸까?'

가끔 그럴 때가 있었다. 뭔가 좋지 않은 일이 있었던 날 밤에는 심심찮게 몸이 결박당하는 꿈을 꾸곤 했다.

때로는 사지가 찢기는 꿈을 꾸고 비명을 지르면서 일어나기도 했었다.

오늘도 그런 날인가 싶었다. 낮에 좌소천을 만난 이후 하루 종일 찜찜한 기분을 털어낼 수가 없었다. 문제는 찜찜한 기분의 정체를 알 수가 없어 잠자리에 들기 전까지 가슴 한켠에 돌덩이가 매달린 기분이었다는 것이다.

'젠장! 그놈 때문에 이게 무슨……'

문득 기이한 느낌이 들었다.

어둠 속에 서 있는, 희미하면서도 시커멓게 보이는 그림자. 그 그림자의 모습이 꼭 그놈 같다.

좌소천, 바로 그놈 말이다.

'재수 더럽게 없군. 꿈속에서도 저놈이 보이다니.'

꿈결에서 들리는 것처럼 나직한 목소리가 귀청을 파고든 것은 바로 그때였다.

"사공은환, 두 가지만 묻고자 한다. 대답 여하에 따라 죽음의 방법이 결정될 것이다."

'이놈이 무슨 헛소리를 하는 거야?'

좌소천의 목소리다. 꿈속에서 들리는 것 같은데도 기분이 나쁜 것은 마찬가지다.

'내 꿈속에서 꺼져!'

좌소천은 입만 벙긋거리는 사공은환을 내려다보았다.

사공은환은 단순히 혈도가 제압당한 것이 아니다. 자신의 금라천황공에 의해 모든 기운이 억압당한 상태다. 심지어 정신마저 혼돈 속에 빠져 있을 것이다.

게다가 염불곡이 준 붉은 옥환에서 나온 몽귀령(夢鬼靈)이 금라천황공의 기운을 피해 몸으로 스며든 바람에, 자신은 지금 꿈을 꾸고 있는 것으로 알고 있을 터였다.

좌소천은 사공은환을 억압하고 있는 금라천황공을 더욱 강하게 끌어올렸다. 몽귀령도 사공은환의 정신 속으로 더욱 깊숙이 파고들었다.

어느 순간 사공은환의 반쯤 뜬 눈이 가늘게 떨리며 초점이 사라진다. 그 즈음에야 좌소천의 입이 천천히 열렸다.

"내 아버지의 죽음을 이용하자고 한 것이 너였더냐?"

입을 벙긋거리던 사공은환이 눈에 힘을 준다. 파르르 떨리는 것이 충격을 받은 모습이다.

"어떤 방법으로 내 아버지의 병증을 악화시켰느냐?"

'그, 그것은……'

좌소천의 손이 목 부분을 향해 저어졌다.

순간 사공은환의 목구멍 속에 잠긴 말이 튀어나왔다.

"상극의 약재를 몰래……."

스스로 놀랐는지 사공은환이 입을 닫았다.

좌소천의 목소리가 너울지며 사공은환의 귓속으로 스며들었다.

"그대가 아버지의 병증을 공령초의 열매가 아니면 고칠 수 없게 악화시키고, 아버지가 스스로 죽음의 길로 갈 수밖에 없

도록 몰아붙였던 건가?'

눈이 거세게 흔들린 사공은환이 발악하듯이 소리쳤다. 그래봐야 가래 끓듯이 겨우 흘러나오는 목소리에 불과했지만, 알아듣는 데는 아무 지장이 없었다.

"무, 물론 그건……. 하지만 처음에 계책을 말한 것은 좌유승이었어! 신월맹을 단숨에 부술 수 있는 방법이 있다고. 나, 나는 그저 궁주에게 그 이야기를 하고, 시기를 조금 앞당겼을 뿐이야!"

"혁련무천이 시기를 앞당기라 하던가? 아니, 계책의 대상으로 아버지를 말하던가?"

"그, 그렇게 말하지는……. 그냥 제일 좋은 대상이 좌유승이어서, 내가 그의 죽음을 앞당기겠다고 하니까 반대하지는 않았지만……."

아직도 꿈인지 생신지 모르고, 뇌리 깊숙이 감춰져 있던 말을 꺼내며 횡설수설하는 사공은환이다.

좌소천의 이가 부서질 듯이 악다물렸다.

아버지가 계책을 내놓았다. 그러나 당장 실현 가능성이 있는 것도 아니었고, 그 대상이 아버지, 자신인 것도 아니었다. 한데 사공은환이 넌지시 궁주에게 그 계책을 말하면서 아버지의 목숨을 앞당길 수 있는 방법까지 말해주었다.

궁주는 반대하지 않음으로써 사공은환이 손을 쓰는 것에 대해 간접적인 승인을 했던 것 같다.

결국 사공은환이 손을 쓰고, 아버지는 자신의 목숨이 얼마

남지 않았다는 것을 알게 되자, 자신이 계책의 대상이 되기로 작정했을 것이다.

혁련무천은 아버지의 뜻을 꺾을 수 없다는 것을 알면서도 극구 반대하는 척하고 말이다.

방조(傍助). 가식(假飾). 불의(不義)!

은혜를 입었다. 그래서 제천신궁을 도모하면서도 마음 한쪽 구석에 죄스러움이 찌꺼기처럼 쌓여 있었다.

그러나 이제 더 이상 그럴 것이 없었다.

은혜는 아버지가 돌아가신 그날 이후로 상쇄되어 사라졌다.

"마지막으로, 네가 한 짓에 대해 글로 남겨라."

좌소천의 시선이, 덜덜 떨며 눈알만 굴리고 있는 사공은환의 두 눈에 꽂혔다.

'이건 꿈이다, 꿈이야. 그래, 분명 꿈이야. 하지만 아무리 꿈이라도 그건 안 돼…….'

사공은환은 머리만 굴리는 단순한 군사가 아니었다. 비밀 임무를 수행하는 밀천단의 단주 직을 맡을 정도로 무공 역시 완숙한 절정의 경지에 도달한 자였다. 좌소천이 정신을 제압하기 위해 편법을 써야 했을 정도로.

하기에 그는 비몽사몽간에도 안간힘을 다해 자신의 의지를 지키려 했다.

"그럴 수는……."

"참혹하게 죽임을 당하고 싶다면 하지 않아도 된다. 어차피 결과는 같으니까. 하지만 조금이라도 더 편한 죽음을 맞이하고 싶다면 망설이지 마라."

악마의 숨결 같은 목소리가 파고든다.

사공은환은 몽유병 환자처럼 뻣뻣이 몸을 일으켰다.

몽롱한 눈빛의 그가 침상에서 몸을 일으키자 좌소천의 신형이 미끄러지듯 뒤로 물러났다.

침상 바로 옆의 탁자 위에는 술이 가득 찬 술잔이 하나 놓여 있었다. 그리고 옆에는 종이가 펼쳐져 있고, 먹물이 미리 갈아져 있는 벼루 위에는 붓이 하나 놓여 있었다.

느릿하니 걸음을 옮겨 의자에 앉은 사공은환이 붓을 들었다.

잠시 후.

모두 두 장의 서신이 작성되었다.

마지막에 자신의 서명을 남긴 사공은환이 멍한 표정으로 고개를 든다.

좌소천은 무심한 눈으로 가만히 그를 바라보았다.

"한 잔의 술은, 본의 아니게 나를 도와준 너에게 내가 마지막으로 주는 선물이다. 죽어 아버지를 만나거든 무릎을 꿇고 죄를 빌어라, 사공은환."

찰나!

좌소천의 구부러진 손가락이 사공은환의 천령개에 떨어졌다.

퍽!

호위들이 정신을 차린 것은 좌소천이 밀천단을 벗어난 지 일각이 지나서였다.

그들은 자신들에게 무슨 일이 생겼는지도 모른 채, 안에서 아무런 기척도 없자 호위에만 신경을 썼다.

그렇게 아침이 밝았다.

한데 그날따라 이상했다. 항상 묘시 안에 일어나는 사공은환이 진시가 되어도 일어나지 않는 것이 아닌가.

'시비가 조금 전에 지나가던 것 같은데……. 아직 일어나지 않으셨나?'

결국 호위 중 하나가 의문을 품고 안으로 들어가 보았다.

사공은환이 탁자에 머리를 처박고 있다.

흠칫한 호위는 사공은환을 부르려다 말고 입을 닫았다.

사공은환의 머리 위쪽이 움푹 들어가 있다.

붉게 물들어 있는 탁자에서 뚝뚝 떨어지는 핏물!

머리 옆에 놓인 술잔에 가득 찬 술 색깔마저 붉게 보인다.

급히 다가간 그가 탁자 앞에서 우뚝 걸음을 멈췄다. 동시에 그의 입에서 신음이나 다름없는 목소리가 새어 나왔다.

"맙소사! 다, 단주께서……!"

날이 밝은 지 얼마 되지 않은 시각.

제천신궁의 내궁에 긴장감이 맴돌았다.

부단주 종효민은 밀천단의 무사들에게 밀천단 일대를 봉쇄하라 이르고는, 다급히 사공은환의 죽음에 대해 제천전에 알렸다.

혁련무천이 그 소식을 들은 것은 사공은환의 시신이 발견된 지 일각가량이 지나서였다.

그는 제천무령주 여가릉과 열 명의 제천무령을 대동하고 직접 사공은환의 방을 찾아갔다.

"어떻게 된 것이냐?"

무릎을 꿇고 있던 부단주 종효민이 참담한 표정으로 대답했다.

"밀천단의 호위들이 단주를 발견했을 때, 이미 저 상태로……."

혁련무천은 부리부리한 눈으로 탁자에 머리를 처박고 있는 사공은환을 바라보았다.

그가 머리를 처박고 있는 탁자에 한 잔의 술과 한 장의 종이가 놓여 있다. 한데 천령개가 깨진 머리에 가려 종이에 쓰인 글이 반밖에 보이지 않는 것이 아닌가.

탁자로 다가간 혁련무천은 옆을 향해 가볍게 고갯짓을 했다. 여가릉이 나서더니 사공은환의 머리를 치웠다.

혁련무천의 눈이 서신으로 향했다.

순간, 사공은환의 시신을 보고서도 미미한 반응을 보였던 혁련무천의 눈이 잘게 떨렸다.

하지만 곧 안정을 찾은 그는 손을 뻗어 종이를 접었다.

천천히 돌아선 혁련무천이 종효민에게 물었다.

"탁자 위를 본 사람이 몇이나 되느냐?"

"처음에 단주의 시신을 발견한 호위들, 넷……. 정도입니다."

그들이 유언장을 읽어봤는지 읽어보지 않았는지 정확히 알지는 못했다.

하지만 무조건 봤다고 봐야 했다.

"그들을 들어오라 해라."

종효민은 멈칫했지만, 하늘의 명이었다.

잠시 밖으로 나간 종효민이 네 명의 호위를 데리고 들어왔다.

"속하들이 단주를 제대로 호위하지 못한 죄 죽어 마땅하옵니다, 궁주!"

네 명의 호위가 무릎을 꿇자 혁련무천이 나직이 여가릉을 불렀다.

"여가릉."

"예, 주군."

굳이 명을 받을 것도 없었다.

여가릉의 손이 옆구리로 향했다.

그때 호위 중 하나가 급히 고개를 들었다.

"드릴 말씀이……."

하지만 이미 여가릉의 검이 허공을 자르며 네 사람의 목을 훑고 지나갔다.

호위를 잘못해서 죽는 것이 아니었다. 보아서는 안 될 것을 본 죄였다.

호위들의 시신을 내려다보던 혁련무천이 천천히 신형을 돌렸다.

　"종효민, 당분간 은환의 죽음에 대해 아무에게도 알리지 마라. 그 누구에게도."

　"예, 주군!"

第九章

삼화(三花)

절대천왕 絶對天王

1

천외천가와 정한궁의 격돌이 강호에 알려진 것은, 싸움이
벌어진 지 닷새가 지나서였다.

천외천가가 대패했다는 소식에 무림맹은 울 수도, 웃을 수
도 없었다.

무당의 일을 들었을 때만 해도 설마하는 마음이 없지 않았
던 무림맹이었다. 그러나 현실은 말로만 들었던 것보다 더했
다.

정한궁이 그렇게 강했나 하는 생각에 긴장이 되면서도, 천
외천가가 된통 당했다는 것에는 내심 반기는 마음이었다.

게다가 정한궁의 강함을 알게 되자 추적대마저 힘이 빠져
추적에 적극적으로 달려들지 못했다.

무림맹에선 곧바로 추적대에게 일단 추적을 멈추고 종남으로 가서 기다리라는 명을 내렸다.

천외천가의 패배 소식이 강북 일대를 뒤흔든 상황, 아무도 이의를 달지 못하고 종남으로 향했다.

그사이 무림맹은 섬서로 향하려던 무사들을 하남의 남부로 돌려 제천신궁의 북상을 막는 데 주력했다.

당연히 제천신궁도 비상이 걸린 상태에서 돌아가는 상황을 주시했다.

강호에 서서히 소용돌이가 돌기 시작했다.

좌소천도 제천신궁을 떠나는 날이 되어서야 그 소식을 들었다.

제천전으로 가기 위해 패천단에서 나오는데 천이당의 수하 하나가 다가왔다. 호연금이 만나고 싶다는 것이었다.

호연금은 전대 당주였던 악상유 이후 당주가 되었지만, 사공은환이 괄시하자 반발심에 좌소천 쪽으로 기울어진 사람이었다.

좌소천은 제천전에 가기 전 천이당을 먼저 들렀다. 그러자 호연금이 슬며시 작은 종이 하나를 내밀었다. 가로세로 다섯 치 크기에 몇 번이나 접힌 자국이 있는 것으로 봐서 전서구에 사용되는 서신이었다.

"조금 전에 왔네. 일은 며칠 전에 벌어진 것 같은데, 천외천 가가 정보를 차단시켜서 얻기가 쉽지 않았네."

섬서성 자양에서 정한궁과 천외천가 간에 커다란 싸움이 벌어졌음. 천외천가가 사백의 희생을 치르고 대패했음. 정한궁의 여인들은 이후 발견되지 않음. 천외천가의 추적을 피해 대파산으로 들어간 것 같음.

신녀의 무위에 대해 정확히 아는 사람이 얼마나 될까.

직접 겨루어본 무당의 장로와 노진인들조차 정신이 없어 합공을 할 정도였기에 정확한 판단을 하지 못했다. 하물며 말만 듣고는 누구도 신녀의 무위를 알 수 없을 것이 분명한 일.

천외천가가 신녀와 노파의 무위를 제대로 파악하지 못하는 한, 그들은 더욱 큰 피해를 입고 나서야 알게 될 것이었다.

'우습군. 적으로써 싸워야 할지 모르는 여인들이 나를 도와주는 셈이 되었으니.'

좌소천은 서신을 내려놓고 호연금을 바라보았다.

"들어오는 소식을 계속 전해주실 수 있겠습니까?"

"황파야 전서구가 오가니 어려울 것도 없네."

"그럼 부탁하겠습니다."

"걱정 말게. 그러잖아도 자네가 부탁했던 소영령이라는 여인의 행방을 찾지 못해 미안했는데, 그 정도야 뭐……."

모두가 섬서의 상황에 신경을 곤두세우고 있다.

며칠 전만 해도 호북 일대를 바라보던 눈들이 일제히 위로 향한 것이다. 어쩌면 신검장의 일이나 구포방의 움직임이 크게 부각되지 않는 것도 그 때문인지 몰랐다.

호기라면 호기였다. 놓칠 수 없는 기회!

천이당의 능력으로도 소영령을 찾지 못하는 것이 안타깝긴 했지만, 지금으로서는 현재의 일에 충실하는 수밖에 없었다.

천이당을 나온 좌소천은 곧장 내궁으로 향했다.

생각대로 내궁의 분위기는 깊게 침잠되어 있었다.

그 원인을 누구보다도 잘 아는 좌소천이었다.

'그의 죽음을 알릴 수 없었겠지. 혁련무성에 이어 그의 죽음마저 알려진다면 절대 득이 되지 않을 테니까.'

호성당의 무사들이 고개를 숙이며 좌소천을 맞이한다. 그들 역시 굳은 얼굴이다.

"무슨 일이라도 있었소?"

"아닙니다, 좌 단주님."

좌소천이 묻자 호성당의 무사 하나가 급히 대답하며 옆을 힐끔거렸다.

정보를 관리하는 천이당주조차 모르고 있는 일. 그만큼 철저하게 함구령이 내려졌다는 뜻이다.

좌소천도 모른 척하고는 그냥 안으로 들어갔다.

"왔느냐?"

혁련무천이 담담한 얼굴로 좌소천을 맞이했다.

옆에는 사공은환 대신 여가릉이 서 있었다.

"총지부장 좌소천, 더 이상 황파를 비울 수 없어 출발할까 합니다."

"그래? 혹시나 해서 하는 말이다만, 전마성이 언제 쳐들어 올지 모르니 긴장을 늦춰서는 안 될 것이다."

"명심하겠습니다, 궁주!"

혁련무천은 뭔가를 말하려는 듯 좌소천을 바라보더니 눈살을 찌푸리며 입을 닫았다.

'저놈이 은환의 죽음을 알고 있을까?'

그때 좌소천이 물었다.

"한데 군사 어르신은 어디 가셨습니까? 뭘 좀 물어볼 것이 있습니다만."

혁련무천은 얼굴을 펴고 묵묵히 좌소천을 바라보았다.

그러다 어느 순간, 갑자기 사실을 털어놓았다.

"알고 있을지 모르겠다만, 며칠 전에 죽었다."

그러고는 좌소천을 뚫어지게 응시했다.

좌소천은 처음 듣는 말이라는 듯 놀란 표정을 지으며 고개를 쳐들었다.

"예?! 군사께서 돌아가셨단 말입니까? 대체 언제……?"

혁련무천은 좌소천의 표정에서 아무것도 찾지 못하자, 이마를 좁히며 고개를 끄덕였다.

"이틀 되었다. 모르고 있었다면, 아직은 알릴 때가 아니니 너만 알고 있도록 해라. 무슨 말인지 알겠느냐?"

"알겠습니다, 궁주."

"그만 가보거라. 가는 길을 성대히 환송해야 하는데, 그러지 못함을 이해하고."

"군사께서 돌아가셨는데 어찌 환송식을 바랄 수 있겠습니까. 이만 가보도록 하겠습니다, 궁주."

좌소천이 제천전을 나가자 혁련무천이 여가룡을 향해 물었다.

"정말 모르고 있었다고 보느냐?"

"확실하게는 모르겠습니다만, 최소한 표정에서는 거짓을 찾지 못했습니다."

"으음……. 그럼 다행이다만……."

언제부터였는지는 모른다. 갑자기 좌소천의 그림자가 크게 느껴진다.

죽이고 싶을 정도로!

나도 늙었나?

처음이다. 청춘은 아니지만, 늙었다는 생각을 해본 적이 없다.

한데 좌소천의 등을 바라보면 자신이 늙어간다는 게 느껴진다.

그리고 그럴수록 마음이 조급해졌다.

"가룡, 호정이를 불러라. 아무래도 그 아이에게 소천이를 조심하라고 단단히 일러두어야겠다."

움찔한 여가룡이 고개를 숙였다.

"예, 주군."

"그리고 당분간은 네가 밀천단을 움직여 소천이를 감시해라."

마음이 무거워지는 여가릉이다.

전이었다면, 조심하라 해도 코웃음 치며 '저런 어린애쯤이야!' 했을 혁련무천이다. 아니면 앞에 데려다 놓고 '허튼 생각하지 마라!' 라며 호통을 쳤던가.

그게 바로 천하제일패, 제천무제 혁련무천다운 모습인 것이다.

그런데 이제는 보이지 않는 곳에서 조바심을 내며 상대가 커나감을 걱정하고, 견제하기 위해 수단과 방법을 가리지 않는다. 그것도 태군사의 아들인 좌소천을 말이다.

그 모습을 지켜보는 것이 그에겐 아픔이었다.

'당신도 늙어가나 봅니다.'

그만큼 어깨도 무거워졌다.

한데 아무도 짐작 못했던 일이 벌어졌다.

좌소천이 떠난 그날 오후, 괴이한 소문이 돈 것이다. 사공은환이 자결했다는 소문이.

소문은 내궁에서 시작되었는데, 막을 새도 없이 외궁까지 퍼져 버렸다.

그러더니 밤이 될 무렵에는, 사공은환이 자결하기 직전 한 장의 유언장을 남겼다는 말까지 돌았다.

그 일은 제천신궁을 떠난 좌소천조차 알지 못했다.

제천신궁이 술렁였다. 진실을 알기 위해 간부들이 모두 제천전으로 몰려갔다.

결국 상황이 그에까지 이르자, 혁련무천은 사공은환의 죽음에 대한 사실을 모두 털어놓았다. 유언장에 대한 것만 빼고서.

경악한 탄식이 제천전을 가득 메우고도 모자라 밖에까지 흘러나왔다.

사공은환의 죽음이 기정사실이 된 것이다.

연이은 최고위 간부들의 죽음이 제천신궁의 분위기를 늪 속으로 밀어 넣었다.

하지만 그뿐이었다.

그때까지만 해도 그렇게 술렁임이 가라앉는 듯했다.

그런데 다음날 아침, 유언장의 내용 일부에 대한 소문이 조금씩 흘러나오기 시작했다.

사공은환이 자결한 것은, 그가 오래전에 지은 죄 때문이라는 것이었다. 문제는 그 '죄' 라는 것이었다.

―태군사의 죽음에 사공 단주가 관여되었다고 한다.

―몇 년은 더 살 수 있었던 태군사의 목숨을 사공 단주가 암수를 써서 앞당겼다고 한다.

―결국 그로 인해 태군사가 스스로를 던지는 신계를 펼쳤다고 한다.

―사공 단주는 패천단의 좌소천 단주가 그 일을 알까 봐 살수를 보내 좌 단주를 죽이려 했다. 한데 좌 단주가 살아서 돌

아오자 후환이 두려워진 그는, 좌소천에게 가족들만큼은 용서해 달라는 유언을 남기고 홀로 죽음을 택했다는 것이다.

단편적인 내용이었다.

하지만 그 내용만으로도 제천신궁이 뒤흔들리기에 충분했다.

"뭐야?!"

분노한 혁련무천이 여가룽을 향해 눈을 부라렸다.

"찾아라! 누가 그런 소문을 퍼뜨렸는지 진원지를 찾아!"

"예, 주군!"

여가룽이 제천무령을 대동한 채 밖으로 나가자 혁련무천이 태사의의 손잡이를 움켜쥐었다.

부스스……

자단목으로 만든 단단하기 그지없는 손잡이가 가루로 변해 부서져 내렸다.

"고정하십시오, 아버님!"

옆에서 혁련호정이 다급히 말리지 않았다면, 제천전의 모든 기물이 혁련무천의 기운에 의해 부서졌을지도 모를 일이었다.

"내가 은환의 유언장을 가지고 있거늘. 대체 어떻게 그런 소문이 퍼질 수 있단 말이냐?!"

"혹시 유언장을 본 사람이 더 있는 것이 아닐지요?"

"있기야 있겠지. 종효민도 봤을 테니까. 물론 전부 보지는 못했겠지만 말이다."

"그는 아닐 겁니다. 자신이 제일 먼저 의심받는다는 것을 모르지는 않을 테니까요."

"나도 그렇게 생각한다. 그래서 더 의문이다. 대체 어떤 놈이……. 음?"

한마디 한마디 씹어뱉듯이 말하던 혁련무천의 눈이 치켜떠졌다.

밀천단의 호위가 죽기 전에 남긴 한마디가 떠오른 것이다.

"드릴 말씀이……."

뭔가 다급한 표정이었다. 하지만 그때만 해도 그 말을 들을 여유가 없었다.

한데 이제 생각해 보니, 그가 또 다른 뭔가를 알고 있었던 것이 아닌가 하는 생각이 들었다.

혁련무천은 혁련호정에게 그때의 상황을 설명하고는 그에 대한 조사를 혁련호정에게 맡겼다.

"호정아, 남양으로 가기 전까지 네가 비밀리에 밀천단의 사람들을 조사해 봐라. 혹시 유언장에 대해 아는 놈이 또 있었는지."

"알겠습니다, 아버님."

2

좌소천의 일행은 황파에서 왔을 때와 별반 차이가 없었다. 차이라면 시신을 운구하던 마차가 하나 줄었을 뿐이었다.

다른 하나의 마차에는 그때처럼 네 노인이 단리 남매와 함께 타고 있었다.

한데 그들이 대오를 지나 효창을 삼십여 리 남겨놓았을 때였다.

조금 이상하게 보이는 무리들이 길을 막고 걸어간다.

좌소천 일행은 걸음을 늦추고 앞을 바라보았다.

칼을 찬 네 장한과 찢어진 옷을 입은 세 명의 소녀. 왠지 어울리지 않는 조합이다.

언뜻 봐도 흑도의 건달 정도로밖에 보이지 않는 장한들을, 이제 십칠팔 세 정도로 보이는 소녀들이 따라갈 이유가 뭐 있을까.

더구나 소녀들의 얼굴은 땟물로 인해 지저분해 보였지만, 자세히 뜯어보면 셋 모두가 뛰어난 미색이었다.

깨끗이 씻기고 찢어진 옷을 갈아입히면 여느 대갓집 규수 못지않은 소녀들로 바뀔 것이었다.

"팔린 아이들인가 봅니다, 단주."

도유관이 싸늘한 눈빛으로 장한들을 바라보며 나직이 말했다.

인신매매를 말함이다.

좌소천의 눈빛이 가라앉았다.

한데 그때, 앞서 가던 장한들이 힐끔 뒤를 돌아다보았다. 그

러다 수십 명의 무사들이 바로 뒤를 쫓아오고 있는 것을 보고
는 표정이 딱딱하게 굳었다.

그들은 급히 소녀들을 데리고 한쪽으로 비켜서서 좌소천 일
행이 비켜가기만을 기다렸다.

하지만 좌소천은 그들을 비켜가지 않고 오히려 그들 앞에서
걸음을 멈췄다.

도유관이 앞으로 나서서 장한에게 물었다.

"그 아이들, 어디로 데려가는 길이지?"

도유관의 눈빛이 더욱 싸늘해졌다. 적개심을 품은 눈빛이
다.

장한들은 고양이 앞의 쥐마냥 꼼짝도 하지 못했다.

"대오로 가는 길이외다."

"샀는가?"

"그, 그렇소이다. 효, 효창에서 돈을 주고 사온 아이들이외
다."

'배고픔에 지쳐 자식들을 팔아넘기는 빌어먹을 세상……'

도유관은 이를 지그시 깨물고 장한을 노려보았다.

파는 사람도 나쁘지만, 사는 사람도 다를 바가 없었다.

어릴 적 자신의 여동생도 팔렸다. 닷새를 굶은 부모가 두 아
이를 살리기 위해 겨우 일곱 살짜리인 여아를 판 것이다.

소녀들을 보자 당시 울면서 매달리던 여동생이 떠오르는 도
유관이다.

"얼마 주고 샀나?"

"그, 그게······."

도유관이 슬쩍 좌소천을 바라보았다.

도유관의 생각을 눈치 챈 좌소천이 고개를 끄덕였다.

다시 고개를 돌린 도유관이 장한을 거쳐 세 소녀를 바라보았다.

모든 것을 체념한 듯 몽롱하게 흐려진 눈빛이다. 거기다 찢어진 옷 사이로 언뜻 비치는 살결에 붉은 손자국이 나 있다. 아마도 장한들의 수작질에 당한 듯하다.

도유관의 눈빛에 살기마저 감돌았다.

"손해 보지는 않게 주지. 넘겨라."

"이, 이 아이들은 팔려고 산 것이 아니외다."

장한이 완강히 고개를 저었다.

"팔려고 산 것이 아니라고?"

"그, 그렇소이다. 문주의 몸종으로 쓸 아이들이어서······."

"상관없다. 그대들은 둘 중 하나만 택하면 돼. 그 아이들을 팔든지, 아니면 내 손에 죽든지."

장한들의 표정이 하얗게 탈색되었다.

정말 죽일 것 같은 도유관이다. 아니, 틀림없이 죽일 것 같았다.

그때 도유관이 다시 물었다.

"모두 얼마지?"

"배, 백오십 냥······."

옆에 있던 털보장한이 재빨리 말을 덧붙였다.

"백오십 냥 주고 샀으니, 삼백 냥은 주셔야 합니다. 그래야 돌아가서 다른 아이들이라도 사갈 수가 있으니……."

도유관의 살기 띤 눈이 그를 향했다.

털보장한은 그제야 왜 옆의 동료가 그렇게 기죽은 듯 말을 했는지 알고는 기어들어 가는 목소리로 말했다.

"그, 그럼… 이백 냥이라도……."

좌소천이 품속에서 백 냥짜리 전표 두 장을 꺼내 장한에게 던졌다.

생각 같아서는 한 푼도 주고 싶지 않았지만, 도유관이 손해 보지 않게 준다는 말을 했기에 약속을 지킨 것이었다.

전표를 받은 장한들이 엉거주춤 뒤로 물러선다.

도유관이 소녀들을 향해 고개를 까닥였다.

"따라와라. 나쁜 사람들은 아니니까."

그때 마차에서 고개를 내밀고 바라보던 단리연홍이 작은 목소리로 입을 열었다.

"저기…… 저희 마차에 태우면 안 될까요?"

*   *   *

효창의 검인보에 도착해 소녀들을 단장시키자 사람들의 눈이 휘둥그레졌다. 생각대로였다. 단장한 소녀들의 미색은 누가 봐도 감탄할 정도였다.

소녀들을 단장시킨 벽여령이 가련하다는 눈으로 소녀들을

보며 투덜댔다. 이미 말을 들어 아는 것이다. 소녀들이 왜 그런 모습으로 좌소천과 함께 왔는지.

"겨우 그 돈에 자식들을 팔다니⋯⋯."

좌소천은 가만히 소녀들을 바라보고는 씁쓸한 표정을 지었다.

"자식을 판 걸 생각하면 한없이 밉지만, 그 돈이면 남은 식구 다섯이 몇 년은 먹고살 수 있다고 하더구려. 없는 사람들에게 그 돈은 결코 적은 돈이 아니라오."

"아무리 그래도⋯⋯."

시무룩한 벽여령을 보고 좌소천이 조용히 웃었다.

"이제 모든 것이 정상적으로 돌아왔으니 너무 마음 쓰지 마시오."

"하긴 좋은 주인을 만났으니 곧 구겨진 마음도 펴질 거예요."

벽여령의 표정이 조금 밝아졌다. 복숭아 빛 뺨에 보조개가 깊게 파인다. 좌소천의 눈에는 그런 그녀가 소여령과 갈수록 비슷하게 보였다.

'후우, 정녕 령 매를 찾을 수 없단 말인가?'

그가 속으로 깊은 한숨을 내쉴 때다.

세 소녀가 다가와 무릎을 꿇었다.

"감사합니다, 공자님."

각기 다른 향기를 풍기는 세 명의 소녀다. 비록 나이는 십칠 팔 세 정도로 보이지만, 성숙한 몸을 지닌 그녀들이 일제히 인사를 하자 좌소천의 표정이 어색하게 변했다.

한데 그것이 재미있는지 네 노인이 킬킬거리며 놀려댔다.

"저거 봐라. 좌가 꼬마 얼굴이 빨개졌다."

"클클, 홍려운이라는 놈이나 비슷해졌는데?"

"이제 보니 소천이가 여자에게 약했나 보군요."

좌소천은 노인들의 놀림이 계속되자 손을 저어 소녀들을 일으켰다.

"이제 그만 일어서시오."

소녀들이 일어서서 옥구슬이 굴러가는 목소리로 말했다.

"앞으로 성심껏 모시겠습니다."

좌소천이 끝내 당황한 표정을 지었다.

"그게 무슨 말이오?"

소녀 중 백의를 입은 소녀가 고개를 들었다.

"어차피 갈 곳도 없사옵니다. 허락만 하신다면 앞으로 공자님의 시비가 되어 모시겠습니다."

"그건 안 되오. 정 갈 곳이 없으면 차라리 이곳에 머물도록 하시오."

한데 이번에는 벽여령이 나서서 좌소천을 구석으로 몰았다.

"황파에 시비들이 부족하다던데, 그냥 데려가세요. 정 뭐하면 다른 분을 모시게 하면 되잖아요."

그 말은 사실이었다. 황파에는 이상할 정도로 시비들이 부족했다.

무사들이 별반 신경 쓰지 않아 그런 것도 있지만, 그보다는 그곳 일대에 시비로 쓸 여자들이 별로 없기 때문이었다.

벽여령마저 그리 말하자 좌소천은 소녀들을 데려가기로 했다. 네 노인의 수발을 들게 해도 될 것이고, 나이 든 무인들의 시중을 들게 해도 될 것이었다.

3

좌소천이 제천신궁의 일에 대해 들은 것은 황파에 도착했을 때였다.

조금은 기이한 마음이 들었다. 그 소문을 퍼뜨린 것은 자신이 아니었다.

아직은 때가 아니라 생각했기에 잠시 미루어 둔 것을 누가, 어떻게 알고 퍼뜨렸을까? 분명 혁련무천이 철저히 입막음을 했을 것이거늘.

어쨌든 이미 벌어진 일. 좌소천은 소문에 대해서는 귀만 열어둔 채 별다른 대응을 하지 않았다.

오히려 소문을 들은 사람들이, 좌소천이 어떻게 움직일 것인지 더 관심을 가지고 지켜보았다.

그리고 시간이 흘렀다.

겉보기에는 고요한 가운데 도도히 흐르는 장강처럼 아무런 일도 벌어지지 않은 듯했다.

하지만 만월평의 이곳저곳에서 알게 모르게 사람들이 사라졌다.

도유관과 능야산이 공손양의 지시에 따라, 황파에 들어와 있던 밀천단의 비찰들을 제거하기 시작한 것이다.

그 수는 모두 열셋. 비찰의 제거는 사흘에 걸쳐 암암리에 진행되었다.

좌소천은 일차로 밀천단의 비찰들이 제거되자 서부 지부를 순찰하기로 했다. 물론 순찰만이 목적이 아니었다.

떠나기 전날, 그는 총지부의 간부들과 함께 조촐한 술자리를 마련했다.

호북 세력의 단합을 위한 자리여서인지 그날따라 좌소천도 상당한 양의 술을 마셨다.

많은 사람들이 경쟁하듯 술을 건넨 이유도 있지만, 옆에서 시중들던 백화가 잔을 비지 않게 만들었기 때문이기도 했다.

그날 저녁.

팔려가다가 좌소천에게 구함을 받은 세 소녀가 백화의 방에 모였다.

사람들은 좌소천과 함께 온 소녀들에게 백화, 청화, 홍화라 이름 붙였다.

팔린 몸, 이름조차 잊고 싶다는 그녀들의 간청에 각자가 입었던 옷의 색깔을 따서 붙인 이름이었다.

그중 제일 언니인 백화가 좌소천의 시비가 되고, 청화는 등소패, 홍화는 위지승정의 시비가 되었다. 동천옹과 무영자에게는 단리 남매가 있었기에 등소패와 위지승정에게 두 소녀가 배치된 것이다.

그녀들은 비록 친자매가 아니었지만, 친자매보다도 더 가깝게 지냈다.

사람들이 보기에는 돈에 팔려가던 기구한 사연을 함께한 때문인 듯 보였다.

방에 모인 세 소녀는 빈 탁자 앞에 앉아 서로를 물끄러미 바라보았다.

먼저 입을 연 것은 백화였다.

"더는 시간을 끌 수 없다. 몸의 내력을 제어하던 침이 예정했던 것보다 더 빨리 빠져나오려 하고 있어."

청화가 아무런 빛도 없어 차갑게까지 느껴지는 눈으로 백화를 바라보았다.

"저도 그래요, 언니. 사흘을 버티기 힘들 것 같아요."

"침이 빠져나오면 내력이 움직이기 시작할 것이야. 그러면 끝장이다. 저들은 우리가 속일 수 있는 사람들이 아니야."

목표에 접근하기 위해 극한의 고통을 참고 내력을 완전히 금제했다.

그 덕에 목표는 자신들을 평범한 촌락의 소녀 정도로 알고 있다.

한데 내력이 흐르면 분명 그냥 지나치지 않을 것이었다. 더구나 자신들이 익힌 무공은 극한의 마공이 아니던가.

조용히 있던 홍화가 음산한 눈을 번뜩였다. 평범한 소녀라면 결코 보일 수 없는 눈빛이었다.

"내일 지부 순찰을 나가면 적어도 열흘은 걸릴 거예요. 기회는 오늘밤에 없어요, 일요 언니."

"그래, 나도 들었다. 어쨌든 최고의 상황은 아니지만, 마침 내일 떠난다는 이유로 술을 많이 마셨으니 그럭저럭 괜찮은 상황이다. 일단 제력금혼침을 빼고, 회혼마단을 복용한 후 내력을 최대한도로 회복시켜라."

"알았어요, 일요 언니."

"예."

"일이 시작되면 끝을 봐야 한다. 상대는 초절정의 고수라는 점을 명심해. 그리고 일이 끝나면 뒤돌아보지 말고 도망쳐라. 다른 사람은 생각하지 마. 무슨 말인지 알겠지?"

청화와 홍화의 두 눈에 진득한 살기가 떠올랐다 사라졌다.

그녀들은 결코 어리지 않았다.

그녀들의 몸이 십칠팔 세의 소녀로 보이는 것은, 육체 발달이 십 년 전에 멈추었기 때문이다. 그녀들은 그러한 몸을 가지기 위해 죽음보다 더한 고통 속에서 수련을 해야만 했다.

그리고 자신들이 목표로 했던 자들은 자신들을 어린 소녀로 알고 죽어갔다.

때로는 강제로 안으려고 하다가. 때로는 그녀들이 스스로 안기는 것에 마음이 풀려서.

이번에도 그리될 것이었다, 분명히!

해시 초, 백화가 찻주전자를 들고 좌소천의 방으로 들어갔다.

직속무사 네 명이 좌소천의 방을 호위하고 있었는데, 그들은 흔들리는 백화의 엉덩이를 힐끔거리기만 했을 뿐 그녀가 들어가는 것을 막지 않았다.

심지어 호위대 조장인 홍려운조차 꽃이 피어난 것 같은 백화의 웃음에 벌겋게 달아오른 얼굴로 웃음을 지었을 뿐이다.

술을 마신 좌소천이 차를 찾을지도 모르는 일. 당연하다 생각한 것이다.

잠시 후. 찻주전자를 놓고 나오는 백화를 보고 홍려운이 빙그레 웃었다.

백화가 수줍은 미소를 지으며 고개를 살며시 숙였다.

"힘들지?"

"뭘요. 이 정도는 제가 살던 곳에서 일하던 것에 비하면 일도 아니에요."

"험, 그래? 그래도 늦게까지 일하느라 힘들었을 텐데, 가서 쉬거라."

"예, 나으리."

막 돌아서려던 백화가 배시시 웃으며 홍려운에게 한마디 더 건넸다.

"저, 그리고…… 혹시 차가 빌지도 모르니, 인시쯤에 다시 찻주전자를 가져올 거예요. 새벽에 속풀이하실 약간의 죽과 탕도 가져올 거구요. 혹시 호위하시는 분이 바뀌시면 말씀 좀 드려주세요."

"그거야 걱정 말아라. 너를 모르는 사람이 어디 있다고. 어쨌든 내가 말은 해놓으마."

"감사합니다, 나으리."

백화가 몸을 돌리고 걸어간다. 평소에 비해 유난히 흔들리는 엉덩이다.

세 명의 호위무사가 차마 대놓고 보지는 못하고 눈알만 돌려 바라본다.

"눈들을 어디다 두나?"

홍려운이 그런 호위무사들을 향해 나직이 으르렁거리며 눈을 부릅떴다.

인시 무렵.

백화는 청화와 홍화를 대동하고 좌소천의 방을 찾았다.

백화의 손에는 찻주전자가, 청화와 홍화의 손에는 죽 그릇과 탕 그릇이 올려진 쟁반이 들려 있었다.

호위조장인 이자광이 싱글싱글 웃으며 세 소녀를 바라보았다. 이미 홍려운에게 말을 전해 들은 터라 그녀들이 왜 왔는지 잘 알고 있었다.

"뭔지 몰라도 냄새가 구수한데? 남은 것 있으면 우리도 좀 주면 안 되겠냐?"

청화가 빙긋 웃으며 말했다.

"충분히 끓여놓았어요. 나중에 가져다 드릴게요, 멋지신 나으리."

"그래?"

이자광이 기분 좋은 표정으로 고갯짓을 했다.

"들어가 봐라."

그러고는 호위무사들을 향해 미소를 지었다. 자신 덕분에 간식을 먹게 되었으니 고마워하라는 눈빛으로,

그 바람에 그는 고개를 숙인 홍화의 눈가에서 찰나간 일렁인 붉은 빛을 보지 못했다.

그사이 세 소녀, 삼요(三妖)가 좌소천의 방으로 들어갔다.

제일 먼저 안으로 들어간 백화가 탁자 위의 찻주전자를 집어 들었다. 찻주전자는 삼 할 정도가 비어 있었다.

'생각보다 많이 마셨군.'

차에다 무미무취(無味無臭)의 강렬한 미약인 초혼단의 가루를 탔다. 이 정도 마셨다면, 좌소천이 제아무리 대단한 고수라 해도 지금쯤은 제정신이 아닐 것이었다.

백화는 찻주전자를 내려놓고 청화와 홍화에게 눈짓을 보냈다.

청화와 홍화가 쟁반을 내려놓는다.

그제야 백화는 요기 서린 눈빛을 빛내며 옷고름을 풀었다.

『절대천왕』 5권에 계속…

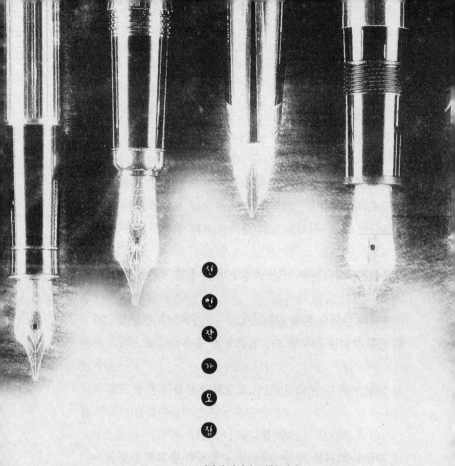

신
인
작
가
모
집

시작이 반이라고 했습니다.
작가의 길에 대한 보이지 않는 벽을 과감히 깨뜨리십시오!
청어람은 작가 지망생 여러분들의
멋진 방향타가 되어드리겠습니다.

저희 도서출판 청어람에서는
소설 신인 작가분들을 모집합니다.
판타지와 무협을 사랑하시는 분들의 많은 참여를 바랍니다.
소정의 원고(A4용지 150매)를 메일이나 우편으로 보내주시면
검토 후 출판 여부를 알려드리겠습니다.

주소:경기도 부천시 원미구 심곡1동 350-1 남성B/D 3F 우편번호420-011
TEL:032-656-4452 **· FAX:**032-656-4453
http://**www.chungeoram.com**
e-mail:chungeoram@chungeoram.com

섀델
크로이츠

화사무쌍 편 전 2권
이경영 판타지 장편 소설

『가즈나이트』의 명성과 신화를 넘어설
이경영의 판타지의 새로운 상상력!

자신만의 독특한 세계관을 창조한 작가
이경영의 새로운 도전과 신선한 충격.

바란투로스의 특수부대 섀델 크로이츠의 리더 파렌 콘스탄
야만족을 돕는 안개술사를 물리치기 위해 아시엔 대륙에서 온
불을 뿜는 요괴 소녀 카샤.
너무나 다른 두 사람이 운명의 길에서 만나다.
친구란 이름으로 시작된 모험, 그 앞에 놓인 난관과 운명의 끈은
어떻게 될 것인지……

"질투가 날 만도 하지.
요괴가 산신령을 엄마로 두는 건 흔한 일이 아니거든.
괜찮아, 파렌. 본좌가 아는 요괴들 전부 본좌를 질투하고 부러워하니까."
소녀는 손에 잔뜩 받은 빗물을 홀짝 마셨다.
파렌은 그 순수함에 웃음을 흘렸다.
그는 지금까지 자신이 봤던 그녀의 기이한 행동들을 어렴풋이나마 이해할 수 있을 것 같았다.
그렇게 친구가 된 둘은 그 길로 긴 여행을 떠나게 된다.

－본문 중에－

세상을 보는 또 하나의 창 - inthebook.net
유행이 아닌 자유추구 - chungeoram.net

Book Publishing CHUNGEORAM

학교에서는 가르쳐주지 않는
10대들을 위한 **인생수업**

작가 : 이빙 | 역자 : 김락준

10대들을 위한 나침반 같은 인생 교과서!
사회 초입에 들어서게 될 청소년들에게 들려주는
100가지 인생 이야기

내 인생의 방향잡기!
여행길에 오르기 전에 접해보자!

100가지 이야기, 100가지 명언

사람은 태어나면서부터 각기 다른 모습으로, 각기 다른 사고로 "인생" 이라는
여행길에 오르게 된다. 내가 지금 서 있는 이 위치에서 그리고 사회라는 공간에서
한 사람의 몫을 당당하게 해낼 수 있는 역량을 키워나가기 위해서는 어떠한 생각을
가지고 있어야 하는 걸까.

늦지 않게 준비하자! 스스로의 마음가짐이 자신의 미래를 결정한다!
설레는 마음으로 떠나갈 길일지라도 기존에 생각하고 있던 것과는 다르게 흘러가는
사회의 모습에 당혹스럽기도 할 것이다.

그러한 곳에 발을 들여놓기 위해 첫 발걸음을 막 뗀 청소년이라면 학교에서는
미처 배우지 못한 상황에 더욱이 큰 혼란스러움을 느낄 수밖에 없다.
시간이 흐를수록 사회가 한 인간에게 요구하는 것은 다양하고 세밀해지고 있다.
그러한 사회 속에서 자신만이 앞으로 나아가지 못해 제자리걸음을 하게 된다면 어떠할까.
미리 대비를 하지 않는다면 당신 역시 그러한 현상에 빠지는 또 한 명의 사람이 되고 말 것이다.

책장을 넘기는 순간, 책과 당신의 공감대가 형성된다!
적응을 위해 도움이 될 만한
인생의 지혜와 경험, 깨달음이 한가득 담겨있다.
그 속에 담긴 100가지 이야기 그리고 그와 관련된 100가지의 명언은
가슴 깊이 새겨 놓고 되뇌여 보기에 충분하다.

세상을 보는 또 하나의 창 - inthebook.net
유행이 아닌 자유추구 - chungeoram.net

Book Publishing CHUNGEORAM

공부하는 감각의 차이가 자녀의 미래를 결정한다.
이 시대가 필요로 하는 명품 인재 만들기!

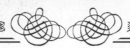

올바른 습관이 명품 자녀를 만든다

명품
공부습관
87가지

저자 : 친위
역자 : 오혜령

 똑소리 나는 부모의 똑소리 나는 자녀 교육법!

어린 시절의 습관은 평생을 결정한다.
제대로 바로잡지 못한 나쁜 습관은 자녀의 미래에 검은 그림자를 드리울 수도 있다.
대부분의 부모들은 아이의 잘못된 습관을 발견하면 언성을 높이는 경향이 있다.
하지만 그것이 문제 해결의 방법이 아님을 당신은 이미 알고 있을 것이다.
지금 당신은 적절한 대안을 찾지 못해 힘겨워 하고 있지는 않은가.
내 아이가 명품 인생으로 살아가길 희망하는 부모라면 이 책에 귀를 기울여 보자.

 내 아이가 세상의 중심에 우뚝 설 수 있게 하는 방법!

이 책은 잘못된 공부습관과 대인관계 형성 등의 문제 등을
87가지 이야기를 통해 알아보고 그에 걸맞는 올바른 해결책을 제시해주고 있다.
이 한 권의 책을 통해 똑소리 나는 부모가 되어보자.
그리고 내 아이가 최고의 명품으로 거듭날 수 있도록 노력해보자.
이 책은 분명 당신에게 꼭 맞는 효과적인 자녀교육서가 될 것이다.

 세상을 보는 또 하나의 창 · inthebook.net
유행이 아닌 자유추구 · chungeoram.net

 Book Publishing CHUNGEORAM

Rhapsody Of Cardinal

카디날 랩소디

송현우 판타지 장편 소설

놀라운 경험(the enormous experience)!

He created a completely new world.
It is a place who have never known and where never been able to imagine.
This splendid world will introduce the enormous experience for the
person only who reads.

그 누구에게도 알려진 것이 없으며 상상조차 할 수 없었던 새로운 세계를
작가는 완벽하게 창조해내었다.
이 멋진 세계는 독자들만이 체험할 수 있는 놀라운 경험으로 인도할 것이다.

판타지는 허구다? 아니다. 판타지는 일상이다.
우리의 삶은 연속된 판타지의 연장선상에 놓여 있고,
상상은 우리의 일상을 더욱 살찌운다.
『카디날 랩소디(Rhapsody of Cardinal)』를 경험하는 독자들은
더욱 풍부한 일상 속에서 새로운 삶을 경험할 것이다.
멋진 만남! 흥미로운 경험! 이것이 『카디날 랩소디』가 가진 장점이며,
작가 송현우가 독자들에게 바라는 꿈이다.

세상을 보는 또 하나의 창 - inthebook.net
유행이 아닌 자유추구 - chungeoram.net

Book Publishing CHUNGEORAM